HINZMANN • DER WANDERER IM KARST

SILVIJA HINZMANN

Der Wanderer im Karst

Joe Prohaskas zweiter Fall in Istrien

Wieser Verlag

wtb 25

Wieser Verlag GmbH

A-9020 Klagenfurt/Celovec, 8.-Mai-Straße 12
Tel. + 43(0)463 37036, Fax + 43(0)463 37635
office@wieser-verlag.com
www.wieser-verlag.com

Lektorat: Maria Sikora
ISBN 978-3-99029-199-3

Dies ist ein Roman. Die Handlung sowie einige Orte sind frei erfunden. Eventuelle Ähnlichkeiten mit lebenden oder verstorbenen Personen sind rein zufällig.

Februar 1946

Das tiefe Brummen eines Automobils kam immer näher. Bartolo schreckte aus dem Schlaf hoch, hob den Kopf vom Kissen und horchte. Der Wecker auf dem Nachttisch zeigte fünf Minuten vor zwei. Wer konnte es um diese Uhrzeit bloß sein? Vater vielleicht? Hatte er überlebt und kam jetzt wieder zurück? Oder war es die Polizei? Als der Wagen unten vor dem Haus hielt und der Motor verstummte, schlug der schmächtige Junge die Decke zurück, sprang aus dem Bett, ging ans Fenster, schob den Vorhang ein wenig beiseite und sah hinaus. Der Vollmond leuchtete hell hinter einer Wolke, die wie ein riesiger Raubfisch über den Himmel zog. Der Wind pfiff um die alten Dächer, verfing sich in den engen Gassen und rüttelte an Klappläden, bevor er zur Küste davonjagte. Durch die Ritze am Fensterrahmen strömte eisige Luft ins Zimmer. Das Auto stand vor dem Haus schräg gegenüber. Der imposante Kühler und die Stoßstangen glänzten im Mondlicht. Bartolo erschauderte. Es war derselbe Wagen, ein Horch, den er schon einmal hier gesehen hatte, als vor etwa zwei Monaten ein junger Mann seine Mutter abholte. In ihrem hellbraunen Kostüm mit der weißen Bluse hatte sie wie eine Dame ausgesehen. Sie war sehr schlank, aber das waren nach dem Krieg fast alle. Sie war die schönste Frau auf der Welt, und wenn jemand in seiner Gegenwart eine blöde Bemerkung über sie machte, ballte er die Fäuste in der Hosentasche. Der Mann hatte sie am späten Abend zurückgebracht und war noch eine Weile dageblieben. Sie hatten von Amerika gesprochen und dass alles gut werden würde. Am nächsten Tag hatte Bartolo gefragt, wann sie sich endlich auf die große Reise machen würden, aber Mutter hatte nur gelächelt und gesagt, er solle sich gedulden, es dauere noch eine Weile, bis alles geregelt sei. Bartolo dürfe aber mit niemandem darüber reden. Doch das hätte er ohnehin nicht gemacht, schließlich war er kein kleines Kind mehr.

Zwei Männer stiegen aus. Der Fahrer schnippte seine Kippe weg, öffnete den Kofferraum und sah sich um. Bartolo rückte vom Fenster ab, und als er wieder hinsah, trugen sie eine Kiste, die in eine Decke eingewickelt war und wie ein Kindersarg aussah, zum Haus gegenüber. Der Vordermann drückte die Haustür mit der Schulter auf und sie verschwanden im Flur. Durch einen Spalt zwischen den Brettern am zugenagelten Fenster im Erdgeschoss war ein Lichtschimmer zu sehen. Sie hatten wohl eine Taschenlampe angemacht. Bartolo überlegte, ob er seine Mutter wecken sollte. Sie und Magdalena schliefen im Elternschlafzimmer nebenan, aber er ließ es bleiben. Sie würde sich nur unnötig aufregen.

Nach ein paar Minuten kam der Fahrer wieder aus dem Haus, zog die Tür zu und versuchte sich eine Zigarette anzuzünden, aber der Wind war zu stark. Er ging zum Auto, öffnete die Fahrertür und setzte sich ans Steuer. Die Flamme des Streichholzes erhellte für einen kurzen Moment sein Gesicht. Das war doch der Mann, der ihnen nach Amerika helfen sollte. Jetzt startete er den Motor und fuhr davon, ohne die Scheinwerfer einzuschalten. Aber wieso ist der andere nicht mitgekommen, fragte sich Bartolo, als er wieder im Bett lag. Die einzige Erklärung konnte nur sein, dass etwas Schreckliches passiert war. Vielleicht haben sie sich gestritten und der Amerika-Mann hat seinen Kumpel angegriffen und womöglich umgebracht – erwürgt oder erstochen. Einen Schuss hätte Bartolo gehört, und dann wären auch die anderen Nachbarn aufgewacht. Oder er hat ihn schwer verletzt, danach natürlich die Nerven verloren und ist deshalb abgehauen. Oder war es von Anfang an geplant, dass sie sich trennen, dass der eine wegfährt und der andere dableibt? Vielleicht wohnt er hier. Andererseits, fragte sich Bartolo, warum zermarterte er sich überhaupt den Kopf darüber? Es konnte ihm völlig egal sein, was vorgefallen war. Hauptsache, die beiden hatten nicht mitbekommen, dass er sie beobachtet hatte. Was auch immer geschehen war, er konnte nichts daran ändern. Die Männer hatten nichts Gutes im Sinn gehabt, sonst wären sie nicht wie Diebe in der Nacht hergekommen. Wenn der zweite Mann jetzt tot war, dann war er eben tot, sagte sich Bartolo und wälzte sich auf die andere Seite. Wenn man tot ist, wird man begraben, aus, fertig, Ende. Erde zu Erde, Asche zu Asche, Staub zu Staub. Der Pfarrer hatte immer gepredigt, man solle nicht töten, man solle seine Feinde lieben, die Guten kämen in den Himmel, die Bösen in die Hölle und lauter solche Sachen. Aber Bartolo glaubte ihm kein Wort, das behielt er jedoch lieber für sich. Die Erwachsenen behaupteten oft irgendwelche Dinge, die sich früher oder später als

Lüge herausstellten. Wer waren die Guten, wer die Bösen? Das stand niemandem auf der Stirn geschrieben. Jeder war doch gut und böse, je nach Stimmung und Situation. Sein Vater war das beste Beispiel dafür. Er konnte freundlich und lustig sein, und im nächsten Moment zu einer wütenden Bestie werden, die sich auf Mutter oder ihn stürzte, niederbrüllte und schlug, um später so zu tun, als sei nichts gewesen.

Am nächsten Morgen wäre Bartolo am liebsten rüber gegangen, um nachzusehen, ob irgendwo im Haus wirklich ein Toter lag und ob die Kiste da war. Aber er musste in die Schule, die vor einigen Wochen wieder eröffnet wurde. Ob in der Kiste Waffen waren, überlegte er, während er sich rasch anzog und nach unten ging. Seine Mutter stand mit Magdalena auf dem Arm am Fenster, und als er hereinkam, drehte sie sich zu ihm um und lächelte. Sie war blass und ihre Augen waren gerötet. Sie hatte also wieder geweint. Bartolo hätte sie so gern umarmt, aber Magdalena fing zu quengeln an. Also schluckte er den Kloß hinunter, der sich in seiner Kehle gebildet hatte, zog den Bund seiner ewig rutschenden Hose hoch und ging zum Herd, um sich eine Schale warmer Milch zu holen. Dann setzte er sich an den Tisch, bröckelte eine Scheibe Maisbrot in die Milch und begann zu essen.

Seine Mutter schenkte sich eine Tasse Zichorienkaffee ein und setzte sich ihm gegenüber.

»Guten Morgen, hast du gut geschlafen?«

»Es geht so.«

»Beeil dich, damit du nicht zu spät kommst.«

Bartolo nickte. Er ging gern zur Schule, auch wenn es dort kalt und ungemütlich war, aber heute wäre er lieber daheim geblieben.

»Letzte Nacht ist ein Autounfall passiert.«

»Wo?«

»Unten in der Kurve. Der Wagen ist den Hang hinunter, hat sich mehrmals überschlagen und ist gegen einen Baum geprallt.«

»Und der Fahrer?«

»Er ist tot«, sagte seine Mutter tonlos.

»Was war es für ein Auto?«

»Ein Horch, sagen die Leute. Warum fragst du?«

»Nur so.«

Erst am späten Nachmittag schlüpfte er unbemerkt ins Nachbarhaus. Drinnen war es dunkel, kalt und unheimlich. Der schimmelige Putz schälte sich von den grauen Wänden, überall lag Staub und von der Decke hingen lange Spinnweben. Er stieg über die knarrende Holztreppe in den ersten Stock. Die Zimmer waren leer geräumt. Genauso im zweiten Stock. Er ging rasch wieder nach unten und in die Küche, in der ein massiger Esstisch stand. Die Wand um den großen Kamin war schwarz vom Rauch und Ruß. Über der Feuerstelle hing an einer verrosteten Kette ein Kessel. In der kalten Asche darunter lag ein verkohltes Stuhlbein. In der rechten Ecke neben dem Kamin stapelten sich kreuz und quer übereinander alte Latten und zwei kaputte Hocker. Bartolo stand mitten im Raum und betrachtete sekundenlang die Schuhabdrücke auf dem Boden, die die beiden Männer wohl in der Nacht hinterlassen haben. Die Tür, von der man aus der Küche auf die Veranda und über die Außentreppe in den Hof und den Garten gehen konnte, stand offen. Das Schloss war wie das an der vorderen Haustür kaputt. Der zweite Mann war durch diese Hintertür abgehauen. Von der Kiste fehlte jede Spur. Er wollte sich schon auf den Rückweg machen, als er neben dem Holzhaufen eine abstehende Diele sah. Als er ein paar Bretter weg schob und die Klappe anhob, kam der Haufen ins Rutschen. Vorsichtig räumte er die Bretter zur Seite und versuchte keinen Krach zu machen. Dann öffnete er die Kellerklappe, holte seine Taschenlampe aus der Hosentasche, knipste sie an und ging die unebene Steintreppe hinunter. In der Wand zur Gartenseite fiel durch die kaputte Scheibe des Kellerfensters ein wenig Tageslicht hinein. Der Raum war vollgestopft mit Krempel. In einer Ecke standen Weinfässer, ineinander verkeilte Eimer und Blumenkübel. Spinnweben bewegten sich im kalten Luftzug. An der gegenüberliegenden Wand rostete ein Fahrrad vor sich hin. Die schmale Kiste lag zwischen dem Fahrrad und einem Holzregal. Sie war mit einem Jutesack zugedeckt. Bartolo schob das Fahrrad zur Seite und zog den nach verfaulten Kartoffeln riechenden Sack herunter. Die Kiste war aus groben Latten zusammengenagelt und mit einer fingerdicken Schnur festgezurrt. Bartolo ging in die Hocke und löste den Knoten. Seine Hände zitterten vor Aufregung und Kälte. Als er den Deckel anhob und hineinsah, schreckte er zurück. In der mit Stroh gepolsterten Kiste lagen alle möglichen Gegenstände aus Gold und Silber. Essbestecke, Schalen und Kelche, Kruzifixe und Kerzenleuchter, die aus einer Kirche stammten, jede Menge in Zeitungspapier eingewickelte Halskettchen, Perlenketten, Ringe, Broschen, Armreifen und Taschenuhren. Bartolo traute seinen Augen nicht. Vorsichtig nahm er ein mit Edelsteinen verziertes Holzkreuz heraus und betrachtete es von allen Seiten. Allein das Ding musste ein Vermögen wert sein. Aber woher stammten die Sachen, und warum haben sie die Männer ausgerechnet hier versteckt? Wussten sie überhaupt, was in der Kiste war? Er legte das Kreuz zurück, machte die Kiste wieder zu und verknotete den Strick. Dann warf er den Sack darüber wie er ihn vorgefunden hatte, rannte nach oben, verteilte die Bretter über der Luke, verließ das Haus durch die Hintertür, sprang die Außentreppe hinunter, wobei er sich an den Zweigen des Wilden Weins, der am Geländer wucherte, die Hand zerkratzte.

Als er später im Bett lag, malte er sich in schönsten Farben aus, was er mit dem Schatz anfangen könnte. Natürlich, streng genommen, sollte er alles seiner Mutter erzählen. Und sie müsste es den Behörden melden. Doch das kam einfach nicht infrage. Das war jetzt sein Schatz. Er hatte ihn gefunden, er wurde ihm durch einen Wink des Schicksals zugespielt und versprach eine wundervolle Zukunft. Dumm nur, dass er ihn in der nächsten Zeit nicht anrühren durfte. Es würde sofort auffallen, wenn er versuchte, auch nur einen kleinen Ring zu verkaufen. Er wusste auch nicht, an wen er sich da wenden könnte. Wenn es heraus käme, was er gemacht hatte, müsste er auch sagen, dass er die zwei Männer gesehen hatte. Nein, er durfte niemandem etwas sagen, nicht einmal seiner Mutter. Außerdem musste er vorsichtig sein. Der Amerika-Mann war tot, aber der andere würde sicher zurückkommen, um die Kiste zu holen. Deshalb musste er den Schatz so schnell wie möglich woanders verstecken. Die Frage war nur, wo? Im ausgetrockneten Brunnen hinter dem Haus. Das wäre ein gutes Versteck. Oder sollte er ihn im Garten vergraben? Oder in ihrem Keller oder Stall? Aber die Gefahr, dass Mutter ihn dabei erwischte, war einfach viel zu groß. Dann endlich hatte er die allerbeste Idee. Er war mit seinem Großvater oft im Karst unterwegs gewesen, wenn sie ihre Ziegen hüteten und Heilkräuter sammelten. Als eines

Nachmittags ein Zicklein plötzlich verschwand, fanden sie es in einem Erdloch, das man sehr leicht übersehen konnte. Es lag am Waldrand und war mit Buschwerk und Gras zugewachsen. Großvater war hinunter geklettert und hatte das Zicklein gerettet. Als er oben war, ermahnte er Bartolo aufzupassen, wenn er da unterwegs war. Es gab viele Erdlöcher in der Gegend, und wenn man in eine *Jama* oder *Foiba* wie die Italiener die Löcher nannten, hineinfiele, käme man nicht lebend heraus. Manche Löcher seien bis zu zweihundert Meter tief. Und dieses Erdloch da sei außerdem der Eingang zu einer großen Höhle. Er solle sich die Stelle gut merken.

Am nächsten Tag wickelte Bartolo einen Teil des Schmucks in ein Tuch, das er aus Mutters Schrank stibitzt hatte, stopfte das Bündel in seinen Rucksack und machte sich eilig auf den Weg. Als er das Erdloch fand, knipste er die Taschenlampe an, die er immer bei sich trug, kletterte hinunter und kroch durch den engen Höhleneingang. Der Boden war feucht, kalt und rutschig. Bartolo unterdrückte die Angst, die ihn immer mehr beschlich, je weiter er vorankam. Als er stehen konnte, suchte er die Felswand nach einer Vertiefung ab, die groß genug war, legte das Bündel hinein, ritzte mit dem Taschenmesser ein kleines Kreuz in den Stein und beeilte sich, nach Hause zu kommen.

In den folgenden Tagen versteckte er so an weiteren Stellen in der Höhle den gesamten Inhalt der Kiste. Er markierte die Verstecke, die sich wie das erste in der Nähe des Eingangs befanden, weil er sich nicht traute, tiefer in die Unterwelt vorzudringen. Am Ende behielt er nur zwei unscheinbare haselnussgroße Edelsteine, die er nach Amerika mitnehmen wollte. Er legte sie in eine Streichholzschachtel, wickelte diese in ein Taschentuch und versteckte sie unter einer losen Bodendiele unter seinem Nachttisch.

Es war gut, dass er sich beeilt hatte, den Schatz fortzuschaffen, denn als er ein paar Tage später aus der Schule kam, sah er vor dem Kirchhof den zweiten Mann aus dem Nachbarhaus herauskommen. Er sah sehr wütend aus, als er in einen zerbeulten Jeep einstieg und davonfuhr. Danach war Bartolo tagelang auf der Hut und beobachtete auch nachts das Haus, aber der Mann kam nicht wieder.

Kurz vor seinem zwölftem Geburtstag verließ er mit Mutter und der kleinen Schwester Istrien für immer. Er ging mit einem kleinen Koffer in der Hand fort und schwor sich, eines Tages zurückzukehren und seinen Schatz zu bergen.

Dezember 2015
Freitag

Eigentlich hatte Prohaska schon vor Wochen vorgehabt, eine Fototour in Zentralistrien zu unternehmen, aber dann war er mehr oder weniger unfreiwillig in die Ermittlung eines Mordfalls in Rovinj hineingeraten. Danach hatte er seinem Freund Ivo Horvat geholfen, die alte Einrichtung des Fotoladens in der Carrera abzubauen, damit die Renovierungsarbeiten beginnen konnten.

Heute Vormittag endlich hatte er sich auf den Weg gemacht, war über Žminj nach Pazin gefahren, wo er eine gute Stunde damit verbrachte, unzählige Aufnahmen von dem mittelalterlichen Kastell und der tiefen Schlucht zu machen, von der schon Dante und Jules Verne so fasziniert waren. Das Wetter passte auch, da immer wieder schwere blaugraue Wolken die Sonne verdeckten. Licht und Schatten wechselten sich ab und verliehen der Landschaft ein dramatisch düsteres Aussehen. Anschließend kaufte er sich ein Sandwich, trank einen Espresso und fuhr weiter Richtung Norden. Prohaska hatte wie immer ein Navi dabei, doch das Herumkommandieren der emotionslosen Frauenstimme ging ihm auf die Nerven, sodass er es in den seltensten Fällen auch benutzte.

Vielleicht hätte er es heute einschalten sollen.

Man hätte meinen können, er sei in der gottverlassensten Gegend der Welt gelandet, dabei lag die Küste nur eine knappe Stunde entfernt gleich hinter dem mächtigen Bergrücken der Učka, von wo man bei klarem Wetter einen wunderbar weiten Blick auf die Kvarner Bucht und die Inseln Cres und Krk hatte.

Vor etwa einer Viertelstunde war er vom Istrischen Ypsilon, der Schnellstraße, abgebogen und dann auf einer schmalen, kurvenreichen Straße weitergefahren. Sie mündete in einen holprigen Feldweg, der von knorrigen Eichen gesäumt in unzähligen Kurven entlang der Bergflanke hinauf führte. Hin und wieder passierte er verlassene Häuser und verschlafene Weiler, ohne einen einzigen Menschen zu sehen. Auf den schräg abfallenden Wiesen zu seiner Linken ragten hie und da weißgraue Felsbrocken aus der Erde.

Er hielt manchmal an, machte ein paar Fotos, und fuhr langsam weiter. Als er um eine enge Kurve bog, konnte er gerade noch auf die

Bremse steigen. Ein paar Meter vor ihm trotteten unzählige Schafe über die Straße. Sie strömten aus einem hangarähnlichen Betongebäude, das sich etwa zweihundert Meter entfernt rechts von der Straße auf einer großen Lichtung befand. Ein schwarzer Hund rannte umher und dirigierte die Tiere in die gewünschte Richtung.

Prohaska schaltete den Motor aus, nahm die Kamera vom Beifahrersitz und stieg aus.

Durch den Sucher sah er den Hirten aus dem Hangar herauskommen. Der Mann pfiff ein paar Mal nach dem Hund und folgte der Herde. Prohaska zoomte ihn näher heran. Er war um die vierzig, vielleicht auch jünger. Sein Gesicht war schmal und braun gebrannt. Er trug eine gefütterte Militärjacke in Tarnfarben, Jeans und Wanderschuhe. Auf der Schildmütze prangte ein Ferrari-Logo. Über der Schulter hing ein Rucksack, um den Hals baumelte ein Feldstecher. Als er die Straße erreicht hatte, winkte er und kam auf Prohaska zu.

Er reichte Prohaska die Hand. »Tut mir leid, dass du warten musstest. Ich bin Elvir.«

»Hallo, kein Problem«, erwiderte Prohaska und zeigte auf die Herde. »Ganz schön viele Tiere.«

Elvir grinste. »Hundertachtzig. Machen viel Arbeit, aber das ist okay.«

So wie der Mann die Worte betont, dachte Prohaska, stammt er aus dem Süden, vermutlich aus Makedonien oder Kosovo.

»Sehr schön hier und so ruhig«, sagte Prohaska.

»Ja, ja, außer man begegnet einem Wolf, dann ist es mit der Ruhe aus.«

Prohaska fingerte die Zigarettenpackung und ein Feuerzeug aus der Jackentasche und bot Elvir eine Zigarette an. Er nahm eine, Prohaska gab ihm Feuer und steckte sich selbst eine an.

»Einem Wolf? Bist du ganz sicher?«, fragte er, nachdem er einen Zug genommen hatte.

»Natürlich bin ich sicher. Erst heute Morgen war einer da, ist dann da drüben im Wald verschwunden.« Elvir zeigte mit seinem langen Stock zum Berghang. »Und er war nicht der erste Wolf, den ich in meinem Leben gesehen habe. Da wo ich herkomme, gibt es viele.«

»Woher kommst du denn?«

»Kosovo. Und du?«

»Rovinj.«

»Schöne Stadt. Ein Verwandter von mir hat dort eine Eisdiele gleich an der *Riva*, du kennst die bestimmt. Ich habe ihn einmal besucht, aber das ist schon eine Weile her. Und du machst dort Urlaub?«

»Nein, nein, ich lebe da in der Nähe.«

»Ach so, aber ein echter Istrianer du bist du auch nicht, oder?«

»Nein.«

Elvir zeigte auf Prohaskas Kamera. »Bist du ein Reporter oder so was?«

»Fotograf.«

»Klingt interessant. Kann man davon leben?«

Prohaska lächelte.

»Na ja, nicht wirklich, ich habe in Deutschland gearbeitet.«

»Dann bist du auch ein Gastarbeiter. Wo warst du da genau?«

Prohaska schien es klüger zu sein, seinen früheren Beruf nicht zu erwähnen. Es musste nicht jeder wissen, dass er bei der Kriminalpolizei gearbeitet hatte.

»In Stuttgart. Dann hatte ich einen Arbeitsunfall und bin nach Istrien gezogen.«

»Ah, du warst bei Daimler, das sieht man.«

Elvir deutete mit dem Kinn auf Prohaskas weißes, achtzehn Jahre altes Mercedes Cabrio. »Ein Onkel von mir hat auch bei Daimler gearbeitet.«

»Nein, ich war im öffentlichen Dienst.«

»Das tut mir leid.«

Prohaska grinste. »Es muss dir nicht leidtun.«

Elvir lachte. »Nein, ich habe deinen Arbeitsunfall gemeint.«

»Ach so, danke.«

»Tja, das Leben in der Fremde ist verdammt hart«, sagte Elvir nachdenklich, und drehte sich nach seiner Herde um. »Ich war auch mal im Ausland. Zuerst in Norditalien, habe dort bei Verwandten gewohnt und in einer Lederfabrik gearbeitet. Halbes Jahr später bin ich nach Deutschland gegangen. Ein Freund hat mir einen Job auf dem Bau besorgt, aber das Wenige, das ich da verdient habe, musste ich fürs Essen und das Bett in einer Baracke bezahlen, die der Chef an uns vermietete. Eines Morgens gab es eine Razzia, und es stellte sich heraus, dass der Chef uns gar nicht angemeldet hat. Na ja, ich bin dann freiwillig zurück nach Hause.«

Prohaska nickte. Er kannte hunderte solcher Geschichten noch aus seiner Dienstzeit.

»Das einzig Gute daran war, dass ich ein wenig Italienisch und Deutsch gelernt habe. Na ja, bei der Arbeit musste man nicht viel reden.« Elvir ließ seine Kippe auf den Boden fallen, drückte sie mit dem Schuh aus und grinste. »Zum Beispiel: Rauchen nix gut. Oder: guten Tag, danke, bitte, wie geht's, wie steht's, bitte ein Bier, wo geht's hier zum Bahnhof, schene Frau, willst du mit mir gehen', solche Sachen halt.«

Prohaska lächelte. »Und wie lange bist du hier?«

»Knapp drei Jahre. Ich bin in einem kleinen Bergdorf aufgewachsen, hüte Schafe seit meinem vierzehnten Lebensjahr und möchte nichts anderes machen. Und so bin ich wieder Gastarbeiter. Klingt für mich immer noch irgendwie seltsam. Früher, in Jugoslawien, konnten wir uns frei bewegen. Dann kam der blöde Krieg. Aber was soll man machen? Das Leben muss weiter gehen. Die Menschen sind, wie sie sind. Ich will damit nicht sagen, dass es früher besser war. Aber schau dir die Welt heute an. Kriege, Vertreibungen, Korruption, Gier und Neid, jeder gegen jeden. Und es wird immer schlimmer, wenn du mich fragst.«

Und wieder einmal bestätigte sich Prohaskas Beobachtung. Die meisten Gespräche, die er mit Leuten hier führte, und seien sie auch noch so kurz und unverbindlich wie dieses jetzt, landeten nach kürzester Zeit bei der Politik.

Elvir drehte sich nach der Herde um. »Wenigstens ist es hier ruhig. Ich verdiene ganz gut, fahre alle zwei Monate für ein paar Tage nach Hause zu meiner Familie. Ich hab zwei kleine Kinder. Sie werden später bestimmt auch ins Ausland gehen, bei uns unten gibt es keine Arbeit. Armut und Elend wo du hinschaust. Meine Alten und die Schwiegereltern sind auch noch da, aber sie haben keine Rente. Deshalb müssen mein Bruder Ismail und ich die ganze Familie ernähren. Ismail und ich sind zusammen hergekommen. Wir wechseln uns alle paar Wochen ab, mal hütet er die Schafe, dann wieder ich. Jetzt arbeitet er in der Käserei unseres Chefs.«

Prohaska nickte nur, wusste nicht, was er darauf erwidern sollte, also nahm er den Faden von vorhin wieder auf.

»Ich hätte nicht gedacht, dass es hier Wölfe gibt.«

»Doch, doch, aber es sind nicht viele, ein oder zwei Rudel. Letzten Herbst haben sie uns ein Mutterschaf und zwei Lämmer gerissen, obwohl die Herde über Nacht auf einer eingezäunten Weide stand.«

»Und wann hast du heute den Wolf gesehen?«, fragte Prohaska und hoffte, dass er nicht zu besorgt klang.

»So gegen halb acht. Plötzlich rannten die Tiere auseinander, und Medo, das ist unser Hund, bellte wie ein Irrer, ging auf den Wolf los, und ich schreiend hinterher. Der Wolf ist abgehauen, aber ich bin sicher, er kommt wieder.«

»Kein angenehmer Gedanke.«

»Damit muss man als Hirte leben. Falls du ihn suchen willst, ich meine wegen der Fotos und so, wirst du wahrscheinlich kein Glück haben. Wölfe sind sehr intelligente und scheue Tiere.«

»Oh, das hatte ich ohnehin nicht vor.«

»Wenn sie in die Nähe von Siedlungen kommen, dann nur, weil sie in den Bergen nicht genug Wild finden. Also holen sie sich eben Schafe oder andere Haustiere. Die Bauern schimpfen natürlich jedes Mal, aber sie kriegen vom Staat eine Entschädigung, wenn sie beweisen, dass ihre Tiere vom Wolf getötet wurden.«

»Hast du denn keine Angst so allein hier oben?«

»Nein. Der Wolf tötet nur, um sich und sein Rudel zu ernähren. Vor ihm habe ich keine Angst, eher vor den Wölfen im Schafspelz. Du weißt, was ich meine.«

»Ja, denen sollte man lieber aus dem Weg gehen.«

»Tja, ich muss wieder weiter. Wie war noch dein Name?«

»Joe.«

»Ciao, es war nett mit dir zu plaudern.«

»Hey, warte, kann ich noch ein Foto von dir machen?«

»Ja, sicher.«

Elvir lehnte sich an seinen Stock und grinste in die Kamera. Prohaska schoss ein paar Aufnahmen und zeigte sie Elvir auf dem Display.

»Komm doch mal bei uns vorbei, der Hof liegt gleich da unten im Tal. Mein Bruder und ich machen den besten Schafskäse weit und breit. Frag einfach nach Miro Gordić, das ist unser Chef.«

»Ja, das mach ich bestimmt. Wiedersehen.«

Elvir pfiff den Hund zu sich. Der ließ sich von Prohaska streicheln und rannte dann der Herde hinterher.

*

Prohaska wendete den Wagen und fuhr hinunter zur Hauptstraße. Die Sache mit dem Wolf gefiel ihm nicht. Andererseits war er sich nicht so sicher, ob die Geschichte überhaupt stimmte. Vielleicht hatte sie Elvir nur erfunden, um sich interessanter zu machen. Prohaska hatte sich noch nicht besonders mit dem Leben der Wölfe beschäftigt. Klar, er kannte die Märchen von Rotkäppchen oder den Sieben Geißlein, aber das war es auch schon. Und Wölfe waren seit Urzeiten die Futterkonkurrenten der Menschen, die sie zum Sinnbild des Bösen erklärt haben. Man hetzte und jagte sie und hätte sie fast ausgerottet. Wenn sie sich wieder vermehrt zeigten, war das eigentlich ein gutes Zeichen. Vielleicht lernte der Mensch doch dazu, überlegte Prohaska und verwarf den hoffnungsvollen Gedanken gleich wieder. Der Mensch findet immer neue Wege, aus reiner Profitgier die Natur und damit irgendwann sich selbst zu zerstören. Er ist die wahre Bestie und wird so lange weitermachen, bis er sich und die anderen Geschöpfe ausgerottet hat.

Als ein verrostetes gelbes Straßenschild mit der Aufschrift Kras auftauchte, bog Prohaska nach links ab. Er war schon einmal in der winzigen alten Stadt gewesen, die wie die meisten in Istrien von Venezianern gegründet wurde. Hoffentlich war die Konoba nicht geschlossen, dachte er, während er die steile schmale Straße hochfuhr. In einer langen Kurve kam ihm ein Auto entgegen. Prohaska lenkte seinen Wagen an den Straßenrand, um Platz zu machen, und als der silbergraue BMW an ihm vorbeikam, sah er einen jungen Mann mit schulterlangen dunklen Haaren und eine blonde Frau auf dem Beifahrersitz. Sie hatten es offensichtlich eilig, von hier wegzukommen.

Prohaska fuhr weiter und hielt nur ein paar Minuten später an einer Kapelle, die auf einem Platz unterhalb von Kras stand. Der

Gipfel der Učka leuchtete golden in der untergehenden Sonne. Prohaska nahm die Kamera, stieg aus und machte ein paar Fotos. Das breite Tal lag im Schatten. Über einem Flüsschen, das sich von Bäumen gesäumt, in Mäandern durch Wiesen und Felder schlängelte, stieg Nebel auf.

Nur ein paar Minuten später fuhr er durch das einstige Stadttor und stellte den Wagen unter einem riesigen alten Baum vor der Ruine eines Kastells ab. Als er aussteigen wollte, klingelte sein Handy. Er zog es aus der Jackentasche und meldete sich.

»Hallo Joe, wie geht es Ihnen?«, erkundigte sich Inspektor Giovanni Rossi, der Leiter der Polizeistation Rovinj, mit dem er vor einigen Wochen zu tun hatte.

»Danke, und Ihnen?«

»Sind Sie in der Stadt? Ich habe bald Feierabend und dachte, wir treffen uns auf einen Kaffee oder so.«

»Das ist nett, aber ich bin momentan unterwegs.«

»Wo denn?«

»In der Nähe von Učka, genauer in Kras.«

»Was um Himmels willen wollen Sie ausgerechnet in Kras?«

»Nur eine Kleinigkeit essen und mir dann eventuell ein Zimmer suchen.«

»Wollen Sie da etwa übernachten?«

»Haben Sie etwas dagegen?«

Rossi lachte schallend. »Aber nein, ich frage mich nur, was ein vernünftiger Mensch wie Sie in dieser Wildnis sucht. Lebt da oben überhaupt noch jemand?«

»Das hoffe ich, aber ich schau mich gerne um und berichte es Ihnen, wenn Sie wollen. Ich bin gerade angekommen.«

»Das war natürlich ein Scherz, aber passen Sie trotzdem auf sich auf. Sie haben doch bestimmt gehört, dass es da oben böse Geister, Hexen und Zauberer, ja sogar Vampire geben soll.«

Prohaska lachte. »Ja, natürlich.«

»Wenn ich es Ihnen sage.«

»Danke für den Hinweis, aber ich bin leider nicht abergläubisch. Allerdings hat mir vorhin ein Schäfer erzählt, dass er heute Früh einen Wolf gesehen hat.«

»Ja, ja, die Wölfe habe ich ganz vergessen.«

»Ach, keine Sorge, mir passiert schon nichts.«

»Na gut, viel Spaß dann, und melden Sie sich, wenn Sie wieder in der Zivilisation sind. Ich muss mit Ihnen reden.«

»Über etwas Bestimmtes?«

»Sie können es sich sicher denken. Wann sind Sie wieder da?«

»Morgen Abend.«

»Okay, bis dann.«

»Bis dann.«

Prohaska verstaute die Kamera in die Fototasche, nahm seinen Rucksack vom Beifahrersitz und stieg aus. Kein Mensch war zu sehen. Im dürren Grasstreifen an der Burgmauer saß eine grau gestreifte Katze und starrte ihn an. Prohaska ging zu ihr, ging in die Hocke und streckte die Hand aus. Die Katze schnupperte daran und rieb den Kopf dann laut schnurrend an seinen Knien. Prohaska streichelte ihren Rücken, aber als sie merkte, dass er doch nichts zum Fressen für sie hatte, trottete sie davon. Die Häuser zu seiner Linken waren in einem trostlosen Zustand. In den Mauerritzen wucherte Unkraut, die Fensterläden waren entweder geschlossen oder hingen schief in verrosteten Angeln. Einige Fenster waren mit Brettern zugenagelt oder nur dunkle leere Öffnungen, durch die der Wind hindurch pfiff. Aber es gab auch bewohnte und renovierte Gebäude mit gepflasterten Innenhöfen und Blumenkästen an Terrassen.

Prohaska ging am großen hölzernen Tor des Kastells vorbei. Die Konoba, die in die Burgmauer hineingebaut war, stand nur ein paar Schritte entfernt und lag etwas tiefer als die Gasse selbst. Ein schwarzer Kleinwagen parkte davor, und Prohaska fand, dass der so gar nicht in diese mittelalterliche Kulisse passte. Er ging ein paar Stufen hinunter, die durch einen schmalen Vorgarten zum Eingang des Lokals führten.

Als er die Konoba betrat, schlug ihm warme und nach frischem Braten duftende Luft entgegen. Aus unsichtbaren Lautsprechern tönte leise Gitarrenmusik. Im Gastraum standen etwa fünfzehn lange Tische, auf der rechten Seite eine rustikale Theke aus dunklem Holz und ein paar Barhocker. Die einzigen Gäste, zwei alte Frauen und ein alter

Mann, saßen an einem Tisch in der Nähe eines Kamins, in dem ein Feuer prasselte.

Sie sahen zu ihm rüber und verstummten. Prohaska kam sich wie in einem dieser alten Western vor, wenn ein Fremder den Saloon betritt. Hinter dem Tresen stand eine rundliche Frau um die fünfzig. Sie hatte kastanienrotes Haar und dunkle Augen. Prohaska lehnte sich an die Theke und verlagerte sein Gewicht auf das gesunde Bein. Die Schussverletzung am Unterschenkel machte ihm immer wieder zu schaffen, und er spürte jeden Wetterumschwung, auch wenn er sich das nicht erklären konnte. Die Wirtin stellte das Glas ab, das sie gerade gespült hatte und schenkte ihm ein Lächeln.

»Guten Tag, was darf es sein?«

Prohaska lächelte zurück.

»Hallo, einen doppelten Espresso bitte, außerdem würde ich gerne eine Kleinigkeit essen.«

Die Wirtin sah zu der Pendeluhr an der Wand. Es war kurz nach drei Uhr.

»Wir haben eigentlich geschlossen. Heute Abend ist hier eine geschlossene Gesellschaft, der Herr da drüben feiert Geburtstag. Aber ich könnte Ihnen eine Käse- oder Schinkenplatte machen, wenn das okay ist.«

»Ja, natürlich, danke.«

Sie nahm eine Tasse aus dem Schrank, stellte sie unter die Düse eines riesigen italienischen Kaffeeautomaten, drückte auf einen Knopf, und während das Ding einen Höllenlärm machte, kam sie wieder vor.

»Aber bitte, setzen Sie sich, der Kaffee kommt gleich.«

Die drei Alten am Kamin nahmen ihr Gespräch wieder auf. Prohaska nickte ihnen im Vorbeigehen zu, legte den Rucksack und die Kameratasche auf einen Tisch neben der Fensterfront, die die ganze linke Wand des Lokals ausmachte und von wo aus man einen wunderbaren Panoramablick auf die Učka, die Berge der Ćićarija und das Tal hatte. Auf der langen Terrasse, die sich außen an der Fensterfront befand, standen in zwei Reihen große Tische mit Holzbänken. Prohaska ging wieder nach vorne, sah das Toiletten-Schild, wandte sich nach rechts und durchquerte einen langen schummrigen Flur, von dem eine Tür in die Küche führte.

Als er zurückkam, brachte die Wirtin den Espresso, ein Glas Wasser und auf einen Teller ein großes Stück Schokoladentorte.

»Oh, wie komme ich denn dazu?«

»Das ist von der Geburtstagstorte übrig geblieben«, sagte sie und deutete mit dem Kinn zu dem Tisch am Kamin. »Ich dachte, falls Sie sehr großen Hunger haben …«

»Danke sehr, den habe ich in der Tat.«

Der alte Mann drehte sich um und winkte Prohaska zu.

»Möchten Sie sich nicht lieber zu uns setzen?« Er sprach Kroatisch mit starkem englischem oder amerikanischem Akzent.

»Danke, aber ich möchte nicht stören.«

»Ach was, kommen Sie schon«, sagte der Mann. Die zwei Frauen musterten Prohaska neugierig.

Und weil er nicht unhöflich erscheinen wollte, stand Prohaska auf, nahm seine Sachen und ging rüber. Die Wirtin kam mit dem Kaffee und Kuchen hinterher und ging dann zurück zum Tresen.

Der alte Mann deutete auf den Stuhl ihm gegenüber.

»Nehmen Sie doch Platz. Ich bin Bartolo Monti, das hier ist meine Schwester Magdalena und die Dame neben ihr ist Katarina, eine entfernte Verwandte. Sie ist ein wenig taub, also müssen wir etwas lauter reden.«

»Angenehm, Josef Prohaska, aber die meisten sagen einfach Joe.«

Sie schüttelten sich die Hände. Prohaska setzte sich.

»Die Wirtin sagte, dass Sie heute Geburtstag haben, alles Gute.«

»Danke, danke, aber lassen Sie es sich schmecken.«

»Bartolo ist neunundsiebzig geworden«, sagte Katarina.

»Das sieht man Ihnen aber gar nicht an«, sagte Prohaska höflich und aß ein Stück Torte.

Bartolo fuhr sich mit den Fingern durch die grauen Haare.

»Danke fürs Kompliment. In meinem Alter ist man für jeden Tag dankbar, doch der Tod ist stets in der Nähe und lauert auf den günstigen Moment.«

»Sag doch so etwas nicht, Bart«, sagte Magdalena. Auch sie sprach mit starkem Akzent, aber Prohaska wollte nicht zu neugierig erscheinen und schluckte die Frage, woher sie kamen, mit einem weiteren Stück Torte und einem Schluck Kaffee hinunter.

Die Geschwister sahen sich nicht ähnlich, fand Prohaska. Magdalena war schlank, fast hager, hatte einen dunklen Teint und haselnussbraune Augen, um die sich feine Fältchen kräuselten. Prohaska schätzte sie auf Anfang oder Mitte sechzig. Ihre kinnlangen dunkelbraunen Haare waren gefärbt und perfekt frisiert. Ihre Finger waren lang, die Nägel dunkelrot lackiert, und der passende Lippenstift stand im schönen Kontrast zu ihrem schwarzen Rollkragenpullover. Darüber trug sie eine Wolljacke und einen Seidenschal mit Rosenmuster. Am linken Ringfinger steckte ein Ring mit einem roten Stein, und am Handgelenk trug sie eine schmale goldene Armbanduhr.

Bartolo Monti hingegen war klein, hatte eisblaue Augen und ein längliches und von tiefen Furchen durchzogenes, blasses Gesicht. Sein Hemd war hellblau kariert, an den Kragenspitzen waren silberne Ecken befestigt und über seiner schmalen Brust waren zwei Lederstriemen zu einem Knoten gebunden, deren Enden mit Silberkappen verstärkt waren.

Katarina war eine Einheimische. Prohaska schätzte sie weit über achtzig. Ihre Haut war an den hohen Wangenknochen und der Stirn dünn wie Pergament, aber ihre dunklen Augen waren klar und lebhaft. Sie sah Prohaska an und lächelte, wenn er in ihre Richtung sah, wobei sie eine Reihe weißer Porzellanzähne zeigte. Ihre schlohweißen Haare waren zu einem lockeren Knoten gebunden. Wie die meisten alten Frauen hier trug sie das traditionelle Witwenschwarz.

»Ich kannte mal einen Prohaska, drüben in den Staaten, aber das ist schon viele Jahre her. Er war Österreicher mit tschechischen Vorfahren«, sagte Monti.

Prohaska nickte.

»Und was verschlägt einen Tschechen, der so gut Kroatisch spricht, um diese Jahreszeit hierher?«, fragte Magdalena.

»Oh, ich bin eigentlich kein Tscheche. Meine Mutter ist Deutsche, mein Vater war Kroate tschechischer Abstammung«, erklärte Prohaska und schalt sich, weil er schon wieder zu viel von sich verriet und die drei es vermutlich gar nicht so genau wissen wollten. Aber da es zu spät war, um zurückzurudern, fügte er noch hinzu: »Ich lebe in der Nähe von Rovinj.«

»Und was machen Sie da als Deutscher?«, fragte Katarina und sah ihn herausfordernd an.

Monti und Magdalena warfen ihr einen tadelnden Blick zu, aber sie kümmerte sich nicht drum.

Prohaska legte die Kuchengabel auf den Teller und lächelte.

»Nichts Besonderes, ich bin im Ruhestand.«

»Aber dafür sind Sie noch viel zu jung«, sagte Katarina.

»Ich hatte vor etwas mehr als zwei Jahren einen Dienstunfall«, sagte Prohaska, wobei er seinen früheren Beruf wegließ, denn sobald er sagte, dass er sei früher bei der Polizei war, wurden die meisten Leute misstrauisch.

Nun folgten die üblichen Fragen nach dem Familienstand und ob er auch Kinder habe.

Prohaska sagte, er sei verwitwet, habe eine erwachsene Tochter, sein Vater sei vor neun Jahren gestorben, die Mutter sei rüstig und einigermaßen gesund.

Währenddessen bestellte Monti eine Flasche Wein, obwohl Magdalena protestierte, weil es doch nachher bei der Geburtstagsfeier genug zu trinken geben werde. Das Kaminfeuer knisterte, und Prohaska stellte zu seinem Erstaunen fest, dass es ihm nicht unangenehm war, sich mit ihnen zu unterhalten. Im Gegenteil. Und er musste an seinen Vater denken, der jetzt etwa so alt wie Bartolo Monti wäre.

Als eine hübsche junge Frau aus Küche kam und sich am Tresen einen Espresso abholte, überlegte Prohaska, ob sie die Tochter der Wirtin war. Sie nahm die Tasse, wechselte mit der Wirtin leise ein paar Worte, und als sie in die Küche zurückging, schaute sie zu ihm rüber. Klar, ein Fremder fiel sofort auf. Er war trotzdem ein wenig irritiert und fuhr sich mit den Fingern durch die grau melierten Haare, um eine widerspenstige Locke aus der Stirn zu streichen. Vielleicht sollte er zum Friseur gehen und könnte sich den von grauen Strähnen durchzogenen Vollbart auch gleich trimmen oder ganz abrasieren lassen. Prohaska hielt sich weder für besonders gut aussehend noch für eitel. Da kannte er ganz andere Typen, die viel mehr auf ihr Äußeres achteten als er. Aber offensichtlich gehörte er noch nicht ganz zum alten Eisen. Jemand hatte ihm vor langer Zeit gesagt, er sei ein cooler Typ und könnte auch als Double von Götz George, also Horst Schimanski durchgehen. Doch Prohaska hielt das für ziemlich weit hergeholt, obwohl es ihm dann doch schmeichelte.

Draußen war es inzwischen dunkel geworden, und im Lokal gingen die Lichter an. Im Radio liefen die Fünfuhr-Nachrichten. Das Hauptthema war die Regierungskrise und die Situation der vielen Flüchtlinge aus Syrien, die über die Balkanrute in den Westen wollten. Aber Istrien schien weit weg von all diesen Ereignissen zu sein. Der Wetterbericht versprach nichts Gutes. Vom Westen näherte sich ein kräftiges Sturmtief, das bereits Norditalien erreicht hatte. Starke Windböen und Regen sollten in den nächsten Stunden die nördliche Adria erreichen. Damit würde sein Ausflug auf die Učka vollends in Wasser fallen, überlegte Prohaska. Aber das war im Grunde nicht weiter schlimm, er konnte ja ein andermal hin. Wenn er sich jetzt auf den Weg machte, könnte er noch vor dem Unwetter in Rovinj sein und bei Ivo und Miranda vorbeischauen oder mit ihnen ins *Tartufo bianco* auf ein Glas Wein gehen. Er war hier ein zufälliger Besucher, und Monti hatte ihn vermutlich nur aus Höflichkeit an den Tisch gebeten.

Und als hätte der alte Mann Prohaskas Gedanken erraten, beugte er sich zu ihm und fragte: »Wollen wir uns ein wenig die Beine vertreten? Ich muss eine rauchen.«

»Okay.«

Monti stand auf und holte seinen Mantel von der Garderobe.

»Kommen Sie, ich will Ihnen etwas zeigen.«

»Bartolo, du weißt, dass der Arzt dir das Rauchen verboten hat. Und Stella wird auch schimpfen«, rief ihm seine Schwester nach.

»Ach, Papperlapapp, ich rauche, wann es mir passt.«

»Und bleib nicht zu lange draußen, es ist kalt geworden«.

»Ja, ja«, brummte Monti und zog den Mantel über.

Prohaska nickte den Frauen zu, nahm seine Jacke von der Stuhllehne und folgte dem alten Mann nach draußen.

»Stella ist meine zweite Frau«, sagte Monti, nachdem sie sich die Zigaretten angezündeten hatten. »Sie ist seit neuestem eine Gesundheitsfanatikerin, gibt einen Haufen Geld aus für Obst und Gemüse, irgendwelche Wundersalben und Kräuter, die sie bei uns auf dem Markt kauft. Als ob man die Zeit anhalten und ewig leben könnte. Verstehen Sie mich nicht falsch, ich habe nichts dagegen, soll sie doch damit glücklich werden, aber ich hasse es, wenn sie mir mit ihrer missionarischen Art den Appetit verdirbt.«

Sie gingen zur Gasse hoch und bogen nach rechts. Die Laternen an den alten Fassaden warfen weiches honiggelbes Licht auf das Pflaster. Der Wind war eisig. Prohaska schlug den Kragen seiner Jacke hoch.

»Stella und mein Stiefsohn Antonio sind vorhin nach Opatija zurückgefahren. Ich habe dort seit vielen Jahren schon ein Haus direkt am Meer. Jetzt machen wir hier ein paar Wochen Urlaub.«

»Und wo leben Sie sonst?«

»In Connecticut, in der Nähe von New Haven. Kommen Sie, ich zeige Ihnen mein Elternhaus.« Monti hakte sich bei Prohaska ein, und sie gingen langsam weiter. »Ich bin ein alter Mann«, sagte Monti entschuldigend. »Aber sagen Sie es nicht weiter.«

»Kein Wort.«

»Sehen Sie sich nur diese traurigen Häuser an. Niemand kümmert sich darum, alles geht zum Teufel«, sagte Monti mit rauer Stimme. »Früher war Kras ein schönes, lebendiges Städtchen, aber jetzt interessiert es offensichtlich niemanden, den Staat schon gar nicht. Deshalb habe ich beschlossen, alle alten Häuser hier zu kaufen. Dann werden Sie saniert und anschließend an Touristen vermietet.«

»Gute Idee, aber sicher nicht billig.«

»Geld spielt keine Rolle. Davon habe ich genug. Doch bevor es meine Frau ausgibt oder mein Stiefsohn verzockt, lege ich es an. Dann haben die Leute hier auch etwas davon.«

»Ihr Stiefsohn zockt?«, fragte Prohaska und bedauerte die Frage sofort. Das ging ihn doch gar nichts an.

»Ich weiß es nicht genau, aber ich vermute es.«

»Sie mögen ihn wohl nicht besonders.«

Monti schnippte seine Kippe weg.

»Ach, was heißt schon mögen? Er ist im Grunde ein viel zu gutmütiger Kerl. Seinen Vater hat er nie kennengelernt, und als er vier Jahre alt war, hat ihn Stella bei ihren Eltern gelassen und ist nach Wien, wo sie als Bedienung und Bardame gearbeitet hat. Den Jungen hat sie erst zu sich geholt, als er mitten in der Pubertät war. Na ja, sie hatte es auch nicht leicht, das gebe ich zu, aber sie lässt ihm alles durchgehen, weil sie ein schlechtes Gewissen hat. Ich behandle ihn wie meinen eignen Sohn, solange er mich auch mit Respekt behandelt.«

»Aber Ihre Idee, die Häuser zu kaufen, müsste ihm doch gefallen. Immerhin gewinnen die dadurch ein Mehrfaches an Wert …«

»Ja, ja, natürlich, aber der Junge hat einfach keinen Ehrgeiz. Er lässt sich treiben und wartet darauf, dass ich endlich abtrete.« Monti lachte. »Aber ich bin zäh. Sie müssen wissen, mir ging es in letzter Zeit gesundheitlich nicht besonders gut, mein Herz und verschiedene Alterswehwechen haben mir zu schaffen gemacht, doch jetzt bin ich wieder fit. Antonio geht davon aus, dass Stella alles erbt, wenn ich nicht mehr da bin. So war es ursprünglich auch vorgesehen, aber nachdem ich feststellen musste, dass Stella nicht gut mit Geld umgehen kann und in kürzester Zeit alles ihrem Liebling überlassen würde, habe ich eine Stiftung gegründet, mein Testament zu deren Gunsten entsprechend geändert und bei meinem Anwalt in Amerika hinterlegt.«

Prohaska lag auf der Zunge zu fragen, ob seine Familie davon wusste, aber er hielt sich zurück. Er wunderte sich ohnehin, dass Monti ihm das alles so frei heraus erzählte.

Monti blieb stehen und deutete auf die Häuser. »Wissen Sie, wie viele Leute hier noch leben?«

»Keine Ahnung, aber viele sind es wohl nicht.«

»Knapp dreißig, davon gerade mal ein halbes Dutzend Kinder. Unglaublich, oder?«

»Ja, das ist das Problem aller Mittelmeerländer. Die Jungen wandern aus, und die Alten bleiben da und hüten die Steine. Die Suche nach besserem Leben war schon immer der Hauptgrund für die Auswanderung. Das erleben wir doch jetzt auch wieder. Eines Tages wird Europa untergehen, und wenn erst einmal die Radikalen an die Macht kommen, dann gute Nacht.«

»Eine sehr düstere Prognose, Joe, aber Sie könnten leider recht haben. Es sind schon ganz andere Reiche zugrunde gegangen. Man kann nur hoffen, dass die Politiker zur Vernunft kommen und eine Lösung finden. Wenn nicht, wird es in Europa wieder einen Krieg geben. Und die Armen werden dann nicht nur um Asyl ansuchen, sondern sich nehmen, was sie haben wollen. Aber das werde ich vermutlich nicht mehr erleben.« Monti blieb stehen. Das Gehen schien ihm schwer zu fallen. Er wandte sich ab, hustete ein paar Mal trocken, und als er wieder Luft bekam, hakte er sich abermals bei Prohaska ein.

»Wie alt sind Sie, Joe?«

»Achtundvierzig.«

»Also ein Mann im besten Alter. Und nun erzählen Sie mir, was es mit ihrem Dienstunfall auf sich hatte.«

»Das ist keine besonders amüsante Geschichte.«

»Egal.«

»Ich war fast fünfundzwanzig Jahre bei der Kripo. Vor etwas mehr als drei Jahren wurde ich bei einem Einsatz angeschossen und am linken Unterschenkel schwer verletzt. Seitdem bin ich Frührentner. Das wäre auch schon alles.«

»Ist das typisch deutsch, sich so kurz und bündig zu halten?«

»Keine Ahnung, vielleicht.«

»Well, so etwas dachte ich mir schon. Ich habe nämlich einen guten Riecher und erkenne einen Cop sofort.«

»Und was waren Sie früher von Beruf?«, fragte Prohaska, um das Thema zu wechseln.

»Oh, alles Mögliche, unter anderem auch Tellerwäscher in einem Restaurant.«

»Vom Tellerwäscher zum Millionär, wie?«

»Doch, doch, genauso war das. Das Restaurant gehörte einem alten Landsmann, der schon vor dem Zweiten Weltkrieg ausgewandert war. Ich wurde Kellner, dann Oberkellner und heiratete die einzige Tochter des Chefs. Leider bekamen wir keine Kinder. Als mein Schwiegervater krank wurde, übernahm ich das Lokal und eröffnete noch weitere. Es war nicht leicht, aber ich habe meine Chancen gut genutzt.« Monti blieb vor einem alten Steinhaus stehen und hob die Hand. »Da ist es, mein Elternhaus, beziehungsweise das, was davon noch übrig geblieben ist.«

Prohaska schaute zum Haus und überlegte, wie vermögend Monti wohl sein musste, wenn er wirklich alle Ruinen in Kras kaufen wollte.

Monti zündete sich eine neue Zigarette an.

»Das lasse ich als erstes renovieren, und das da drüben kommt danach dran.« Er zeigte auf das zweistöckige Haus gegenüber.

»Das wird viel Arbeit werden«, bemerkte Prohaska.

»Natürlich, aber irgendwo muss ich ja anfangen. Ich habe alle Leute hier heute Abend zu einem kleinen Umtrunk eingeladen und werde sie über meine Pläne informieren.«

Sie machten kehrt. Prohaskas Magen knurrte vernehmlich.

»Sie sind selbstverständlich eingeladen«, sagte Monti.

»Oh, vielen Dank, aber ich möchte bei Ihrer privaten Feier lieber nicht stören.«

»Sie stören nicht, im Gegenteil, ich bestehe darauf.«

»Wenn das so ist, bleibe ich natürlich gerne. Ich wollte ohnehin hier übernachten und morgen in die Berge fahren. Aber wenn das Wetter noch schlechter wird, wird es besser sein, nach Hause zu fahren.«

»Wartet da jemand auf Sie?«

»Nein, oder doch, eine kleine Katze, aber die kann auch für sich selbst sorgen.«

»Was wollen Sie in den Bergen um diese Jahreszeit?«

»Ach, nur ein wenig wandern und dabei fotografieren. Ich mache ein Fotobuch über Istrien.«

»Auch eine gute Möglichkeit, sich die Zeit zu vertreiben.«

»Na ja, besser als zu Hause herumzusitzen.«

Monti blieb stehen. »Haben Sie schon mal daran gedacht, als Privatdetektiv zu arbeiten? Das wäre ein idealer Job für einen Ex-Cop wie Sie.«

»Die Frage hat mir schon einmal jemand gestellt.«

»Und?«

»Ich bin noch am Überlegen. Aber wie kommen Sie darauf?«

»Ich hätte einen Auftrag für Sie.«

»Was für einen Auftrag?«

»Es geht um meinen Stiefsohn. Er hat nämlich beschlossen, nicht mit uns in die Staaten zurückzukehren.«

»Und wieso?«

Monti setzte sich wieder in Bewegung.

»Angeblich hat er sich hier verliebt, aber ich vermute, dass es um etwas ganz anderes geht. Und Sie sollen herausfinden, was das ist.«

»Aber ich habe keinerlei Befugnisse, von einer Lizenz als Detektiv ganz zu schweigen.«

»Das ist vielleicht ein Argument, aber kein Hindernis. Sie lernen Antonio nachher kennen, hören sich ein wenig um und berichten mir dann. Ich zahle gut.«

Prohaska schwieg.

»Überlegen Sie es sich und sagen Sie mir nachher oder morgen Bescheid.«

»In welcher Richtung müsste ich denn überhaupt ermitteln?«, hörte sich Prohaska sagen.

»Ich möchte wissen, in welchen Kreisen sich der Junge hier bewegt, mit wem er kontaktiert. Sie sollten vielleicht auch wissen, dass ich Stella vor zwei Jahren in Opatija kennen gelernt habe. Eigentlich wollte ich nicht wieder heiraten, aber dann hat es sich so ergeben. Antonio lebte bei seiner Mutter und hatte schon länger Probleme.«

»Welcher Art?«

»Well, keine richtige Ausbildung, keine Arbeit, dazu kam der Alkohol, vermutlich auch Drogen, was weiß ich. Also haben wir ihn nach der Hochzeit in die Staaten mitgenommen. Ich habe ihm sogar angeboten, ihn zu adoptieren.«

»Und hat es geholfen?«

»Anfangs schon. Antonio ist ein heller Kopf. Er spricht fließend Englisch und natürlich Italienisch, und hat sich dort schnell eingelebt. Er arbeitete in einem meiner Lokale, und alles schien in die richtige Richtung zu laufen. Doch seit wir wieder hier sind, ist er verschlossen und macht ein Gesicht, als wäre er dem Leibhaftigen persönlich begegnet. Irgendetwas stimmt nicht. Vor allem will er nicht in die Staaten zurück. Ich muss unbedingt wissen, was dahinter steckt.« Monti griff in die Brusttasche seines Mantels, nahm ein schwarzes Büchlein heraus, zog aus der Seitenlasche eine Visitenkarte heraus und reichte sie Prohaska.

»Sie erreichen mich jederzeit.«

Prohaska steckte die Karte ein.

»Wie lange bleiben Sie noch in Istrien?«

»Bis Anfang Januar. Ich habe nächste Woche eine Besprechung mit jemandem von der Regionalverwaltung wegen der Häuser hier, Denkmalschutz und solche Dinge. Ein Rechtsanwalt muss auch noch die Eigentumsfragen klären, er bereitet alles Nötige vor für die Kaufverträge. Ein Haufen Papierkram eben. Sie hätten also noch mindestens drei Wochen Zeit, um sich umzuhören.«

»Und warum beauftragen Sie nicht eine hiesige Detektei?«

Monti schüttelte den Kopf. »Weil ich hier keinem traue.«

»Und warum mir? Sie kennen mich doch überhaupt nicht, ich bin nicht von hier, ich habe weder die nötigen Kontakte noch irgendwelche Kompetenzen.«

»Sie sind Polizist.«

»Ich war es.«

»Und als Fotograf kommen Sie herum. Niemand käme auf die Idee, dass Sie als Privatdetektiv unterwegs sind.«

Sie hatten die Konoba erreicht. Hinter dem Kleinwagen parkte die graue Limousine, die Prohaska beim Herfahren gesehen hatte.

Monti ließ Prohaskas Arm los und deutete auf den Wagen.

»Stella und Antonio sind da. Wie ist es nun? Nehmen Sie meinen Vorschlag an?«

»Ich dachte, ich kann es mir noch überlegen.«

»Ja, ja, aber ehrlich gesagt wäre mir lieber, es jetzt schon zu wissen. Nehmen Sie also an?«

»Okay«, sagte Prohaska zögernd und dachte an seinen letzten Fall und die Komplikationen, die sich daraus ergeben haben. »Allerdings mit einer Einschränkung.«

»Und die wäre?«

»Sollte die Sache in irgendeiner Weise aus dem Ruder laufen, werde ich die Polizei einschalten.«

Monti machte eine wegwerfende Bewegung. »Von mir aus. Und wegen Ihres Honorars reden wir morgen.«

Sie gaben sich die Hand.

»Ich sollte mich jetzt nach einem Zimmer erkundigen.«

»Fragen Sie einfach Ljubica, die Wirtin.«

Als sie das Lokal betraten, waren schon einige Gäste da. Monti begrüßte jeden und nahm Glückwünsche entgegen. Stella und Antonio saßen mit Magdalena und Katarina wie vorhin in der Nähe des Kamins, in dem eine *Peka* lag. Die gusseiserne Pfanne hatte einen Durchmesser von etwa einem Meter. Unter dem Deckel brutzelten, wie ihm Monti erklärte, verschiedene Sorten Fleisch, Kartoffelspalten und Gemüse vor sich hin.

Prohaska ging zum Tresen und erkundigte sich nach einer Bleibe.

»Ich rufe gleich bei Frau Modrić an. Das ist das schöne Haus gleich am Ortseingang, vor dem Kastell.«

»Danke, sehr freundlich.«

Ljubicas Wangen röteten sich. »Aber das mache ich doch gerne, keine Ursache.«

»Ach, noch etwas, haben Sie hier WLAN?«

»Na klar, einen Moment.« Sie notierte den Zugangscode und gab ihm den Zettel. »Aber die Verbindung ist nicht immer gut.«

Prohaska bedankte sich, ging auf die Terrasse, loggte sich ein und tippte in der Suchmaschine Montis Namen ein. Es erschienen zahlreiche Einträge auf Italienisch. Soviel Prohaska verstand, handelte es sich um Informationen von irgendwelchen Touristikagenturen mit Urlaubsangeboten, die Bergwanderungen anboten. Einen Bartolo Monti aus Istrien oder New Haven fand er nicht. Als er wieder hereinkam, verteilten die Wirtin und ein etwa fünfzehnjähriges Mädchen Aperitif an die Gäste.

Monti stellte Prohaska seiner Frau und Antonio vor. Stella musterte Prohaska neugierig. In ihrem dunkelblauen Kostüm und der rosa Seidenbluse sah sie wie eine Geschäftsfrau aus. Die Haare hatte sie hochgesteckt, an den Ohrläppchen baumelten riesige Ohrringe, und die dicke Goldkette erinnerte eher an eine Kuhkette. Sie lachte viel und laut und gab zu allem einen launigen Kommentar ab. Prohaska brauchte keine Minute, um zu merken, wie gern sie im Mittelpunkt stand. Antonio dagegen schienen die Gespräche nicht im Geringsten zu interessieren. Er saß vornüber gebeugt, starrte auf sein Smartphone und tippte darauf herum. Er war ein gut aussehender Bursche, schien entweder ein wenig schüchtern zu sein, oder er langweilte sich inmitten dieser alten Leute. Er trug Jeans und ein schwarzes T-Shirt, darüber eine Lederjacke, unter der seine muskulösen Oberarme deutlich zur Geltung kamen.

Monti klatschte in die Hände. »So, liebe Leute, nehmt doch Platz!« Er ging zum Tisch am Kamin und setzte sich, flankiert von Stella und Antonio auf der rechten und Magdalena und Katarina auf der linken Seite. Die anderen Gäste verteilten sich so wie sie wollten. Prohaska nahm an einem der Tische in der Nähe der Terrassentür Platz.

Ein Mann mittleren Alters kam herein, sah sich um und steuerte dann direkt auf Prohaskas Tisch zu. Er trug eine abgewetzte Winterjacke, Jeans und Gummistiefel, als wäre er gerade aus dem Stall gekommen. Er nahm sein Käppi ab, nuschelte, ob da frei sei und setzte sich, ohne Prohaskas Reaktion abzuwarten.

»Gehörst du etwa zu Monti?«

»Nein.«

»Dann ist ja gut.«

Die Wirtin und das Mädchen verteilten Weinflaschen und Mineralwasser auf den Tischen, und als alle Gäste ein volles Glas vor sich hatten, erhob sich Monti und sah in die Runde.

»Meine lieben Freunde, danke für eure vielen guten Wünsche. Ich freue mich sehr, dass ihr hergekommen seid. Ich möchte euch einen weiteren Gast vorstellen.« Monti zeigte auf Prohaska, und alle Augen richteten sich auf ihn. »Das ist Joe Prohaska, ein sehr bekannter Fotograf aus Deutschland. Er ist heute zufällig hier und hat sich spontan bereit erklärt, zur Erinnerung an den heutigen Abend für mich ein paar Fotos zu machen. Ich hoffe, ihr habt nichts dagegen.«

Prohaska konnte sich nicht erinnern, dass Monti ihn darum gebeten hätte, aber der alte Mann war wohl ein spontaner Mensch. Ihr Gespräch von vorhin war der beste Beweis dafür.

Keiner der Anwesenden sagte etwas, und so blieb Prohaska nichts anderes übrig, als die Kamera zu nehmen und sich an die Arbeit zu machen. Währenddessen setzte Monti gut gelaunt seine Rede fort.

»Als Magdalena und ich damals mit unserer leider zu früh verstorbenen Mutter, Gott hab sie selig, nach Amerika aufbrachen, waren wir ja nicht die einzigen, die das Land verließen. Tausende armer Menschen gingen damals fort, gezwungenermaßen, vor allem nach Amerika, Australien, Neuseeland oder Südamerika. Mir fiel es schwer, dieses steinige Fleckchen Erde zu verlassen. Aber Amerika war gut zu uns, nicht wahr, Magdalena?«

»Ja, ja, aber es war nicht immer leicht.«

Zustimmendes Gemurmel erfüllte den Raum. Die alte Katarina hob ihre Hand an die Ohrmuschel.

Prohaska ging herum, fotografierte, und nachdem er alle aufgenommen hatte, setzte er sich wieder. An seinem Glas nippend, fragte er sich, worauf er sich da zum Teufel wieder eingelassen hatte.

»Natürlich war es nicht immer leicht. Aber man muss eben immer und überall sehr hart arbeiten, um auch etwas zu erreichen.«

»Das sagt ja gerade der Richtige«, murmelte Bruno.

Ein paar Leute schüttelten stumm den Kopf. Monti überhörte es geflissentlich.

»Und weil ich Gott sei Dank zu einem gewissen Wohlstand gekommen bin, möchte ich einen Teil davon mit euch teilen.«

»Hört, hört«, sagte Bruno.

»Ja, ich habe beschlossen, die alten, unbewohnten Häuser in Kras zu kaufen und renovieren zu lassen. Es werden sehr schöne, modern und großzügig ausgestattete Wohnungen und Appartements entstehen. Und weil das Projekt natürlich eine gewisse Zeit in Anspruch nehmen wird, werden die groben Arbeiten im nächsten Frühjahr beginnen.«

»So ein Mumpitz!«, sagte Bruno, doch Monti sprach weiter, ohne auf ihn zu achten.

»Eine Immobilienfirma und eine sehr erfolgreiche Agentur kümmern sich jetzt schon um die Vermarktung. Ihr werdet natürlich auch davon profitieren. Unsere kleine Stadt wird zu neuem Leben erwachen, das verspreche ich euch. Well, das wäre in aller Kürze das, was ich euch sagen wollte.« Monti hob sein Weinglas, prostete allen zu und setzte sich.

Sekundenlang herrschte Stille.

Stella starrte ihren Mann mit offenem Mund an, und als sie sich bewusst wurde, dass man sie beobachtete, lächelte sie schmal und senkte den Blick. Antonio saß vornübergebeugt da und zeichnete mit der Gabel Linien auf die karierte Tischdecke.

»Bravo, Monti, bravo, was für eine geniale Idee!?«, rief Bruno ironisch und fing an zu klatschen.

Die anderen saßen schweigend da, dann klatschten ein paar mit. Bruno beugte sich zu Prohaska rüber.

»Da kannst du sehen, wie das bei uns läuft. Ein reicher Mann kann sich alles leisten, kann alles haben. Geld regiert die Welt. Und unsere schöne Heimat wird Stück für Stück an solche wie ihn verscherbelt. Widerlich! Und das nicht nur an der Küste, sondern auch hier im hintersten Hinterland. Jeder prostituiert sich auf seine Weise, jeder ist käuflich. Schau sie dir nur an, diese Armleuchter.« Und an Monti gerichtet rief er: »Aber nicht mit mir! Mir nimmst du nichts weg, Monti, mir nicht. Meine Ruine soll lieber zu Staub verfallen, als dass ich sie dir in den Rachen stopfe.«

Monti lächelte. »Ganz wie du meinst, Bruno.«

»Genauso meine ich es!«

»Well, starke Worte, aber lasst euch nicht von ihm beeinflussen. Ich nehme niemandem etwas weg, ganz im Gegenteil, ich schaffe neue Arbeitsplätze und Wohlstand für alle.«

»Wer's glaubt«, murmelte Bruno.

Monti ließ sich nicht aus der Ruhe bringen. »Du kriegst für das alte Haus einen sehr guten Preis, Bruno, darauf kannst du dich verlassen. Soviel ich weiß, schwimmst du nicht gerade in Geld.«

»Auch wenn es so wäre, ist das immer noch meine Privatsache.« Bruno stand auf. »Nur damit das klar ist, ich lasse mich nicht kaufen, und das würde ich euch allen ebenfalls raten. Ihr werdet über den Tisch gezogen. Unsere Heimat und unser nationales Erbe sind unverkäuflich! Mit mir nicht.« Er schob den Stuhl grob zurück und schaute auf Prohaska herunter. »Kumpel, pass auf, mit wem du dich hier abgibst.« Er schaute noch einmal zu Monti und verließ fluchend und mit geballten Fäusten das Lokal.

»Unglaublich«, sagte Stella. »Was bildet sich der Kerl eigentlich ein?«

»Lass es gut sein«, sagte Monti. »Jeder hat das Recht, seine Meinung zu sagen. Und mit Bruno rede ich morgen Früh in aller Ruhe. Bis dahin hat er sich bestimmt beruhigt.«

Stella schüttelte den Kopf, beugte sich zu Antonio und flüsterte ihm etwas ins Ohr. Er nickte und lehnte sich gelangweilt zurück.

»Wenn ihr Fragen habt, stehe ich euch gerne zur Verfügung. Und jetzt wollen wir feiern. Ljubica, das Essen!«

Die Wirtin und das Mädchen brachten große Platten mit Fleisch und Gemüse aus der *Peka*, frisch gebackenes Brot und verschiedene Salate. Trotz der angespannten Stimmung ließen es sich Montis Gäste schmecken. Prohaska lauschte den Gesprächen, die sich natürlich um Montis Plan rankten.

Kurz vor Mitternacht war die Feier zu Ende, und die Leute verabschiedeten sich.

»Haben Sie ein Zimmer bekommen?«, fragte Monti, nachdem fast alle gegangen waren.

»Ja, bei Frau Modrić.«

»Ach, sehr gut, wir sehen uns dann morgen so gegen zehn, halb elf in der Konoba. Ich übernachte auch hier.«

»Wieso denn das?«, fragte Stella, die neben ihm stand.

»Na, weil ich es so will.«

»Bartolo, du weißt ganz genau, dass der Arzt dir verboten hat, dich zu sehr anzustrengen. Hast du überhaupt deine Medikamente dabei? Und frische Wäsche? Außerdem rauchst du zu viel. Das geht doch nicht. Komm bitte nach Hause, du musst dich ausruhen.«

»Ich bin zwar alt, aber nicht blöd, meine Liebe«, sagte Monti freundlich. »Natürlich habe ich meine Pillen und auch etwas zum Umziehen dabei. Ich möchte morgen auf den Friedhof gehen. Herr Prohaska kann mich danach nach Opatija fahren, nicht wahr, Joe?«

»Ja, natürlich, kein Problem«, erwiderte Prohaska. Das brachte zwar seine Pläne durcheinander, andererseits war er neugierig, wo Monti wohnte.

»Das wäre also geklärt«, sagte Monti zu seiner Frau. »Wir sehen uns morgen.«

»Mein Gott, was bist du nur für ein Sturkopf!«, rief Stella und marschierte zur Tür, wo Antonio auf sie wartete.

Magdalena nahm ihre Handtasche von der Stuhllehne, verabschiedete sich von Monti mit einem Kuss auf die Wange, nickte Prohaska zu und begleitete Katarina hinaus.

Prohaska wollte auch gehen, aber Monti hielt ihn zurück.

»Haben Sie ein paar Minuten Zeit. Ich möchte Ihnen noch etwas erzählen.« Er schenkte zwei Gläser Wein voll und reichte eines davon Prohaska. »Gehen wir auf die Terrasse.«

Sie gingen hinaus und setzten sich an einen Tisch in der Ecke, wo es fast windstill war.

»Was ich Ihnen nun sage«, begann Monti, nachdem sie sich die Zigaretten angezündet hatten, »ist nicht für fremde Ohren bestimmt.«

»Okay.«

Monti senkte die Stimme. »Ich habe als Kind etwas getan, was mein Leben verändert hat. Kein Mensch weiß davon, nicht einmal meine Schwester.«

»Und warum wollen Sie es dann ausgerechnet mir erzählen?«

Monti trank einen Schluck Wein. »Weil ich Sie engagiert habe, aber auch weil mir die Zeit davonläuft und ich etwas gutmachen muss. Geben Sie mir Ihr Wort, dass Sie es für sich behalten werden.«

»Sicher, wenn Sie darauf bestehen.«

Monti drückte Prohaskas Hand.

»Also, es geht um einen Schatz, den ich vor vielen Jahren zwei Männern abgeluchst habe.«

»Ach …«.

»Das können Sie laut sagen«, bemerkte Monti und erzählte Prohaska die Geschichte von der Schatzkiste.

»Und Sie haben nie erfahren, wer der Mann war, der bei dem Autounfall ums Leben kam?«, fragte Prohaska.

»Erst viele Jahre später, nach dem Tod unserer Mutter ist mir das klar geworden. Als Magdalena und ich ihre Wohnung auflösten, fanden wir ein paar vergilbte Briefe, die Mutter vor unserer Abreise nach Amerika von ihm erhalten hatte. Allerdings hatte er sie nur mit seinen Initialen unterschrieben.

»Und sie lauteten die?«

»Ich weiß es nicht mehr genau, ich glaube, es waren ein S. und ein R. In einem der Briefe erkundigte er sich zärtlich nach Magdalena. Aber in Magdalenas Geburtsurkunde stand, der Vater sei unbekannt. Ich bin sicher, dass Mutter es damals so haben wollte, damit es kein Gerede gibt. Mein Vater konnte es nicht gewesen sein. Er galt seit 1943 als verschollen, und Magda wurde 1945 geboren. Na ja, jedenfalls hat uns Magdas Vater die Papiere für Amerika beschafft. Er wollte später nachkommen. Doch dann hatte er den Autounfall …«

Prohaska nickte. »Und was ist aus dem anderen Mann geworden?«

»Das weiß ich nicht. Ich habe ihn nur noch einmal gesehen, als er ein paar Wochen später nach Kras kam und dabei feststellen musste, dass die Kiste weg war. Danach habe ich ihn nie wieder gesehen.«

»Woher stammte dieser Schatz?«

»Keine Ahnung. Vermutlich haben sie ihn gestohlen oder den deutschen Truppen weggenommen«.

»Und Sie haben davon nie etwas an sich genommen?«

»Als ich nach dem Tod unserer Mutter hierher kam, um ihre Asche zu bestatten, habe ich ein paar Schmuckstücke aus der Höhle geholt und zu Geld gemacht.«

»Warum haben Sie die Sache nicht den Behörden gemeldet?«

»Sie meinen, Perlen vor die Säue zu werfen? Nein, nein, das konnte und wollte ich nicht.«

»Die rechtmäßigen Besitzer, beziehungsweise ihre Erben haben aber ein Recht darauf, auch heute noch. Und wenn man die nicht mehr ausfindig machen kann, muss sich der Staat darum kümmern.«

Monti lachte auf. »Das meinen Sie doch nicht im Ernst!? Außerdem hatte ich ja einen Teil davon schon weggenommen, man würde mich belangen und ich käme sicher ins Gefängnis. Dann würde auch nichts aus meinem Projekt werden. Das kann ich einfach nicht zulassen.«

»Sie können doch die Sachen nicht behalten! Übergeben Sie sie einem Museum, von mir aus anonym. Die erstellen dann eine Liste und veröffentlichen sie im Internet. Vielleicht kann man so herausfinden, wem sie gehört haben.«

»Glauben Sie das wirklich? Ich nicht. Das ganze Zeug würde doch in kürzester Zeit in irgendwelchen dunklen Kanälen verschwinden.«

»Aber was wollen Sie dann machen?«

»Ganz einfach. Wir gehen morgen zur Höhle. Die ist knapp eine halbe Stunde von hier entfernt. Sie gehen rein, holen den Schatz und ich verkaufe anschließend einen Teil und bezahle die Renovierung der Häuser. Dann überlege ich mir in alle Ruhe, was ich mit dem Rest mache. Es gibt genug Möglichkeiten. Außerdem habe ich die Stiftung.«

In diesem Moment ging die Terrassentür auf und Ljubica steckte den Kopf heraus. »Tut mir leid, aber es ist spät geworden …«

»Ja, ja, gib uns noch eine Minute.«

»Ist gut.« Sie ging wieder.

»Welche Möglichkeiten denn?«, fragte Prohaska. »Egal was Sie damit vorhätten, wäre illegal und strafbar.«

»Wie gesagt, ich hinterlasse einen Teil der Stiftung, und den Rest verwende ich für andere Zwecke, aber das erzähle Ihnen morgen.«

»Na gut, aber eine Frage noch. Warum ist dieser Bruno so wütend gewesen. Was hat er gegen Sie?«

»Ach, der ist nicht ganz richtig im Kopf.«

»Und welche Ruine hat er gemeint?«

»Tja, es geht genau um das Haus, in dem ich die Kiste damals gefunden habe.«

»Oh!«

»Das Haus gehörte seinem Großonkel Franco Federico, der mit seiner Familie 1943 nach Italien geflohen, beziehungsweise vertrieben wurde, ich weiß es nicht mehr genau. Irgendwann Anfang der Siebzigerjahre hörte ich, dass Brunos Vater, der ein paar Jahre jünger war als ich, geheiratet und sich in Triest niedergelassen hat. Bruno wurde dort geboren. Als in den Neunzigern der Jugoslawienkrieg ausbrach, kam Bruno hierher und meldete sich freiwillig bei der Kroatischen Armee, wurde aber kurz darauf verwundet und kehrte nach Triest zurück. Seit ein paar Jahren lebt er nun hier. Er hat das alte Haus seines Großvaters repariert und bewirtschaftet ein Stück Land, das seinen Vorfahren gehört hat. Und das Haus seines Großonkels verfällt immer mehr.«

»Und wovon lebt er sonst?«

»Soviel ich weiß, bekommt er eine Veteranenrente, aber die ist bestimmt nicht üppig.«

»Hat er Familie?«

»Ja, aber er ist geschieden und soll ein Kind haben, das bei seiner Exfrau in Italien geblieben ist. Und das, was er vorhin wegen des Hauses von sich gegeben hat, war reinster Bluff. Er will nur den Preis in die Höhe treiben. Außerdem war er betrunken. Ich rede morgen mit ihm. Und wenn er danach immer noch nicht verkaufen will, dann eben nicht. Ich zwinge ja keinen.«

Monti erhob sich.

»Na, da bin ich mal gespannt«, sagte Prohaska und stand ebenfalls auf.

Sie gingen hinein, wünschten Ljubica gute Nacht und verließen die Konoba. Prohaska begleitete Monti zum Haus von Katarina, bei der er übernachten sollte, und ging dann zu seiner Pension. Eine alte Frau machte ihm die Tür auf, stellte sich als Rosalia Modrić vor und gab ihm den Schlüssel für das Appartement im ersten Stock des Nebenhauses.

»Das Bett ist frisch bezogen, und die Heizung hab ich auch aufgedreht. Wenn Sie wollen, kann ich Ihnen morgen ein Frühstück machen, aber das kostet extra.«

»Nein, vielen Dank, machen Sie sich keine Umstände, ich werde in der Konoba essen.«

»Wie Sie wünschen.« Sie nickte und wünschte ihm eine gute Nacht.

Samstag

Jemand klopfte an der Tür. Prohaska fuhr aus dem Schlaf hoch und sah auf seine Armbanduhr. Es war kurz nach neun.

»Hallo, Herr Prohaska, hallo, sind Sie da?«, fragte eine Frauenstimme.

»Ja, ja, einen Moment.«

Er rollte sich aus dem Bett, griff nach der Wolldecke, die auf einem Stuhl lag, wickelte sie sich um den nackten Oberkörper und öffnete die Tür.

Magdalena stand vor ihm. Sie zitterte vor Aufregung.

»Guten Morgen«, sagte Prohaska überrascht. Er hatte angenommen, sie sei am Abend mit Stella und Antonio nach Opatija gefahren.

»Bitte entschuldigen Sie, dass ich Sie geweckt habe, aber ich weiß nicht, was ich machen soll.«

»Was ist denn passiert?«

»Bartolo ist verschwunden.«

»Was?« Prohaska war jetzt hellwach. »Aber bitte, wollen Sie nicht hereinkommen?«

»Danke, lieber nicht.«

Prohaska verstand und zog die Decke enger um sich.

»Okay. Erzählen Sie, was ist los.«

»Wir wollten zusammen frühstücken, aber er ist nicht gekommen. Ich habe in seinem Zimmer nachgeschaut, aber da war er nicht. Ich dachte, dass er vielleicht einen Spaziergang macht, aber bei diesem Regen ist das unwahrscheinlich.« Sie deutete zu einem der Fenster im Flur. Draußen regnete es in Strömen.

»Hat jemand gesehen, wann er das Haus verlassen hat?«

»Nein, er muss sehr früh weggegangen sein. Katarina hat geschlafen, und das Mädchen war schon in die Schule gefahren.«

»Was für ein Mädchen?«

»Na, die Julijana. Sie hat gestern beim Bedienen ausgeholfen.«

»Haben Sie versucht, ihn am Handy zu erreichen?«

»Natürlich, aber er geht nicht ran, oder es ist ausgeschaltet. Ich mache mir echt Sorgen. Sie wissen doch, sein Herz ... Könnten Sie bitte mitkommen und ihn suchen?«

»Natürlich, ich brauche nur ein paar Minuten.«

»Danke, ich warte in der Konoba.«

*

Nachdem sie gegangen war, ging Prohaska ins Bad, wusch sich schnell und zog sich an. Hat sich Monti vielleicht in aller Frühe mit Bruno getroffen, wie er es angekündigt hatte, überlegte Prohaska, als er nach unten ging. Frau Modrić kam im selben Moment mit einem Regenschirm und einer Tasse Kaffee auf ihn zu.

»Ich dachte, den könnten Sie brauchen.«

»Oh, danke schön.«

»Ich habe Magdalena vorhin ins Haus gelassen. Sie sagte, es sei sehr dringend.«

»Ja, Bartolo Monti ist verschwunden.« Prohaska leerte die Tasse und rannte los. Magdalena wartete mit hochgezogenen Schultern vor der Tür des Lokals.

»Ich habe gerade Stella angerufen. Sie macht sich natürlich Sorgen und kommt demnächst hierher. Vielleicht sollte ich lieber auf sie warten.«

»Tun Sie das. Ich schaue mich erst einmal im Ort um. Sollte ich Ihren Bruder nicht finden, müssen Sie die Polizei benachrichtigen.«

»Ja, ja, natürlich, und vielen Dank. Ich würde ja gerne mitkommen, aber mir ist plötzlich so schrecklich kalt. Ich warte dann drüben bei Katarina oder hier.«

»Okay.«

Na wunderbar, dachte Prohaska, als sie weg war. Erst holt sie mich aus dem Bett, und jetzt will sie lieber auf Stella warten. Er fühlte sich wie im falschen Film. Auf der Gasse war kein Mensch zu sehen. Die Zeit schien stillzustehen. Nur der Regen lief in Bächen über das Pflaster, sammelte sich in Pfützen und tropfte von den Dächern, und der Wind trieb noch mehr Wolken vor sich her. In was für eine kreuzdumme Sache hat er sich da wieder hineinmanövriert, fragte er sich mürrisch. Er sollte doch jetzt im Bett liegen und schlafen, und wenn schon nicht das, dann zumindest beim Frühstück sitzen, einen Berg Rührei mit Schinken und frisch gebackenem Brot essen, dazu Kaffee trinken und erst einmal wach werden. Stattdessen stand er im Regen, um einen exzentrischen alten Mann zu suchen, der sich wahrscheinlich zu der Höhle und seinem Schatz davongeschlichen hat.

Prohaska ging zuerst in die Burgruine und sah sich in dem riesigen Innenhof um. Große Teile der gegenüberliegenden Mauer waren längst eingestürzt. Von den Fenstern und Schießscharten konnte man das Tal und die Berge gut im Auge behalten. Auf der linken Seite des Innenhofs stand ein alter Nussbaum. Auf dem Platz, wo sich früher die Zisterne befand, war jetzt eine hölzerne Bühne aufgebaut, die man für Feste und Konzerte nutzte. Etwa zwei Dutzend rostiger Gartenstühle waren entlang der Mauer übereinander gestapelt. Prohaska hatte irgendwo gelesen, dass es hier schon in prähistorischer Zeit eine Siedlung gegeben hatte. Aus der Römerzeit stammte ein Votivstein, der einer unbekannten Gottheit gewidmet war. Man hatte ihn unweit des Ortes gefunden und in der Nähe des ehemaligen Stadttors aufgestellt. Das Kastell war irgendwann im elften Jahrhundert erbaut worden und galt als uneinnehmbar. Zwischen dem 15. und 17. Jahrhundert, als der Ort seine Blüte erlebte, lebten hier etwa hundertfünfzig Familien. Sie hatten eigene Dogen, Richter und Gesetze. Mönche verschiedener Orden ließen sich nieder, lehrten die altkroatische Schrift Glagoliza und erbauten mehrere Kirchen.

Er durchquerte rasch den Hof und schaute in den Räumen auf der anderen Seite der Mauer nach. Dann ging er durch eine schmale Türöffnung in den angrenzenden langen Raum. Von dort ging es in eine etwas kleinere Kammer, von der ein paar Stufen in den fast zwanzig Meter hohen Wehrturm führten. Prohaska schaute hinein, aber da gab es nichts, außer einem knietiefen schwarzen Tümpel mit Regenwasser, in dem sich ein Stück des grauen Himmels spiegelte.

Er verließ das Kastell und bog in die Gasse, in der er am Abend mit Monti unterwegs war. Ein paar Minuten später hatte er dessen Elternhaus erreicht. Aus dem Haus gegenüber war das Kläffen eines Hundes zu hören.

Prohaska ging eilig hin und drückte die verwitterte Tür auf.
In dem schummrigen Gang roch es nach Schimmel. Prohaska machte den Regenschirm zu, legte ihn in die Ecke auf den Boden und folgte dem Gebell.

In der ehemaligen Küche hingen Spinnweben von den Deckenbalken. Auf dem staubigen Fußboden waren Schuhspuren zu sehen. Neben dem großen Kamin aus Naturstein lag ein Haufen morscher Bretter und kaputter Stühle. Das aufgeregte Gekläff kam aus der offenen Bodenluke, die sich daneben befand.

»Hallo, Herr Monti, sind Sie da unten?«

Aber es kam keine Antwort.

Prohaska wollte gerade in den Keller hinuntergehen, als ihm ein kleiner Hund entgegen kam. Er hatte kurzes weißes Fell mit hellbraunen Flecken auf Kopf und Rücken.

»Hey, es ist alles gut, hör auf zu bellen. Aus!«, rief Prohaska auf Deutsch, ohne es zu merken.

Doch der Hund kläffte weiter und rannte zurück in den Keller. Prohaska folgte ihm und stieß mit dem Kopf prompt gegen einen Balken. Er murmelte einen Fluch, duckte sich, und als er unten war, schaltete er das Licht an seinem Handy ein. Überall lag Gerümpel herum. In einer Ecke standen kaputte Weinfässer und ein verrostetes Fahrradgerippe. Auf der anderen Seite des Raumes klaffte in der Außenwand und der Decke ein etwa sechzig Zentimeter breites Loch, aus dem Steine auf ein umgestürztes Holzregal gefallen waren. Der Regen tropfte hinein.

Der Hund hörte auf zu bellen. Seine Augen leuchteten im Lichtschein der Handy-Taschenlampe wie glühende Kohlen. Prohaska ging zu ihm rüber, redete beruhigend auf ihn ein, aber der Hund wich zurück und knurrte.

Dann sah Prohaska die schwarzen Schuhe unter dem Regal hervorragen. Die Spitzen zeigten nach unten. Der Mann, der da auf dem Bauch lag, bewegte sich nicht. Sein Körper war mit Schutt bedeckt. Prohaska berührte die Unterschenkel. Sie waren kalt.

»Verfluchter Mist, verfluchter!« Er hätte Magdalena mitnehmen sollen, damit es nachher nicht hieß, er hätte etwas mit dem Tod ihres Bruders zu tun.

»Wir rühren hier nichts an, ist das klar?«, sagte er zum Hund, der ihm stumm zuschaute, während er ein paar Fotos machte. Dann hob er das Regal an und schob es ein wenig beiseite. Staub rieselte auf den Toten herunter. Seine Haare waren am Hinterkopf vom vertrockneten

Blut verklebt, das aus einer zehn Zentimeter langen Kopfwunde gesickert war. Das Gesicht war abgewandt, aber Prohaska wusste auch so, dass es Monti war. Sein rechter Arm war nach vorne gestreckt, der linke lag unter dem Oberkörper. Prohaska ging wieder in die Hocke und berührte die Halsschlagader. Der alte Mann war eindeutig tot. Die Kopfverletzung stammt wahrscheinlich von einem der Steine, als die Mauer zusammenbrach, überlegte Prohaska. Oder sollte es vielleicht nur so aussehen?

»Das ist Bartolo Monti. Wir können hier nichts mehr tun. Also, komm mit.«

Der Hund rührte sich nicht vom Fleck.

»Was ist? Komm jetzt!«

Der kleine Rüde kam zögernd näher und blieb vor Montis Leichnam stehen. Prohaska folgte seinem Blick.

»Du meinst, ich soll ihn umdrehen?«

Der Hund trippelte wieder rückwärts.

»Okay, wenn du es sagst.« Prohaska drehte den Toten vorsichtig auf die Seite und hielt ihn fest, damit er nicht ganz umkippte. Unter seinem Oberkörper lag ein schwarzes Notizbuch. Prohaska fingerte ein Papiertaschentuch aus der Hosentasche, nahm das Ding zwischen Daumen und Zeigefinger und legte den Leichnam behutsam zurück.

»Ich weiß, es ist nicht in Ordnung, was ich jetzt mache, aber ich möchte es mir nur anschauen.«

Das Notizbuch stellte sich als ein dünner, billiger Jahreskalender heraus, einer, wie man ihn von seiner Bank als Werbegeschenk bekam. Montis kleine, eckige Handschrift war einigermaßen lesbar, die Eintragungen auf Kroatisch und Englisch betrafen Arztbesuche und private Treffen. Das Telefonregister war leer. Ganz hinten auf den unbedruckten Seiten war eine Unmenge von Zahlen kreuz und quer oder untereinander notiert. Sie sahen aus wie Kontonummern. Prohaska wollte das Büchlein schon zuklappen, als er unter der Lasche des Plastikeinbands die Ecke eines vergilbten Zettels sah. Er zog ihn heraus und faltete ihn auseinander. Auch da standen nur Zahlen und Abkürzungen. Eine Zeile war auf Englisch und dick unterstrichen. »Fab.Seb. left 1/2 h, downhill 20 min. right, V. D.«

Prohaska machte ein Foto davon, steckte den Zettel zurück und schob den Kalender wieder unter Montis Brustkorb.

Der Hund rannte die Treppe hoch. Als Prohaska draußen war, wählte er die Notrufnummer und erklärte die Situation.

*

Am Kamintisch saßen Magdalena und Katarina mit ein paar anderen Einheimischen. Es hatte sich herumgesprochen, dass Monti verschwunden war, aber offensichtlich hielt es keiner für nötig, ihn zu suchen.

Prohaska blieb in der Tür stehen und wartete, dass sich der Hund den Regen aus dem Fell schüttelte. Dann ging er zu Magdalena.

»Sie haben ihn gefunden, nicht wahr?«, fragte sie, als sie Prohaskas Gesichtsausdruck sah.

»Ja. Ihr Bruder ist tot.«

Wie er solche Situationen hasste! Es gab nichts Schlimmeres für einen Polizisten, als den Angehörigen den Tod eines ihrer Lieben mitteilen zu müssen.

Eine der alten Frauen bekreuzigte sich. Magdalena starrte Prohaska sekundenlang an.

»Ich habe es geahnt, ich habe ihm doch gesagt, er soll auf sich achtgeben.« Magdalena fing zu weinen an. »Wo ist er?«

»Im Keller des Hauses gegenüber von Ihrem Elternhaus. Ich habe die Polizei schon benachrichtigt.«

»Sind Sie sicher, dass er tot ist? Vielleicht hatte er einen Herzanfall und braucht Hilfe. Wie konnten Sie ihn da nur liegen lassen?«, fragte Magdalena schluchzend.

»Es tut mir sehr leid, aber jede Hilfe kommt zu spät.«

»Armer Bartolo. Ausgerechnet jetzt«, sagte eine alte Frau neben Katarina, die ein Taschentusch aus ihrer Handtasche zog und es Magdalena reichte.

»Was für eine traurige Sache«, sagte ein Mann neben ihr.

»Er war ein guter Mensch«, bemerkte eine Greisin.

»Ich bin gespannt, was bei der Sache herauskommt«, murmelte der Mann.

»Vor allem, wer das viele Geld erbt.«

»Wer wohl? Die Stella. Wenn du mich fragst, sympathisch ist die mir nicht. Dass Bartolo mit so einer überhaupt etwas angefangen hat.«

»Die hat ihn halt um den kleinen Finger gewickelt.«

Prohaska war im Begriff, die Leute anzufahren, sich mit Kommentaren zurückzuhalten, aber Magdalena hörte nicht hin. Sie wischte sich die Tränen ab und stand auf.

»Ich muss zu ihm«, sagte sie und ging eilig hinaus.

Der Hund rannte ihr hinterher.

Prohaska nahm den Schirm von der Stuhllehne und ging nach draußen. Der Hund wartete vor der Tür.

Die Wirtin kam mit Magdalenas Jacke und reichte sie Prohaska.

»Sie wird sie brauchen«, sagte sie.

Prohaska nahm die Jacke, spannte den Schirm auf und zündete sich eine Zigarette an. Dann zeigte er auf den Hund, der brav an der Schwelle saß.

»Wissen Sie, wem der gehört?«

»Keine Ahnung, aber er scheint Sie zu mögen.«

Der Hund sah von einem zum anderen.

»Sieht ganz so aus.« Prohaska lächelte matt. »Tja, Bello, dann gehen wir wieder zurück.«

Magdalena stand mit verschränkten Armen, völlig durchnässt und vor Kälte bibbernd im Türrahmen des alten Hauses.

»Ich kann nicht allein rein gehen«, sagte sie, als Prohaska ihr in die Jacke half.

Er befahl dem Hund, der jetzt einen provisorischen Namen hatte, an der Schwelle zu warten. Schweigend betraten sie die düstere Wohnküche. Prohaska machte die Taschenlampe an, ging zur Kellerluke und gab Magdalena die Hand, damit sie nicht auf der Treppe ausrutschte.

»Was hat er hier bloß gemacht?«, fragte sie, als sie unten waren. Tränen rannen ihr übers Gesicht.

»Das werden wir wohl nie erfahren.«

»Ich kann es einfach nicht begreifen. Er hatte noch so viele Pläne. Was soll ich jetzt nur ohne ihn machen?«

Prohaska wusste keine Antwort. Magdalena ging unsicher ein paar Schritte zum Toten und beugte sich über ihn.

»Mein armer, armer Bartolo«, flüsterte sie. Sie strich ihm über die Schulter und richtete sich auf. Eine Weile stand sie einfach da und sah auf ihn hinunter. Ihr blasses Gesicht war wie versteinert.

Als sie nach ein paar Minuten wieder draußen waren, spannte Prohaska den Schirm auf und bot ihr seinen Arm. Sie hakte sich unter. Schweigend gingen sie zurück.

Zwei Polizisten in Uniform kamen ihnen entgegen. Bello fing an zu kläffen und rannte vor. Prohaska pfiff ihn zurück.

Magdalena ließ Prohaskas Arm los. »Ich kann jetzt nicht reden. Könnten Sie es ihnen sagen?«

»Das mach ich. Schaffen Sie es allein zurück?«

»Ja, ja.«

»Gut, aber nehmen Sie den Schirm.«

Magdalena nickte den Uniformierten zu und entfernte sich.

»Haben Sie uns informiert?«, fragte der ältere Beamte mürrisch, als er Prohaska gegenüberstand. Er war untersetzt, etwa Mitte vierzig, hatte kurze, grau melierte Haare und ein rundliches Gesicht.

»Ja.«

»Wir waren in der Konoba, die Wirtin sagte uns, wo wir Sie finden«, sagte der jüngere Polizist freundlich. Er war um die dreißig, fast so groß wie Prohaska und sehr schlank. Das Auffälligste an ihm waren seine stechend blauen Augen wie die von Terence Hill.

»Wo ist der Tote?«, fragte der andere.

»Dort drüben, im Keller.« Prohaska deutete auf das Haus. »Soll ich mitgehen?«

»Ja, sicher. Wer war die Frau eben?«

»Magdalena, Bartolo Montis Schwester.«

»Und Sie sind Josef Prohaska?«, fragte er überflüssigerweise, denn Prohaska hatte seinen Namen mindestens dreimal am Telefon wiederholt.

»Stimmt genau.«

»Sind Sie mit dem Toten verwandt oder verschwägert?«

»Nein.«

»In welcher Beziehung standen Sie zu ihm?«

»In keiner.«

»Was machen Sie hier?«

»Nichts. Ich bin gestern angekommen und habe in der Konoba Bartolo Monti und seine Familie kennen gelernt.«

»Und was weiter?«

Der Mann war ganz sicher mit dem falschen Bein aufgestanden, dachte Prohaska, während er ihm erklärte, dass er Fotograf sei, seinen Personalausweis vorzeigte und die Adresse in Kloštar nannte. Der jüngere Polizist notierte alle Daten und reichte Prohaska den Ausweis zurück.

»Und der da gehört zu Ihnen?«, fragte der andere.

»Ja, aber eigentlich nein.«

»Was nun? Ist er ein Streuner oder was?«

»Nein«, sagte Prohaska, dem der ruppige Ton des Beamten allmählich auf die Nerven ging. »Er hat den Toten gefunden.«

Als sie das Haus erreichten, befahl Prohaska dem Hund, auf ihn zu warten.

»Haben Sie ihn so vorgefunden?«

»Genau.«

»Und Sie haben nichts angerührt?«

»Doch, ich habe seinen Puls befühlt.«

»Okay.«

Die Polizisten betrachteten den Toten von allen Seiten und gingen ein paar Minuten später wieder nach oben. Prohaska folgte ihnen.

»Der Amtsarzt, die Kollegen von der Kripo und Spurensicherung werden bald da sein«, sagte der jüngere Polizist.

Sie blieben im Flur vor der offenen Haustür stehen. Der Regen hatte ein wenig nachgelassen, aber der kalte Wind war immer noch stark. Bello saß auf der Schwelle und schaute hinaus. Als er Prohaska kommen sah, sprang er auf, lief zu ihm und ließ sich streicheln.

Prohaska bot den Polizisten eine Zigarette an. Sie nahmen sie an, er gab ihnen Feuer und zündete sich selbst eine an.

»Prohaska«, sagte der jüngere Polizist. »Den Namen habe ich schon mal irgendwo gehört. »Ach ja, jetzt weiß ich es wieder, der Staatsanwalt Cipoletti hat Sie neulich erwähnt. Sie kennen ihn ja.«

»Flüchtig«, sagte Prohaska und blies den Rauch weg. Natürlich konnte er sich an den gut aussehenden Cipoletti erinnern.

»Und Sie waren früher bei der Kripo in Deutschland, nicht wahr?«

»Genau.«

»Ach, war das nicht diese Sache mit dem Mordanschlag an einem deutschen Journalisten? Sie waren da bei der Ermittlung behilflich?«, fragte der ältere Beamte nun etwas freundlicher.

»Ja, ja, als Dolmetscher«, erwiderte Prohaska knapp. Ihm war kalt, er wollte ins Warme und einen Kaffee trinken, aber die beiden hatten nichts weiter zu tun, als auf die anderen zu warten, also blieb er noch.

»Übrigens, ich heiße auch Josip, Josip Bakarić«, sagte der junge Beamte.

»Und ich bin Mate Tonkić« Der ältere lächelte zum ersten Mal.

Prohaska lächelte zurück. »Angenehm.«

Ein paar Männer und Frauen kamen langsam die Gasse hinunter. Prohaska erkannte einige, sie waren bei Montis Feier dabei gewesen. Jetzt kamen sie also als Gaffer. Er konnte es zwar verstehen, wann passierte hier schon so etwas, andererseits war es ihm einfach zuwider. Sie wollten natürlich Näheres über die Umstände von Montis Ableben erfahren, aber er hatte keine Lust, dabei zu sein.

»Brauchen Sie mich hier noch?«

»Nein, aber halten Sie sich zur Verfügung.«

»Ich bin in der Konoba.«

*

Magdalena saß mit Katarina und zwei anderen Frauen beim Kamin, und als Prohaska hereinkam und Magdalena ihn sah und ihm anbot, sich zu ihnen zu setzen, bedankte er sich, lehnte aber höflich ab. Er setze sich einen Tisch in der Nähe der Terrassentür und bestellte Kaffee und ein Omelett. Nach dem er gegessen und mehrere Tassen Kaffee getrunken hatte, fühlte er sich etwas wohler.

Stella und Antonio trafen gegen halb elf ein. Stella, nun eine reiche Witwe, trug einen dunklen Hosenanzug und eine gefütterte Jacke mit Pelzkragen, der verdammt echt aussah. Ihr Sohn war blass und wirkte genervt und unausgeschlafen. Prohaska stand auf, grüßte sie und kondolierte. Antonio bedankte sich mit einem Nicken und setzte sich zu Magdalena, die ihn in den Arm nahm. Stella schien gefasster zu sein. Ihre Stimme war leise, doch als sie Prohaska die Hand drückte, leuchteten ihre Augen, aber nicht vor Tränen und Trauer, sondern eher so, als habe sie im Lotto gewonnen.

Prohaska erzählte ihr, wie er ihren Mann gefunden hatte.

»Zwei Polizisten sind schon drüben. Wenn die Kriminalpolizei kommt, wird man alle befragen, die mit Ihrem Mann zu tun hatten.«

Stella biss sich auf die Unterlippe. »Hoffentlich dauert das alles nicht zu lange.«

Was hat sie heute noch vor, hätte Prohaska beinahe gefragt. Die Tatsache, dass ihr Mann vor ein paar Stunden gestorben war, schien sie nicht besonders zu belasten. Aber vielleicht war das auch nur die Reaktion auf den Schock. Schließlich kannte er sie nicht näher.

»Es wird sicher eine Zeit in Anspruch nehmen, Frau Monti. Man muss herausfinden, woran Ihr Mann gestorben ist. Nach der Obduktion wird man es dann genau wissen.«

»Obduktion? Wieso denn das? Ich bin sicher, dass es ein Herzinfarkt war. Bartolo hatte einen Herzschrittmacher und mehrere Bypässe, und es war doch nur eine Frage der Zeit, wann es mit ihm zu Ende geht.« Sie nahm ein Taschentuch aus ihrer Handtasche und tupfte sich die nicht vorhandenen Tränen aus den Augenwinkeln.

»Das müssen Sie der Polizei sagen. Aber die Obduktion muss sein, um auszuschließen, dass kein Verbrechen vorliegt.«

Stella blinzelte. »Was reden Sie da? Was für ein Verbrechen? Wer hätte meinem Mann etwas antun wollen?«

»Das weiß ich nicht. Ihr Mann war mir sehr sympathisch. Falls ich irgendwie behilflich sein kann …«

»Danke, Bartolo hat Sie auch gleich gemocht. Ehrlich gesagt hat mich das ziemlich verwundert. Er war eigentlich ein sehr misstrauischer Mensch. Aber Sie sind sehr nett, und er hatte keine eigenen Kinder. Vielleicht hat er in Ihnen den Sohn gesehen, den er nie gehabt hat.«

Prohaska lag auf der Zunge zu sagen, dass Monti ihren Sohn adoptieren wollte, doch er hielt sich zurück.

Stella schaute sich im Raum um und sagte noch leiser. »Was hat er Ihnen gestern Abend eigentlich erzählt? Sie waren fast eine Stunde draußen.«

Prohaska setzte sein Sphinx-Lächeln auf. »Nichts Besonderes. Er zeigte mir sein Elternhaus und sprach von seinem Projekt.«

Stella musterte ihn argwöhnisch. »Ach so, aber jetzt wird nichts daraus. Und das wird die Leute hier nicht freuen. Sie haben sich schon ausgemalt, wie reich sie mit Bartolos Hilfe werden. Dabei habe ich ihm von Anfang an gesagt, dass er …«, Stella hielt inne, als hätte sie sich verplappert.

»Ja?«

»Ach nichts.« Sie winkte ab und steckte das Taschentuch in den Ärmel. »Er hat sich einfach zu viel vorgenommen und hat vergessen, dass er nicht mehr der Jüngste ist, ich meine war. Und wie man weiß, hat ein reicher Mann immer eine Menge Neider.«

»Auch Feinde?«

»Wie meinen Sie das?«

Prohaska fragte sich, ob sie sich absichtlich etwas dumm stellte. »Na zum Beispiel Leute, die ihm Übles wollten, oder ihm Geld schuldeten oder irgendwelche alte Rechnungen begleichen wollten, solche eben.«

Stella sah ihn herausfordernd an. »Davon weiß ich nichts. Warum fragen Sie das überhaupt?«

Prohaska antwortete nicht sofort, sondern tat betreten. »Bitte entschuldigen Sie, es geht mich tatsächlich nichts an.«

»Eben. Dann lassen wir das.«

»Aber die Polizei wird Ihnen solche Fragen stellen«, ergänzte Prohaska.

Stella lächelte kühl. »Sollen sie doch, ich weiß nichts von irgendwelchen Feinden. Mein Mann war überaus beliebt. Ich muss erst einmal mit dieser Situation fertig werden.«

»Ja, natürlich. Ich bin selbst Witwer und kann mir vorstellen, wie Sie sich fühlen.«

Stella entspannte sich. »Ich bin einfach nur erschüttert. Hoffentlich dauert das alles heute nicht allzu lange, ich meine, diese Prozedur mit der Polizei. Wenn ich nur an den Papierkram mit den Behörden,

Banken, dem Notar und was weiß ich noch wem denke, wird mir schlecht. Das wirft mein ganzes Programm durcheinander.«

»Wie gesagt, ich stehe Ihnen zur Verfügung, wenn Sie Hilfe brauchen«, sagte Prohaska, ganz Kavalier der alten Schule.

»Das ist sehr freundlich von Ihnen«, sagte Stella und drehte sich nervös zu den anderen um. Antonio warf ihr einen grimmigen Blick zu und deutete auf den Stuhl neben sich. Stella nickte ihm zu. »Ich werde Bartolo neben seiner Mutter bestatten. Wenn Sie auch zur Beerdigung kommen möchten, sage ich Ihnen Bescheid.«

»Danke, ich komme gerne. Ich schreibe Ihnen meine Telefonnummer auf.« Prohaska griff in die Jackentasche und zog die Hand gleich wieder heraus. »Ach, ich habe nichts zum Schreiben dabei.«

»Kein Problem, ich gebe Ihnen meine.« Sie diktierte ihm ihre Nummer, Prohaska tippte sie ins Telefonbuch am Smartphone und steckte das Ding wieder ein.

»Wollen Sie sich nicht zu uns setzen?«

»Vielleicht später. Ich muss kurz telefonieren.« Das war natürlich geschwindelt, aber er hatte das Bedürfnis, allein zu sein, und nachdem Stella sich zu den anderen gesetzt hatte, ging er auf die Terrasse. Bello folgte ihm.

Prohaska setzte sich auf eine Bank in der Ecke und nahm das Handy heraus. Der Hund stellte sich sofort auf die Hinterbeine und legte die Vorderpfoten auf Prohaskas Knie.

»Ja, jetzt ist alles gut, bist ein braver, lass dich mal anschauen.« Prohaska betastete vorsichtig Bellos Hals, aber er war mit Hunden viel zu unerfahren, so dass er keinen Chip finden konnte. »Könntest du nicht wenigstens ein Halsband mit der Adresse deines Herrchens oder Frauchen tragen? Das gehört sich so heutzutage, wo alles und jeder registriert ist. Wenn du ein Streuner bist, könnte es ungemütlich werden. Du hast den bösen Polizisten gehört.«

Der Hund sah Prohaska in die Augen und legte den Kopf schief.

»Du brauchst gar nicht so zu schauen. Ich kann dich nicht adoptieren, auch wenn du es darauf anlegst. Ich bin nämlich ein Katzenmensch, okay?«

Bello schnappte spielerisch nach Prohaskas Hand, sprang herunter, rollte sich auf den Rücken und ließ sich am Bauch streicheln.

»So, das muss fürs Erste reichen.« Prohaska zündete sich eine Zigarette an, und während er im Handyverzeichnis nach Ivo Horvats Nummer suchte, ploppte das SMS-Symbol auf. Er wechselte den Bildschirm und lächelte. Die Nachricht war von Martha Schön, die ihm beim Abschied den riesigen Oleander vermacht hatte, der nun auf seiner Terrasse stand. Martha war damals aus Wien angereist, um nach einer Verwandten zu suchen, die nach den Wirren des Krieges in den Neunzigerjahren verschwunden war und die Prohaska unter sonderbaren Umständen gefunden hatte. Die wenigen Tage, die Martha im Nachbarhaus verbracht hatte, hatten genügt, sich in sie zu verlieben. Er vermisste sie, auch wenn er sich zwang, nicht an sie zu denken. Sie hatten eine Affäre gehabt. So etwas konnte doch jedem passieren. Martha war eine kluge, schöne und begehrenswerte Frau. Und er nur ein Mann. Er hätte sie früher kennen lernen sollen. Sie war verheiratet und hatte ihm keinerlei Hoffnungen gemacht. Trotzdem pochte sein Herz wie wild, als er ihre Nachricht las.

Es waren nur ein paar schnell dahin geworfene Zeilen, freundlich und unverbindlich. Sie hoffe sehr, es gehe ihm gut und ob er mit seinem Fotobuch vorankomme. Sie sei total gestresst, schreibe unter Hochdruck an ihrem neuen Roman und versuche alles und jeden von sich fernzuhalten, der sie davon ablenken könnte. Wien sei wie immer furchtbar, außerdem kalt und hektisch in der Vorweihnachtszeit, sie wäre viel lieber im Süden, aber das sei eben nicht möglich. Er solle sich melden, wenn er nicht zu beschäftigt sei, sie würde sich freuen, von ihm zu hören. Am Ende stand ein Postskriptum: »Gegen die Wehmut, die mich manchmal ohne Vorwarnung überfällt, hilft nur ein argentinischer Tango. Und in Gedanken tanze ich ihn mit dir.«

Prohaska seufzte. Martha liebte den Tango? Das war etwas völlig Neues, etwas, das sie ihm in der kurzen Zeit ihres Aufenthalts in Kloštar nicht verraten hatte. Ja, der Tango passte zu ihr absolut. Vor seinem inneren Auge sah er, wie sie ihn zusammen tanzen, ernst und auf die Schwingungen der Musik konzentriert, leidenschaftlich und wie berauscht, und alles andere ausblendend, vergessend.

Er überlegte, ihr gleich zu antworten, aber dann verschob er es auf später, ohne sich sein Zögern eingestehen zu wollen. Doch im Grunde wusste er es. Es war es ihm klar geworden, dass es keinen

Sinn hatte, sich in Bezug auf Martha etwas vorzumachen. Er war einfach kein Typ für komplizierte Fernbeziehungen. Martha Schön war verheiratet, lebte in ihrer eigenen Welt, hatte ihre Arbeit, Verpflichtungen, Familie und Freunde. Und er hatte sich an sein Alleinsein gewöhnt.

Um schnell auf andere Gedanken zu kommen, rief er Ivo an und berichtete ihm, wo er ist und was passiert war. Montis Schatzkiste und seinen inzwischen hinfälligen Auftrag erwähnte er nicht. Ivo war sein bester Freund, aber es gab Dinge, die er lieber für sich behielt.

»Du hältst dich doch aus der Sache raus?«, fragte Ivo.

»Ja, natürlich. Ich muss nur warten, bis die Kripo kommt. Danach fahre ich nach Hause und komme am Abend bei dir vorbei.«

»Ist gut, bis später dann.«

Prohaska drückte das Gespräch weg und starrte eine Weile auf die Berge, die allmählich aus den Wolken auftauchten. Über dem Tal, in dem sich früher ein See befand, der dann wegen der Mückenplage und Malaria abgelassen wurde, lag dichter Nebel.

Prohaska fröstelte und ging wieder hinein.

Stella, Antonio und Magdalena waren gegangen. Die alten Männer, die noch da saßen, hatten alle Zeit der Welt. Sie sahen immer wieder neugierig zu ihm rüber und unterhielten sich in ihrem für Prohaskas Ohren ziemlich unverständlichen Dialekt.

Er fühlte sich fehl am Platz, und wie so oft beschlich ihn das Gefühl, nirgendwo dazu zu gehören. Schon in Deutschland behandelten ihn manche wie einen Ausländer, weil sein Vater ein Kroate, beziehungsweise Tscheche gewesen war. Und in Istrien, wo die Menschen so gastfreundlich waren, ging es ihm genauso, sobald sie merkten, dass er eigentlich Deutscher und kein Tourist war, der bald wieder gehen würde.

Er ging zur Theke, bestellte einen Espresso und bat die Wirtin um eine Schüssel Wasser für den Hund. Sie gab sie ihm, und er stellte sie auf den Boden. Irgendwann wird er ihm etwas zum Fressen besorgen müssen, überlegte Prohaska. Aber in Kras gab es keinen Laden, wo er Hundefutter hätte kaufen können, jedenfalls hatte er keinen gesehen.

Die Wirtin stellte die Kaffeetasse und ein Glas Grappa vor ihn hin. »Das geht aufs Haus.«

»Oh, vielen Dank.« Prohaska prostete ihr zu und trank den Schnaps auf Ex. »Das war jetzt genau richtig.«

»Dachte ich mir, nach dem Schreck von vorhin. Ich kann immer noch nicht glauben, dass Bartolo tot ist.«

Prohaska beugte sich vor. »Dürfte ich Sie etwas fragen?«

»Dich.«

»Wie?«

»Ich heiße Ljubica.« Sie lächelte und gab ihm die Hand.

»Ach so, natürlich, sehr angenehm. Ich bin Joe.«

»Ich weiß.«

Prohaska lächelte und deutete mit dem Kinn zu den Männern am Tisch. »Das sind wohl alles Montis Freunde?«

Ljubica verzog den Mund. »Vielleicht, vielleicht auch nicht, wer kann das schon genau wissen.«

»Klar, aber was ich eigentlich fragen sagen wollte: Es könnte sich eventuell herausstellen, dass Bartolo nicht einen Herzinfarkt hatte, sondern …«

»Dass da jemand nachgeholfen hat? Ich dachte, man muss erst die Obduktion abwarten?«

»Ja, schon.«

»Deine Worte zu Stella.«

Prohaska nickte. Ljubica hatte sein Gespräch mit Stella natürlich mitbekommen. Dann wusste sie sicher auch mehr über Monti.

»Kannten Sie Bartolo Monti näher?«

»Du, wir sind per Du.«

»Stimmt. Also, kanntest du ihn gut?«

»Na ja, kennen wäre zu viel gesagt. Er ist, beziehungsweise war ein gern gesehener Gast, freundlich und spendabel. Aber in den letzten Jahren war er nicht mehr oft da.«

»In den letzten Jahren? Ich dachte, er ist jetzt erst nach langer Zeit zurückgekommen.«

»Nein, nein, er war vor dem Krieg fast jedes Jahr hier.«

»Wie, vor dem Krieg, du meinst den in den Neunzigerjahren?«

»Ja, sicher, welchen sonst?«

Prohaska nickte und nahm die Zigaretten und das Feuerzeug aus der Tasche und legte sie neben die Kaffeetasse.

»Du kannst ruhig rauchen.«

»Aber ist das nicht verboten?«

»Natürlich, aber es ist mein Lokal. Diese blöden Vorschriften. Aus dem Kamin raucht es doch auch.« Sie holte ein Päckchen Zigaretten aus der Schublade, Prohaska gab ihr Feuer und steckte sich auch eine Zigarette an. Ljubica blies den Rauch zur Seite. »Man kann sich ja nicht alles verbieten lassen.«

»Stimmt. Also erzähl.«

»Gleich, aber vorher habe ich eine Frage.«

»Okay.«

»Wieso interessiert dich das alles so?«

»Eine Freundin von mir schreibt Krimis und fragt mich manchmal um Rat oder braucht neue Ideen.«

»Soso, bist du etwa auch ein Schriftsteller?«

Prohaska lachte. »Ich? Nein, ich war früher Polizist.«

»Ist nicht wahr?«

»Doch, aber das ist lange her. Jetzt bin im Ruhestand.«

»Meine Güte, so jung und schon Rentner.«

»Sag's nicht weiter.«

»Wenn du hier bei der Polizei wärst, würde ich kein Wort mit dir reden. Das ist dir wohl klar?«

»Ich bin einfach nur neugierig. Die Kollegen von der Kripo werden mich nachher ausfragen, da ich Bartolo gefunden habe. Deshalb möchte ich mehr über ihn wissen.«

»Okay, behalte es aber für dich, dass du es von mir hast. Ich will mit der Polizei nichts zu tun haben.«

»Versprochen.«

»Ich muss ein wenig ausholen.«

»Kein Problem.«

»Ich stamme aus der Lika und kam Anfang der Siebziger nach Istrien, gleich nach der Mittelschule. Zunächst habe ich in Opatija in einem Hotel in der Küche gearbeitet, wo ich meinen späteren Mann kennen lernte. Er war aus Cerovlje, das ist das Dorf unten im Tal. Wir gingen ein Jahr zusammen, dann haben wir geheiratet und haben dann ein paar Jahre später diese Konoba aufgemacht.« Sie hielt inne und blinzelte. »Er ist vor drei Jahren an Magenkrebs gestorben.«

»Das tut mir sehr leid.« Seine Frau Helga war an einem Schlaganfall gestorben und ihr Tod hatte im Grunde dazu geführt, dass er nach Istrien gezogen war.

»Tja, was soll man machen, so ist Leben.«

»Und dieses Mädchen, das bei dir in der Küche arbeitet?«

»Du meinst Ines?«

Prohaska nickte. »Ist sie deine Tochter?«

»Nein, nein, sie tauchte vor sechs Wochen hier auf und sagte, sie suche dringend einen Job. Und da hier wirklich sehr viel los war, habe ich sie aufgenommen.«

»An der Küste findet man doch viel eher einen Job.«

»Natürlich.«

»Hat sie ein Auto?«

»Nein, sie fährt ein Mountainbike.«

»Dann ist sie wohl sehr sportlich.«

»Ja, aber vor allem umweltbewusst.«

»Und wo kommt sie her?«

»Aus Italien, aber ihre Familie stammt wohl hier aus der Gegend.«

Ljubica wusste bestimmt mehr über Ines, aber Prohaska beließ es dabei. Es würde sich sicher eine Gelegenheit ergeben, mit der jungen Frau zu reden. »Und du sagst, Monti war oft hier?«

»Er kam fast jedes Jahr, meistens im Spätsommer oder Herbst.«

»Allein?«

»Ja, seine erste Frau Bianca war nur einmal hier. Sie blieb lieber in ihrer Villa in Opatija. Er verbrachte hier ein, zwei Tage, besuchte das Grab seiner Mutter und ging lange spazieren. Das hat er geliebt.«

»Es ist ja wirklich sehr schön hier.«

Ljubica lächelte. »Ja, wenn es nicht gerade regnet. Tolle Gegend und menschenleer, genau das Richtige für Großstädter.«

Prohaska riss ein Zuckertütchen auf und ließ den Zucker in die Tasse rieseln.

»Und nach 1995 kam er dann nicht mehr so oft her?«

»Nein. Als Bianca vor zehn Jahren starb, bekam er gesundheitliche Probleme und wurde ein oder zweimal operiert, so dass er erst vor drei oder vier Jahren wieder hierher kam.«

»Und Magdalena?«

»Sie ist diesmal zum ersten Mal dabei.«

»Ach, und was weißt du von ihr?«

»Nicht viel, außer dass sie nie geheiratet hat, warum auch immer. Sie ist nett, aber ziemlich verschlossen.«

»Und Montis zweite Frau?«

Ljubica verdrehte die Augen, blies den Rauch weg und drückte die Zigarette aus.

»Er hat sie vor zwei Jahren mitgebracht. Angeblich ist sie aus Zagreb, aber ihrem Dialekt nach tippe ich eher auf die Herzegowina. Die Leute hier haben sich sehr gewundert, als Bartolo sie als seine Frau vorstellte.«

»Wieso? Sie ist doch so charmant.«

»Findest du?«

»Na ja, nicht wirklich.«

»Stella macht auf große Dame, dabei ist sie eine falsche Schlange. Ich werde einfach nicht warm mit ihr.« Ljubica hielt inne. »Ach, ist doch mir egal. Manche Männer stehen eben auf Frauen, die sie ausnutzen und quälen und bezahlen gern einen hohen Preis für ein paar Streicheleinheiten. Monti war da wohl keine Ausnahme.«

»Aber solche Beziehungen können auch glücklich sein. Jeder kriegt, das was er will, oder nicht?«

»Mag schon sein.«

Prohaska hätte ihr noch gern ein paar Fragen über Bruno gestellt, aber dann kamen Stella und Antonio in Begleitung einer Frau und eines Mannes herein.

»Die Kripo«, flüsterte Ljubica und räumte den Aschenbecher weg.

Stellas Augen waren gerötet, die Wimperntusche verschmiert. Sie hat Bartolo identifiziert, dachte Prohaska und nickte ihr zu. Antonio machte ein finsteres Gesicht, bestellte im Vorbeigehen zwei Kaffee und führte seine Mutter zum Tisch am Kamin.

Die Polizeibeamten kamen an den Tresen.

Die Frau streifte Prohaska mit einem Blick und beugte sich vor, um zu bestellten. Sie war höchstens Dreißig und sah in der gefütterten dunkelblauen Winterjacke wie ein Kugelfisch aus. Ihre kurzen

Haare waren schwarz, der Teint porzellanhell und die Augen groß und hellblau. Ihr Kollege, der sie um zwei Köpfe überragte, stand breitbeinig neben ihr und trommelte mit den Fingern auf die Theke.

»Zwei doppelte Espressi, für mich bitte mit Milch. Und ein großes Schinkensandwich.«

Ljubica nickte. »Und der Herr? Möchten Sie auch etwas essen?«

»Nein, danke, nur Kaffee.« Er wandte sich an Prohaska. »Sind Sie Josef Prohaska?«

»Ja.«

»Okay. Wir hätten ein paar Fragen. Das ist meine Kollegin Mira Kovačević, mein Name ist Viktor Kos, Kripo Pazin.«

»Angenehm«, sagte Prohaska und schüttelte zuerst Kovačević und dann Kos die Hand.

Als der Kaffee fertig war, nahmen sie ihre Tassen und setzten sich an einen Tisch in der Nähe der Garderobe. Bello setzte sich zwischen Prohaskas und Kovačevićs Füße und spitzte die Ohren.

»Der ist ja echt süß«, bemerkte Mira Kovačević, während sie Kugelschreiber und Notizblock aus ihrer Jackentasche nahm und auf den Tisch legte. »Gehört er Ihnen?«

»Nein.«

»Sie haben also den Toten gefunden«, sagte Kos und warf seiner Kollegin einen Blick zu, der sie wohl daran erinnern sollte, mit Zeugen nicht allzu vertraulich zu sein. Aber die junge Beamtin ließ sich nicht beirren und lächelte Prohaska an, der so tat, als habe er nichts bemerkt.

»Ja, aber eigentlich war es der Hund«, Prohaska zeigte auf Bello.

»Aha, na dann erzählen Sie.«

Prohaska tat es. Mira Kovačević schrieb eifrig mit, und als ihr Ljubica das dick belegte Sandwich brachte, brach sie es in zwei Teile und ließ es sich schmecken, ohne von ihrem Block aufzusehen.

Als Prohaska seinen Bericht beendet hatte, schaute er verstohlen auf seine Armbanduhr. Es war kurz nach ein Uhr. Sein Magen knurrte.

»Danke, das wäre im Moment alles. Der Staatsanwalt Dr. Cipoletti wird auch mit Ihnen reden wollen. Sie kennen sich, wie ich mitbekommen habe.«

»Ja, wir sind uns bei Inspektor Rossi vor einiger Zeit begegnet. Ist er auch hier?«

»Noch nicht, aber er wird Sie anrufen.«

»Okay.«

»Darf ich Ihnen eine persönliche Frage stellen?«, fragte Kovačević.

»Sicher.«

»Wie lange waren Sie eigentlich bei der Kripo in Deutschland?«

»Fast fünfundzwanzig Jahre.«

»Und Sie vermissen Ihre Arbeit nicht?«

»Manchmal, aber diese Momente werden immer seltener.« Das stimmte zwar nicht ganz, aber das ging die beiden nichts an. Und obwohl Prohaska wusste, dass die Frage viel zu verfrüht war, fragte er, ob sie schon eine Vermutung haben, wie Monti zu Tode kam.

»Der Amtsarzt geht davon aus, dass es sich um einen Herzinfarkt handelt. Laut Aussage der Witwe, hatte Monti ein schwaches Herz.«

»Ja, das hat er mir auch erzählt. Und der Todeszeitpunkt?«

»Der steht noch nicht fest, aber vermutlich passierte es in den frühen Morgenstunden. Sie sagten, Sie haben ihn kurz nach neun Uhr gefunden?«

»Ja, und was ist mit der Kopfwunde?«

»Ich nehme an, sie stammt von einem der Steine, die sich aus der Wand gelöst haben. Ein Wunder, dass das Haus überhaupt noch steht. Es könnte aber auch sein, dass er von dem Holzregal erschlagen wurde. Die Kollegen von der Spurensicherung sind noch drüben. Wir werden uns den Tatort noch genauer anschauen, sobald der Leichnam abgeholt und in die Pathologie nach Pula gebracht ist.«

»Sie gehen also von einem Unfall aus?«

»Ich gehe von gar nichts aus. Wir müssen die Obduktion abwarten, dann werden wir alle Möglichkeiten in Betracht ziehen, Spuren auswerten, Leute befragen und so weiter. Ich muss Ihnen sicher nicht erklären, wie das läuft.«

»Natürlich nicht.«

»Gut. Wir müssen weiter.« Kos reichte Prohaska seine Visitenkarte und stand auf. »Falls Ihnen noch etwas einfallen sollte, können Sie mich jederzeit anrufen. Auf Wiedersehen.«

*

Als die beiden gegangen waren, atmete Prohaska auf. Kos hatte offenbar Schwierigkeiten damit, dass Prohaska mit im Spiel war. Das war verständlich, aber damit müsste der Mann klar kommen, dachte Prohaska. Er bestellte Pasta mit Pilzen und ein Steak, und Ljubica versprach, auch für Bello etwas zu organisieren. Während er auf das Essen wartete, schaute er seine E-Mails durch, aber niemand wollte etwas von ihm, niemand vermisste ihn. Er überflog die Nachrichten bei mehreren deutschen und kroatischen Zeitungsportalen, doch die politischen Skandale, Korruptionsaffären, das allgegenwärtige Hauen und Stechen schlugen ihm nur auf den Magen.

Nachdem er gegessen hatte, wäre er am liebsten noch einmal zu dem Haus gegangen und hätte Kos und den anderen über die Schulter geschaut, aber das hätten sie bestimmt nicht so gut gefunden. Sie sollten ihre Arbeit nur in Ruhe machen, und wie es aussah, hatten sie die auch. Jedenfalls hatte er bei Inspektor Kos keine Anzeichen von Hektik bemerkt.

Prohaska trank noch einen Espresso und bat um die Rechnung. Es hatte keinen Sinn, hier noch länger herumzuhängen.

»Und was machst du jetzt mit dem Hund?«, fragte Ljubica.

»Keine Ahnung. Ich muss mich nach seinem Besitzer umschauen. Danach sehe ich weiter.«

Ljubica grinste. »Ich glaube, er weiß, wer sein Herr ist.«

»Ich bin es jedenfalls nicht«, sagte Prohaska und schaute Bello streng an. »Du wartest hier, verstanden? Ich gehe mir schnell die Hände waschen, bevor ich fahre.«

Als er ein paar Minuten später von der Toilette zurückging, blieb er vor der Küchentür stehen, klopfte an, doch als sich niemand meldete, schaute er hinein.

Ines stand am Herd und rührte in einer Pfanne, wobei sie sich leicht hin und her bewegte. Sie trug einen blauen Kittel und ein weißes Kopftuch, das sie locker im Nacken verknotet hatte. In ihrem Nasenflügel steckte ein Piercing und in den Ohren schwarze Kopfhörer, deren Kabel in die Gesäßtasche ihrer Jeans führten.

»Hallo«, sagte Prohaska.

Ines sah zu ihm rüber und zog den Kopfhörer aus dem linken Ohr. »Ja, bitte?«

Prohaska lächelte breit. »Ich wollte nur sagen, dass die Pasta mit Pilzen sagenhaft war. Habe schon lange nicht mehr so etwas Gutes gegessen.« Er hoffte, dass er nicht zu dick aufgetragen hatte, denn sie sagte nichts und rührte weiter in der Pfanne.

»Danke, das freut mich«, sagte sie nach ein paar Sekunden.

»Ich heiße übrigens Joe, Joe Prohaska.«

»Weiß ich, die Chefin hat es mir gesagt.«

»Ach so. Würden Sie mir vielleicht das Pilz-Rezept verraten? Ich koche nämlich sehr gerne, aber so gut hab ich das noch nie hinbekommen.«

»Ich bin gelernte Köchin. Unter anderem«, fügte sie hinzu.

Prohaska wartete, dass sie ihm ihren zweiten Beruf verriet, doch sie tat es nicht.

»Das erklärt einiges. Es war wirklich vorzüglich.«

»Die Pasta ist keine große Kunst. Wichtig ist das Mehl, das man für den Teig verwendet, und die Pilzmischung muss stimmen. Bei der Soße sollte man mit der Sahne nicht zu sparsam sein. Es ist kinderleicht, einfach eine mittelgroße Zwiebel und eine Zehe Knoblauch klein hacken, in Olivenöl glasig dünsten, dann kommen die Pilze dazu, mit Salz, Pfeffer, einer Prise Chili und Kräutern würzen, einen Teelöffel Honig dazugeben und anschließend mit der Sahne ablöschen, kurz aufkochen lassen und fertig.«

»Honig?«

»Natürlich, der gibt dem Ganzen die besondere Note.«

»Aha, und welche Kräuter sagten Sie?«

Ines lächelte. »Leider mein Berufsgeheimnis. Ich sammle und trockne sie selbst.«

»Verstehe. Wo haben Sie denn kochen gelernt?«

»Drüben in Venedig.«

Prohaska seufzte. »Beneidenswert, Venedig.«

»Ja, ja, eine wunderschöne Stadt, wenn nur die vielen Touristen nicht wären.« Ines nahm einen Topf vom Herd, in dem sie Fuži gekocht hatte, schüttete die Nudeln in ein Sieb und ließ sie in eine große irdene Schüssel gleiten. Dann goss sie den Inhalt der Pfanne dazu.

»Das riecht aber gut. Was ist das für ein Gericht?«

»Wildgulasch, nach eigenem Rezept.«

»Das nehme ich, wenn ich das nächste Mal herkomme.«

»Okay, aber Sie sollten vorher anrufen, damit Ljubica das Fleisch bestellen kann.«

»Ah, und dann geht der Jäger in den Wald und schießt extra für mich ein Reh oder einen Bären?«

Ines lächelte zum ersten Mal. »Natürlich.«

»Wie praktisch!«

»Aber Bärentatzen haben wir nicht im Angebot. Oben auf der Učka, im Jägerhaus kriegt man die immer.«

»Danke für den Tipp, aber ich esse keine Bären.«

Ines lachte. »Ich auch nicht.« Sie nahm die Schüssel und einen Salatteller, trug sie ins Lokal und stellte alles auf einem Tisch neben der Tür ab. Dann winkte sie Ljubica und kam wieder in die Küche.

»Was ich Sie eigentlich fragen wollte ...«

Sie sah ihn irritiert an. »Ja?«

»Sie haben sicher auch mitbekommen, dass Bartolo Monti tot ist?«

»Ja, klar.«

»Kannten Sie ihn näher?«

»Nur vom Sehen.«

»Und seinen Adoptivsohn Antonio?«

»Flüchtig.« Ines zuckte kaum merklich zusammen und schüttelte den Kopf. »Aber er ist nicht sein Adoptivsohn.«

»Ach so, dann habe ich das falsch verstanden.« Woher wusste sie das eigentlich, fragte sich Prohaska, sagte aber nichts.

»Haben Sie auch gehört, was der Bruno gestern Abend zu Monti gesagt hat?«

»Nicht direkt, Ljubica hat es mir später erzählt.«

»Was halten Sie von ihm?«

»Er ist ein Spinner.«

»Wieso?«

»Ein Spinner halt. Er war im Krieg und hat seitdem einen Knall.«

»Sie meinen, er leidet an einem posttraumatischen Syndrom?«

»Ich bin kein Arzt, aber normal ist der nicht. Ich habe ihn ein paar Mal gesehen, als ich Kräuter gesammelt habe ...«

Prohaska hob fragend die Augenbrauen. »Wobei gesehen, und wo, was hat er denn gemacht?«

»Das sind aber viele Fragen auf einmal.«

»Stimmt.« Prohaska lächelte ihr aufmunternd zu, aber Ines nahm eine Zwiebel, schnitt sie in zwei Hälften, schälte sie und fing an sie mit unglaublicher Geschwindigkeit in kleine Würfel zu schneiden. »Das war hier in der Gegend, in der Nähe von Vela Draga.«

»Hatte er einen Hund dabei?«

»Ja.«

»So einen, wie der da drüben?« Prohaska zeigte ins Lokal zu Bello.

Ines kam an die Tür und schaute rüber. »Nein, sein Hund war viel größer und sah wie ein Wolf aus.«

»Also ein Schäferhund?«

»Möglich.«

»Und was war dann?«

»Ich bin ihm gefolgt und war froh, dass er mich nicht bemerkt hat. Ich mag keine großen Hunde.«

»Vielleicht hat Bruno auch Kräuter gesucht?«

Ines lachte auf. »Das glaub ich kaum, er hatte ein Fernglas und ein Gewehr dabei.«

»Ein Gewehr? Wollen Sie damit andeuten, dass er auf die Jagd ging oder ein Wilderer ist?«

»Ich will gar nichts andeuten, ich weiß, dass er wildert. Er wird auch nicht der einzige im Land sein, obwohl es verboten ist. Ich fand es nur seltsam, dass er anstatt im Wald zu bleiben, über eine offene Karstfläche marschierte, wo ihn jeder hätte sehen können. Und dann war er plötzlich verschwunden.«

»Wie verschwunden?«

»Na, er war einfach weg. Hier im Karst gibt es viele Löcher und tiefe Spalten. Aber ich habe nicht gewartet, dass er wieder herauskommt.«

»Weiß er, dass Sie ihn gesehen haben?«

»Ich glaube nicht. Trotzdem möchte ich ihm nicht im Dunkeln begegnen.«

»Wieso? Hat er Sie irgendwie belästigt?«

»Nein, das nicht, aber er ist so voller Hass auf alles und jeden, vor allem auf Frauen. Kein Wunder, dass ihn seine verlassen hat. Aber warum interessieren Sie sich für ihn?«

»Ich mache ein Fotobuch über Istrien und sammle alle möglichen Geschichten«, sagte Prohaska charmant. »Und falls Sie nichts dagegen haben, würde ich gerne ein paar Fotos von Ihnen machen, vielleicht irgendwo im Karst, damit es authentischer wirkt.«

»Von mir? Ich bin aber nicht von hier und außerdem nicht fotogen.«

»Jeder Mensch ist fotogen. Es kommt auf den Fotografen an.«

Ines schüttelte den Kopf. »Danke, lieber nicht. Wollen Sie Bruno etwa interviewen?«

»Vielleicht.«

»An Ihrer Stelle würde ich mich von ihm fernhalten. Er hat seltsame Freunde.«

»Was denn für Freunde?«

Ines goss etwas Olivenöl in eine Pfanne, wartete, dass es heiß wurde und warf die Zwiebelwürfel hinein. Zischend stieg der Dampf auf. Sie schaltete das Gebläse an und sagte, ohne Prohaska anzuschauen:

»Weil er ein Neonazi ist, ein Ustaša, aber das interessiert hier offenbar niemand. Außerdem haben Sie das nicht von mir, okay?«

Sie nahm die Pfanne vom Feuer und sah Prohaska entrüstet an.

»Schauen Sie sich Europa doch an! Der Rassismus ist wieder salonfähig geworden, in Deutschland, Ungarn, Frankreich, Holland, Österreich, hier bei uns, und es wird immer schlimmer!«

»Da haben Sie leider recht.«

»Wie gesagt, das haben Sie nicht von mir.«

»Keine Sorge.«

*

Als Prohaska kurz danach zu seinem Wagen ging, hatte er plötzlich Kopfschmerzen. Vielleicht lag es am Wetter, überlegte er. Der Wind hatte die Wolken vertrieben, und über den Bergen wölbte sich ein strahlend blauer Himmel, aber die Luft war schneidend kalt. Der Hund sprang fröhlich um ihn herum, aber Prohaska tat so, als bemerke er ihn gar nicht.

Je länger er über Montis Tod nachdachte, desto sicherer war er, dass da etwas nicht stimmte. Vielleicht hätte er dem Inspektor erzählen sollen, was er wusste. Doch bevor er die Pferde scheu machte, wollte er lieber selbst der Sache nachgehen.

Dieses schöne Land war voller trauriger Geschichten, all dieses Leid, das die Menschen ihr Leben lang mit sich herumschleppen. Und dieser alte Mann, der einen gestohlenen Schatz gestohlen hatte und hütete, statt ihn zurückzugeben. Was hatte er nun davon? Nichts. Alles Gold, Silber und Juwelen lagen in irgendeiner Höhle im Karst. Vielleicht kannte jemand hier Montis Geheimnis? Es konnte praktisch jeder sein. Ach, zum Teufel mit allem, er brauchte jetzt erst einmal seine Ruhe, damit er nachdenken konnte.

Er ging zu der Pension, bezahlte die Übernachtung und packte seine Sachen zusammen. Die alte Frau begleitete ihn zur Tür. Über Montis Tod hatte sie kein Wort verloren. Wieso eigentlich nicht?

»Ach, jetzt ich habe ich Ihren Schirm vergessen«, sagte er, als er draußen war. »Ich gehe schnell zurück und hole ihn.«

»Nein, nein, das müssen Sie doch nicht, ich mache es nachher selbst.«

»Okay. Eine Frage: Sie kannten doch auch Bartolo Monti, waren aber nicht bei seiner Geburtstagsfeier?«

»Natürlich kannte ich ihn. Wir sind zusammen in die Schule gegangen. Und jetzt ist er tot. So ist das Leben. Mehr kann ich dazu nicht sagen.«

»Verstehe«, sagte Prohaska, obwohl er es nicht tat. »Ach, wissen Sie zufällig, wem dieser Hund gehört?«

»Bruno vielleicht? Aber nein, er hat einen anderen Köter, so ein schwarzes Vieh, das er nachts frei herumlaufen lässt. Ich habe schon überlegt, ihn anzuzeigen.«

»Wegen der Hundes?«

»Nein, nein, nicht deswegen, sondern wegen seiner Freunde. Ach, egal auch.«

»Was für Freunde?«

»Was weiß ich, irgendwelche Nichtsnutze, tätowierte Burschen mit langen Haaren und schwarzen Lederjacken, die mit ihren Motorrädern herkommen. Man traut sich kaum aus dem Haus, wenn die da sind.«

»Sie meinen Rocker?«

»Ja, ja, so nennt man die wohl.« Sie drehte sich auf dem Absatz um und ging ins Haus.

Prohaska ging zu seinem Wagen, öffnete die Fahrertür und legte sein Gepäck auf den schmalen Rücksitz. Bello fing an zu kläffen und schaute erwartungsvoll zu ihm hoch.

»Nein, ich kann dich nicht mitnehmen. Es war nett, dich kennenzulernen, aber ich muss jetzt echt los. Also, mach's gut. Du findest bestimmt allein nach Hause.«

Doch Bello interessierte Prohaskas Gerede nicht im Geringsten. Er nahm Anlauf und hüpfte wie ein Gummiball an Prohaskas Beinen hoch.

»Mensch, lass das Theater. Was soll ich mit einem Hund? Los, los, geh heim.«

Der Hund schlüpfte an Prohaska vorbei, sprang auf den Fahrersitz und verkroch sich auf die Rückbank.

»Hallo, was soll das? Komm sofort raus. Hörst du schlecht? Na los, raus!«

Bello verstummte, rührte sich aber nicht von der Stelle.

Prohaska warf die Arme in die Höhe. »Komm jetzt her, hast du verstanden?«

Es nützte natürlich nichts.

Prohaska beugte sich ins Auto und versuchte Bello in ruhigem Ton zu überreden, wieder auszusteigen. Der Hund zwängte sich zwischen Rucksack und Fototasche und legte den Kopf auf die Vorderpfoten. Er zitterte am ganzen Leib. Als er zu winseln anfing gab Prohaska auf.

»Okay, okay, du hast gewonnen. Von mir aus kannst du bleiben. Aber nicht für immer, klar? Ich kann dich nicht einfach behalten. Wenn du wirklich diesem Typ gehörst, gibt es bestimmt Stress. Morgen bringe dich wieder her.« Er stieg ein, startete den Motor und rollte auf die Straße hinunter.

*

Als sie in Kloštar ankamen, war es längst dunkel geworden. Bello sprang aus dem Auto, rannte ein wenig herum und verschwand im

Garten hinter dem Haus, um sein neues Revier zu markieren und nach Spuren seiner Artgenossen zu suchen. Prohaska schaute zum Nachbarhaus und dachte an Martha. Wie es ihr wohl ging? Er sollte ihr schreiben, dann könnten sie einen Zeitpunkt ausmachen und vielleicht telefonieren.

Er ging ins Haus, machte Licht und öffnete die Terrassentür. Bello kam angerannt und machte sich sofort über das Trockenfutter her, das eigentlich für das namenlose schwarzweiße Kätzchen bestimmt war, das Prohaska zugelaufen war.

Prohaska machte sich einen Espresso, gab Bello eine Schale mit Wasser und ging dann ins Bad. Der Hund erkundete in der Zwischenzeit das Haus, und als Prohaska aus der Dusche kam und sich anzog, stand er ihm andauernd im Weg.

Während der knapp zwanzigminütigen Fahrt nach Rovinj saß Bello brav auf dem Beifahrersitz. Nie im Leben hätte Prohaska gedacht, dass er sich so gut mit einem Hund unterhalten würde, aber er tat es. Bello war ein guter Zuhörer. Prohaska ging noch einmal die Ereignisse in Kras durch, und Bello kommentierte die wichtigsten Punkte mit einem kurzen Kläffen.

»So, mein Lieber«, sagte Prohaska, als sie auf dem Parkplatz am Nordhafen ankamen. »Jetzt gehen wir erst einmal das Wichtigste besorgen.«

Bello sprang aus dem Wagen und rannte zwischen den geparkten Autos zur Kaimauer. Vermutlich hatte er noch nie ein Fischerboot, geschweige das Meer gesehen.

Prohaska pfiff ihn zurück und befahl ihm, bei Fuß zu gehen. Das klappte dann leidlich. Für eine Hundenase gab es hier einfach zu viel Neues zu entdecken. Prohaska nahm den Hund auf den Arm und ging in die Tierhandlung, die sich unweit des Meeresbiologischen Instituts befand.

Eine Leine und ein hübsches Halsband für Bello waren schnell gefunden. Prohaska kannte die Verkäuferin, da er ein paar Mal Katzenfutter gekauft hatte, und die fragte natürlich, wo er den »süßen Kleinen« her hatte. Während Prohaska Bello anleinte, riet sie ihm, sobald wie möglich zum Tierarzt zu gehen und den »Süßen« untersuchen und impfen zu lassen.

Als er nach einer Viertelstunde den Laden endlich verließ und zum Hauptplatz ging, schwirrte Prohaska der Kopf von den vielen Informationen. Er hatte es einfach nicht übers Herz gebracht, der Frau zu sagen, dass er den Hund gar nicht behalten wollte. Bello musste sich erst einmal an die Leine gewöhnen und blieb alle paar Meter stehen, schnüffelte, hob sein Hinterbein und zog dann in die entgegengesetzte Richtung.

Die Altstadt strahlte im sanften Licht der Laternen, und Prohaska stellte wieder einmal fest, wie schön es hier war. Er schlenderte auf die andere Seite des Hauptplatzes, blieb an der Mole stehen und blickte auf den Hafen, die schaukelnden Boote. Die dunkle Silhouette der Insel Katarina, die er seit dem Herbst nicht mehr betreten hatte, zeichnete sich gegen den Himmel. Es wehte ein frischer Westwind, der mondlose Himmel war voller Sterne. In der Ferne funkelten auf dem offenen Meer ein paar Lichter der Fischerboote.

Im *Tartufo bianco* war ziemlich viel los. Die meisten Gäste waren Italiener, die das Wochenende in Rovinj verbrachten. Als Prohaska mit Bello hereinkam und sich an einen Tisch an der Fensterfront setzte, der gerade freigeworden war, eilte die Wirtin Adela zu ihm.

»Hallo, Joe, lange nicht gesehen. Seit wann hast du denn einen Hund?« Sie reichte ihm die Menükarte.

»Seit heute, aber nur vorübergehend.«

»Ach so. Was kann ich dir zum Trinken bringen? Was möchtest du essen?«

»Bring mir bitte ein Glas Rotwein und ein Glas Wasser. Ich esse später.«

Nachdem Adela gegangen war, rief Prohaska Ivo an, um ihm zu sagen, dass er im *Tartufo* sei. Ivo versprach in einer halben Stunde da zu sein.

Adela brachte die Getränke und blieb am Tisch stehen.

»Du warst schon lange nicht mehr hier? Geht's dir gut?«

»Danke, alles okay. Und wie läuft es bei euch so?«

»Ach, frag lieber nicht. Du weißt ja, was los ist. Ich komme einfach nicht darüber weg, aber was soll ich machen? Das Leben ist ungerecht. Mal sehen, wie lange ich das aushalte.«

Prohaska nickte nur und wusste nicht, was er erwidern sollte. Er spürte ihren Schmerz, konnte und wollte auch nicht irgendetwas Konkretes dazu sagen. Das war sicher feige, aber Maurizio, ihr Mann war nun mal sein Freud. Adela hatte Prohaska vor einiger Zeit gebeten, mit Mauro von Mann zu Mann zu reden, aber was hätte er schon ausrichten können? Der Haussegen bei Aquilas hing ja mehr als schief. Mauro hatte sich nach über zwanzig Jahren Ehe in eine Affäre mit einer jüngeren Frau gestürzt, dazu noch »einer Slowenin«, wie Adela verächtlich betonte. Und als Mauro Adela eingestehen musste, dass er mit der anderen ein Kind, einen Sohn hatte, traf es die kinderlose Adela bis ins Mark. Aber eine Scheidung kam für Adela nicht infrage. »Er kann warten, bis er schwarz wird! Ich gebe das alles hier nicht einfach so auf. Wenn einer geht, dann er! Soll er zu seiner Slowenien ziehen. Ich werde Tartufo niemals aufgeben. Und einen guten Koch finde ich allemal.«

Prohaska wollte auf keinen Fall in die Rolle eines Schiedsrichters gedrängt werden. Also blieb er einfach eine Weile ganz weg. Insgeheim war er froh, dass er sich nicht mit Eheproblemen herumschlagen musste. Seit dem viel zu frühen und plötzlichen Tod seiner Frau Heidi, konnte er tun und lassen, was er wollte. Er lebte zurückgezogen, hatte sein Auskommen, ein paar Freunde und nahm in Kauf, sich bisweilen einsam zu fühlen. Aber dann hatte ihn Nora aus seinem Schneckenhaus gelockt, und er stürzte sich in ein Abenteuer, das dann einen ganz anderen Ausgang genommen hatte. Nora hatte definitiv kein Interesse an ihm gezeigt. Und zur gleichen Zeit hatte er Martha, seine hübsche Nachbarin kennen gelernt und war in ihren Armen gelandet. Aber Martha war in Wien. Sie hatte ihr eigenes Leben, das mit seinem so gar nichts gemein hatte. Und sie war verheiratet. Obwohl er wusste, dass er sie sich aus dem Kopf schlagen sollte, fehlte sie ihm. Jedes Mal, wenn er auf die Straße hinausfuhr oder zurückkam, sah er zum Nachbarhaus rüber, in dem sie ein paar Tage gewohnt hat. Sie war eine ganz besondere Frau. Das war ihm erst klar geworden, als sie fort war. Ursprünglich wollte sie bis Weihnachten bleiben, und er hatte sich schon darauf gefreut, ihr Istrien zu zeigen, doch dann war alles anders gekommen, als er, ohne sich anfangs darüber im Klaren gewesen zu sein, Nora fand, nach der Martha gesucht hatte. Eleonora, ihre verschollene Cousine, die sich Nora nannte. Aber das alles war vorbei, und er wollte nicht mehr daran denken. Die Toten waren begraben und die schöne und unglückliche Nora für immer verschwunden. Nachdem Martha abgereist war, dachte er oft daran, sie kurz anzurufen oder ihr ein paar Zeilen zu schreiben. Aber er tat es nicht. Und jetzt hatte sie sich gemeldet, und er hat ihr noch nicht geantwortet. Wozu auch? Sie war Schriftstellerin und er ein ehemaliger Polizist. Sie war ehrgeizig, arbeitete an ihrem neuen Roman, und er ließ sich einfach treiben und die Tage vorbeiziehen. Sie hatten eine Affäre gehabt, mehr nicht. Er hätte sich nicht darauf einlassen sollen. Was hatte er davon? Nichts, nur die Erinnerungen und diesen riesigen Oleander, den sie ihm dagelassen hatte. Er sollte ihn verschenken oder irgendwo am Straßenrand einpflanzen, damit er ihn nicht jeden Tag sehen musste.

Ja, er wusste genau, wie Adela sich fühlen musste. Es gab nichts Schlimmeres, als verlassen zu werden. Er hatte es selbst durchgemacht. Aber trösten konnte er Adela auch nicht. Sie und Mauro mussten selbst eine Lösung finden. Er war da nicht zuständig.

Eine bekannte Stimme riss ihn aus den Gedanken. Er schaute zur Tür, in der Inspektor Rossi erschienen war und mit Adela sprach. Sie zeigte in Richtung Prohaska und hob dabei die Augenbrauen, als wollte sie sagen: »Was will der jetzt hier?«

Rossi kam zu Prohaskas Tisch. Prohaska erhob sich, um ihm die Hand zu schütteln.

»Guten Abend, Inspektor, bitte nehmen Sie doch Platz.«

Rossi zog den Reißverschluss seiner gefütterten Uniformjacke herunter und setzte sich.

»Sind sie schon lange da?«

»Seit etwa einer halben Stunde.«

»Was machen Sie für ein Gesicht? Ist etwas passiert?«

»Nein, nein, ich war nur in Gedanken, wollte Sie eben anrufen.«

»Und schon bin ich da«, lächelte Rossi und drehte sich zur Theke. »Ach, Adela, bringen Sie mir bitte einen doppelten Espresso und Mineralwasser.«

»Bring mir bitte auch einen«, sagte Prohaska.

Erst jetzt bemerkte Rossi den Hund, der neben Prohaskas Stuhl saß. »Ist das Ihrer?«

»Nur vorübergehend. Er ist mir zugelaufen, ich muss seinen richtigen Besitzer finden. Ich habe ihn Bello getauft.«

Bello stellte sich auf die Hinterbeine, legte die Vorderpfoten auf Prohaskas Bein und ließ sich den Kopf streicheln.

»Ich dachte schon, sie seien auf den sprichwörtlichen Hund gekommen. Aber er steht Ihnen wirklich gut. Was ist das für eine Rasse? Ein Foxterrier, oder?«

Prohaska lächelte. »Keine Ahnung. Und wie läuft das Geschäft?«

»Ach, das Übliche. Eine Menge Verwaltungskram, der immer schlimmer wird, ein paar Einbrüche, zwei Schlägereien unter Jugendlichen, Verkehrsdelikte. Warum ich Sie eigentlich sprechen wollte ...«, Rossi beendete den Satz nicht, da Adela mit dem Kaffee kam.

Als sie wieder gegangen war, streute Rossi zwei Tütchen Zucker in seine Tasse und trank einen Schluck.

Prohaska wusste, warum der Inspektor mit ihm reden wollte. Er hatte ihm schon vor einigen Wochen vorgeschlagen, in den kroatischen Polizeidienst zu treten.

»Und, wie war es in der Wildnis?«

»Kalt und regnerisch und nicht so ruhig, wie es mir auf den ersten Blick vorkam«, begann Prohaska vorsichtig, da er nicht wusste, ob Rossi eventuell über die dienstlichen Kanäle von Montis Tod erfahren hatte. »Vielleicht haben es schon mitgekriegt.«

»Was denn?«

»Heute Morgen ist ein alter Mann ums Leben gekommen. Die Todesursache ist meiner Meinung nach unklar. Ich habe Ihre Kollegen in Pazin benachrichtigt und ...«

»Kannten Sie ihn denn?«

»Ich habe ihn gestern kennen gelernt. Er lebte seit Jahrzehnten in den Staaten. Gestern Abend hat er seinen neunundsiebzigsten Geburtstag gefeiert. Und heute Morgen war er tot.«

»Was haben Sie damit zu tun?«

»Nichts. Nachdem er heute Früh nicht zum Frühstück erschienen war, bat mich seine Schwester, ihn zu suchen. Er war herzkrank. Na ja, ich habe ihn dank Bellos Hilfe im Keller eines halb verfallenen Hauses gefunden. Das ist alles.«

Rossi trank einen Schluck Kaffee und musterte Prohaska aufmerksam. »Und Sie meinen, dass es sich dabei nicht um einen natürlichen Tod gehandelt hat?«

Prohaska zuckte mit den Schultern. »Ich weiß nicht. Der Tote lag unter einem umgekippten Holzregal. Die Wand und ein Teil der Decke waren eingebrochen, vermutlich von dem Regen der letzten Tage. Der Mann hatte eine tiefe Kopfwunde, die von einem der Steine stammen könnte, die heruntergefallen waren, aber auch von einem kräftigen Schlag. Na ja, nach der Obduktion wird man wissen, woran er wirklich gestorben war.«

»Aber wieso zerbrechen Sie sich den Kopf darüber?«

»Ich werde einfach nicht das Gefühl los, dass da jemand nachgeholfen hat und es nach einem Unfall aussehen sollte.«

»Sie können es wohl nicht lassen?«

»Keine Ahnung.«

»Mit welchen Kollegen haben Sie denn gesprochen?«

»Ihre Namen habe ich leider vergessen. Später kamen Inspektor Kos und seine Kollegin Mira Kovačević. Wir waren in dem Keller, und ich habe ihnen erzählt, wie ich den Toten vorgefunden habe.«

»Okay, was haben Sie noch herausgefunden?«

»Nicht viel.« Prohaska zuckte mit den Schultern. »Ich habe mit ein paar Leuten gesprochen, die ihn gekannt haben.«

»Und?«

»Der Mann heißt Bartolo Monti und war nach eigenen Angaben sehr vermögend. Er hat mir und später den anderen beim Abendessen erzählt, dass er die leer stehenden und verfallenen Häuser in Kras kaufen und nach der Renovierung als Ferienwohnungen vermieten will. Seine erste Frau ist vor Jahren in den Staaten gestorben. Sie hatten keine Kinder. Mit der zweiten Frau Stella war er seit etwa zwei Jahren verheiratet. Sie ist Anfang Fünfzig und hat einen Sohn aus der ersten Ehe. Er heißt Antonio und ist Mitte zwanzig. Monti hat ihn nach der Hochzeit mit Stella aufgenommen. Sie haben in New Haven gelebt. Monti hatte in New York mehrere Restaurants. Seine Schwester

Magdalena ist hier geboren und lebt auch in Amerika. Ich weiß nicht, ob sie verheiratet ist. Angeblich ist sie zum ersten Mal wieder in Kroatien. Monti hat in Opatija ein Haus.« Prohaska trank einen Schlick Kaffee und verzog den Mund. Er hatte den Zucker vergessen.

»Und Montis Witwe Stella erbt jetzt alles?«

»Keine Ahnung, vielleicht hatten sie einen Ehevertrag. Aber ich weiß nicht, ob es nur ums Geld geht.«

»Um was dann?«

»Monti hat gestern alle Einwohner von Kras zu seiner Geburtstagsfeier eingeladen, aber es sind nicht alle gekommen.«

»Sein Vorhaben gefällt wohl nicht allen?«

»Nein, ein Mann war sogar ziemlich aggressiv. Seiner Meinung nach, kauften die reichen Auswanderer und andere Ausländer das Land auf und die armen Einheimischen haben das Nachsehen.« Prohaska hielt inne. Solange nicht bewiesen war, dass Bruno tatsächlich ein Rechtsradikaler und eventuell auch ein Wilderer war, wollte er es nicht erwähnen. Er musste sich erst ein Bild über ihn machen. Auch dass Monti ihn engagiert hat, sagte er lieber nicht.

Rossi lehnte sich zurück. »Tja, so bedauerlich der Tod dieses Monti ist, Sie konnten für ein paar Stunden ihre grauen Zellen beschäftigen, beziehungsweise tun es auch jetzt. Und ich finde, das ist auch Ihr Problem, Joe, das meine ich ohne Ironie. Darüber will ich doch die ganze Zeit schon mit Ihnen reden.«

»Ich weiß, ich weiß.«

»Sie langweilen sich. Sie müssen wieder richtig arbeiten. Sie sind Polizist! Ihr Potential liegt brach und das ist jammerschade.«

»So schlimm ist es auch wieder nicht. Ich arbeite an meinem Buch, außerdem ist da noch der Fotoladen.«

Rossi erhob sich. »Das ist doch keine richtige Arbeit. Ehrlich gesagt, ich kann es nicht verstehen. Sie sind noch keine fünfzig, sie sind unabhängig, Sie sind qualifiziert, sprechen Deutsch und Kroatisch, es ließe sich sicher eine Möglichkeit finden, bei der Kripo anzufangen. Wir brauchen gute Leute wie Sie.«

Prohaska stand auf und reichte Rossi die Hand. »Danke für die Lorbeeren, aber ich glaube, daraus wird nichts, Inspektor.«

»Überlegen Sie es sich. Sie wissen, wo Sie mich finden. Ich muss los. Lassen Sie es sich gut gehen.«

»Okay. Wir sehen uns.«

*

Prohaska war froh, als Rossi gegangen war. Er nahm sein Handy und schrieb seiner Tochter Ana eine Nachricht, dass es ihm gut geht und er sich bald wieder meldet. Sollte er jetzt auch Martha antworten? Aber was sollte er ihr schreiben? Vielleicht von den Ereignissen in Kras? Würde sie das überhaupt interessieren? Andererseits wartete sie sicher auf ein Lebenszeichen von ihm. Während er noch hin und her überlegte, kam Ivo herein.

Er kam an Prohaskas Tisch. Als er sich setzte, bemerkte er Bello.

»Oh, du hast einen Hund?«

»Nein, er verfolgt mich nur.«

»Ist auch kein Wunder, wenn er angeleint ist.«

»Ich kann ihn doch nicht frei herumlaufen lassen. Er kennt sich hier nicht aus und hat noch nie das Meer gesehen. Morgen fahre ich nach Kras zurück und schau mich nach seinem Besitzer um«, sagte Prohaska und erzählte dann, wie er zu Bello gekommen war.

»Eine schlimme Geschichte«, sagte Ivo nachdenklich. »Und nun glaubst du, dass Monti umgebracht wurde?«

»Ja, irgendetwas stimmt da nicht. Zum Beispiel, dass niemand mitbekommen hat, als er am frühen Morgen aus dem Haus ging. Weder seine Schwester, die im Nebenzimmer schlief, noch die Wirtin oder die Nachbarn. Und was hat er in dem Haus überhaupt gewollt?«

»Vielleicht hat er sich mit jemand getroffen.«

»Möglich.«

»Er war wohl verdammt reich, wenn er die Häuser kaufen wollte?«

Prohaska nickte. »Ja, aber jetzt komme ich zu der eigentlichen Frage.«

»Was für eine Frage?«

»1943 und nach dem Zweiten Weltkrieg wurden die Italiener aus Istrien vertrieben oder gingen freiwillig nach Italien – und ich weiß, es ging damals schlimm zu, auf beiden Seiten –, also die Leute konnten ja nicht alles mitnehmen. Angenommen, sie hatten Wertsachen, Schmuck oder Gold, das sie nicht zu Geld machen konnten. Wo haben sie das wohl gelassen?«

»Vermutlich haben sie es im Garten oder Weinberg vergraben, in der Hoffnung, es wieder zu finden, wenn sie zurückkehren sollten.«

»Oder Sie haben es der Kirche in Obhut gegeben«, sagte Prohaska.

»Genau. Dann hat es der Pfarrer dem Bischof gegeben, und der brachte es in den Vatikan.«

»Aber was, wenn es aus irgendwelchen Gründen nicht nach Rom gebracht wurde? Wo wurden diese Sachen aufbewahrt?«

»Na, im Haus des Bischofs vermutlich. Worauf willst du eigentlich hinaus?«

»Monti hat mir erzählt, dass er als Kind in dem verlassenen Nachbarhaus, in dem ich ihn heute Morgen gefunden habe, eine Kiste mit einer sagenhaften Menge Schmuck und sakralen Gegenständen gefunden hat. Zwei Männer hätten sie zuvor irgendwo gestohlen. Monti hat damals beobachtet, wie sie die Kiste ins Haus trugen. Danach habe er die Kiste ausgeräumt, das ganze Zeug in einer Höhle in der Nähe von Kras versteckt und außer mir gestern Abend, keinem Menschen etwas davon gesagt.«

»Wie alt war er damals?«

»Elf.«

Ivo schüttelte den Kopf. »Also, ich habe ja schon einiges gehört, aber dass sich ein Elfjähriger so etwas überhaupt zutraut ... Glaubst du das wirklich? Vielleicht hat er sich das nur ausgedacht.«

»Er klang sehr überzeugend.«

»Aber warum hat er es dir erzählt, und dann auch noch nach so langer Zeit?«

»Das ist mir selbst ein Rätsel. Jedenfalls wollte er, dass ich in die Höhle steige und seinen ›Schatz‹ heraushole.«

»Das ist doch verrückt. Wenn du mich fragst, stinkt diese ganze Geschichte zum Himmel.«

»Ja, ich habe ihn gedrängt, die Sache den Behörden zu melden, aber davon wollte er nichts wissen.«

»Das wiederum kann ich verstehen. Er hätte ja einiges erklären müssen.«

»Monti hat eher befürchtet, dass die Sache vertuscht wird und die Wertsachen in dunklen Kanälen verschwinden.«

»Quatsch! So ein Fund wäre sofort publik geworden.« Ivo grinste. »Na ja, ganz unrecht hatte er damit vielleicht nicht.« Ivo trank einen Schluck Wein, stellte das Glas ab und musterte Prohaska streng. »Und was hast du jetzt vor?«

Prohaska legte das Besteck weg und lächelte.

»Ich weiß nicht.«

»Du willst nicht nur diesen ominösen Schatz suchen, sondern auch Montis Mörder finden, hab ich recht?«

Prohaska hob die Schultern. »Was bleibt mir denn anderes übrig?«

»Natürlich, du hast ja sonst nichts zu tun. Mensch, Joe, das ist doch Unsinn! Was geht dich das Ganze an? Am Ende stichst du noch in ein Wespennest. Und überhaupt, wie willst du das anstellen? Du weißt gar nicht, wo er das Zeug versteckt hat. Was glaubst du, wie viele Höhlen es in Istrien gibt? Der Karst ist durchlöchert wie ein Schweizer Käse, das ist eine Welt für sich. Manche Löcher sind über zweihundert Meter tief. Du bist doch kein Höhlenforscher. Also echt, lass die Finger davon, geh zur Polizei, die sollen sich drum kümmern.«

»Ich weiß, ich weiß, reg dich nicht so auf. Warte, ich zeige dir etwas.« Prohaska nahm sein Handy und zeigte Ivo das Foto von Montis Eintrag im Notizbuch.

»Was soll das sein?«

»Wenn ich mich nicht irre, ist das die Wegbeschreibung zu der Höhle. Ich muss nur noch herausfinden, wo die ist.«

»Na, gratuliere! Du willst allen Ernstes ...?!«

»Jetzt beruhige dich. Ich sehe mich dort nur ein wenig um. Sollte ich die Höhle und die gestohlenen Wertsachen überhaupt finden, werde ich sofort die Behörden einschalten, das ist ja wohl klar.«

»Aber was, wenn Montis Mörder davon Wind bekommt oder schon weiß, wo die Höhle ist und den Schatz behalten will?«

»Das ist natürlich möglich. Wir werden sehen.«

Ivo schüttelte den Kopf. »Du bist also fest entschlossen?«

»Ich muss es einfach tun.«

»Du musst nicht, aber du willst es, das ist das Problem. Aber wenn du schon nicht davon abzubringen bist, solltest du nicht allein in irgendein verdammtes Erdloch kriechen. Viele werden als Müllhalden benutzt. Informiere dich im Internet.«

»Komm doch du mit. Die Bergluft ist wunderbar«, sagte Prohaska scherzhaft.

»Nein danke, ich stehe eher auf Meeresluft, außerdem hasse ich enge Räume und würde in einer Höhle nur Panik kriegen.«

»Ich bin auch nicht so wild darauf.«

»Dann lass es doch! Der Karst ist gefährlich.«

»Ich weiß.«

»Und überhaupt, wie willst du das anstellen? Man braucht eine Kletterausrüstung, zumindest ein Seil, um sich zu sichern, eine starke Taschenlampe, Schutzhelm, gute Schuhe, Proviant und was weiß ich was noch.«

»Das ist das kleinste Problem.«

»So eine Aktion muss doch vorbereitet werden, vor allem müsste jemand mitgehen, der sich da gut auskennt.«

Prohaska schaute zu Bello, der brav neben ihm saß.

»Ich glaube, ich habe da schon jemanden.«

Als er kurz vor Mitternacht nach Hause kam, holte Prohaska eine Wolldecke, legte sie vor dem Kamin auf den Boden und zeigte darauf. Bello verstand sofort, dass das sein künftiger Schlafplatz sein sollte. Prohaska ging in die Küche und ließ die Katze herein, die schon vor der Terrassentür gewartet hatte. Als sie Bello sah, machte sie einen Buckel und fauchte wie ein kleiner Löwe, aber Bello ließ sich davon weder einschüchtern noch beeindrucken. Er bellte kurz und ignorierte sie dann einfach.

Nach dem Frühstück ließ Prohaska die Katze hinaus, packte den Rucksack, holte mehrere Flaschen Mineralwasser und Hundefutter, legte alles in den Kofferraum und schloss das Haus ab. Bello sprang ins Auto, Prohaska setzte sich an Steuer und fuhr los.

Auf den Straßen war wenig los, auch das Wetter hatte sich gebessert. Während er auf der Schnellstraße nach Norden fuhr, überlegte er, ob er zuerst zu Stella nach Opatija fahren sollte, aber dann schien es ihm wichtiger zu sein, die Höhle zu suchen.

Eine Dreiviertelstunde später bog er auf den Platz vor der kleinen Kirche unterhalb von Kras ab und parkte den Wagen neben einer grauen BMW Limousine. Die gehörte doch Monti. Warum in aller Welt stand der Wagen hier und nicht oben in Kras?

Prohaska stieg aus, leinte den Hund an, nahm die Fototasche und eine Flasche Mineralwasser aus dem Kofferraum und verschloss den Wagen.

»Dann wollen wir mal sehen, ob wir diese Höhle finden«, sagte er zu Bello, schaute sich das Foto mit Montis Notiz an und las laut vor: »Fab./Seb. left 1/2 h. downhill 20 min. right. V. D.«

Bello zog ihn zu einem schmalen Weg, der von der asphaltierten Fläche vor der Kirche in den Wald hinunterführte. Ein paar Minuten ging es ziemlich steil bergab und Prohaska musste aufpassen, nicht auszurutschen. Dann wurde der Weg etwas breiter und ebener, führte aber stetig hinunter. Nach einer halben Stunde erreichten sie eine Stelle, von der man die Vela Draga sehen konnte. Das große Tal war ein tiefer bewaldeter Canyon, in dem sich das Flüsschen Draga schlängelte. Die Flanken der Schlucht fielen senkrecht in die Tiefe. Prohaska wischte sich den Schweiß von der Stirn und trank eine halbe Flasche Mineralwasser. Dann holte er die Kamera aus der Tasche und fotografierte das Tal und die Umgebung. Hoch über ihm drehte ein Raubvogel seine Kreise. Bello stand ein paar Schritte vor Prohaska und spitzte die Ohren. Prohaska horchte auch, hörte aber nichts als das Rauschen des Windes in den Baumkronen und seinen eigenen Atem. Falls die Geschichte des Hirten stimmte, streifte in diesen Wäldern ein Wolfsrudel umher. Und dieser Gedanke gefiel Prohaska gar nicht.

Nach weiteren zwanzig Minuten kam er an eine Stelle, an der sich der Weg teilte. Ein schmaler Trampelpfad führte geradeaus in den Wald, ein anderer scharf nach rechts und bergab. Prohaska bog nach rechts ab. Auf der Bergseite war der nackte Fels zu sehen, auf der linken Seite wuchsen dichtes, jetzt kahles Buschwerk und Bäume, und unten im Tal lagen braune Wiesen und Felder. Prohaska suchte die Felswand ab, aber von einer Spalte oder Höhle war nichts zu sehen. So schön es hier auch war, überlegte er, so wenig Aussicht bestand, dass er Montis Höhle je finden würde. Der Weg wurde immer enger und unzugänglicher. Prohaska fiel es schwer zu glauben, dass das derselbe Weg sein sollte, auf dem Bartolo Monti als kleiner Junge mit einem Rucksack voller Gold und Edelsteine hier entlang gegangen war. Die vermeintliche Wegbeschreibung hatte bestimmt etwas ganz anderes zu bedeuten.

Plötzlich blieb Bello stehen.

»Was ist?«, flüsterte Prohaska.

Der Hund schaute gespannt nach vorne. Irgendwo im Dickicht raschelte es. Bello knurrte, als sich aus dem Buschwerk eine Gestalt löste und näher kam.

»Da schau her«, sagte Prohaska. Der Hund kläffte los und zerrte an der Leine.

Es war Ines. Sie stand etwa fünfzehn Schritte vor ihnen und starrte Prohaska ungläubig an.

Prohaska hatte sie kaum erkannt. Sie trug einen eng anliegenden Overall in Tarnfarben, schwarze Kletterschuhe und einen kleinen Rucksack über der Schulter.

»Mensch, haben Sie mich vielleicht erschreckt!«, rief sie keuchend.

»Hallo, ganz meinerseits«, erwiderte Prohaska.

»Was machen Sie denn hier?«

»Nichts, wir gehen nur Gassi. Und Sie?«

»Auch nichts.«

»Dann sind wir ja schon zwei, die nichts machen.«

Ines kam auf ihn zu. »Auf diesem Ziegenpfad kommt normalerweise kein Mensch vorbei.«

»Außer Sie und ich.«

Ines lächelte. »Ich musste einfach mal wieder an die frische Luft.«

Prohaska lehnte sich mit dem Rücken an die Felswand, damit sie vorbeigehen konnte. Der Hund fing an zu bellen, aber Ines beachtete ihn nicht, was Prohaska sonderbar fand, denn Bello schien sie zu kennen. Nachdem sie auf der anderen Seite war, blieb sie stehen.

»Wollten Sie da weitergehen?«

»Ja, wieso?«

»Ich würde Ihnen empfehlen, umzukehren. Der Weg ist nach etwa fünfzig Schritten zu Ende, danach geht es steil hinunter.«

»Aha, okay, danke für den Tipp.«

»Keine Ursache. Viel Spaß noch.« Sie drehte sich um und marschierte los.

»Hey, warten Sie! Wir könnten zusammen ...«, rief Prohaska, aber da war Ines bereits um den Felsen verschwunden.

»Na, dann nicht. Wo die wohl herkommt, was meinst du?«, fragte er den Hund. Bello kläffte kurz und zerrte an der Leine, um Ines zu folgen, doch Prohaska ging in die andere Richtung. Er zählte die Schritte. Bei achtundvierzig endete der Pfad. Prohaska stand am Rand eines riesigen Abgrunds.

»Alle Achtung!«, sagte er zu Bello. »Sie ist da tatsächlich hochgeklettert.«

Er band Bellos Leine an einen Baum, nahm die Kamera und fing an zu fotografieren. Die Aussicht war grandios.

Als Prohaska auf dem Rückweg die Abzweigung wieder erreicht hatte, setzte er sich auf einen großen Steinbrocken und massierte seine Oberschenkel. Dann leerte er die halbe Flasche Wasser und goss etwas in seine Handfläche, damit Bello auch trinken konnte.

»Wir zwei sind richtige Sportkanonen, allerdings bist du klar im Vorteil mit deinen vier Beinen.«

Nach ein paar Minuten stand er auf, schulterte den Rucksack und schnitt mit seinem Taschenmesser, das er immer bei sich trug, einen geraden, etwa zwei Meter langen und kräftigen Ast von einer jungen Buche ab und entfernte die dünnen Zweige.

»Sag ja keinem, dass ich jetzt auch noch am Stock gehe. Das wäre schlecht für mein Image.«

Bello sah ihm zu und kläffte. Prohaska kraulte ihn hinter den Ohren.

»Komm, wir müssen weiter.«

Doch statt zum Auto zurückzugehen, nahm er die Abzweigung, die bergab in den Wald führte. Es dauerte keine zwanzig Minuten, als er plötzlich stehen blieb.

»Na also, wir haben sie gefunden«, murmelte Prohaska.

Ein paar Meter vor ihm befand sich ein etwa fünf auf fünf Meter breiter Erdtrichter. Er war mit Gras und Buschwerk zugewachsen, aber unübersehbar. Die Innenwände fielen schräg, aber relativ flach nach unten ab, sodass man gut hinuntersteigen konnte.

Prohaska sah auf seine Armbanduhr. Es war kurz vor drei. Er nahm die Zigarettenpackung aus der Hosentasche, steckte sich eine Zigarette an und überlegte, was er machen sollte. Wenn er jetzt hinunter stieg und da unten tatsächlich der Eingang zur Höhle war, und er dann hineinging, um Montis sagenhaften Schatz zu suchen, den es vielleicht gar nicht gab, – wobei er enge, dunkle Räume, vor allem solche unter der Erde hasste –, wie viel Zeit müsste er dafür einrechnen? Eine halbe Stunde, oder doch mehr? Er hatte keine Ahnung. Andererseits wäre es mehr als idiotisch, wenn er es nicht machte, wo er schon mal hier war.

Bello hüpfte unruhig um ihn herum und kläffte aufgeregt.

»Sag mal, Freundchen, warst du etwa schon mal hier? Los, antworte!«

Aber Bello bellte nur. Prohaska drückte die Kippe in die feuchte Erde, machte mit dem Handy ein paar Fotos von dem Erdloch und der Umgebung. Und wie er vermutet hatte, hatte er hier Null Empfang, doch daran war jetzt auch nichts zu ändern.

»Na, dann wollen wir mal sehen, was da unten los ist«, sagte er eher zu sich selbst als zu Bello, denn der schien ganz wild darauf zu sein, endlich hinunter zu rennen. Prohaska band ihn los, wickelte die lange Leine zusammen und steckte sie in die Jackentasche. Der Hund rannte zum Loch und verschwand hinter den Büschen, die weiter unten im tiefen Schatten lagen. Prohaska ging zum Rand des Trichters und dann langsam hinunter, wobei er achtgab, nicht auszurutschen.

Als er nach ein paar Minuten den Boden des Erdtrichters erreichte, fiel ihm auf, dass Bello verschwunden war. Er drehte sich um seine eigene Achse. Dann hörte er Bellos Kläffen näher kommen. Sekunden später rannte der Hund aus einer Felsspalte, die Prohaska in dem dämmerigen Licht übersehen hatte.

»Braver Hund!« Prohaska legte den Rucksack auf den Boden neben dem Erdloch. Und obwohl ein beklemmendes Gefühl nicht nachlassen wollte, holte Prohaska die Taschenlampe und knipste sie an. Dann ging er in die Hocke und zwängte sich auf allen Vieren hindurch. Bello beobachtete ihn irritiert und kam sofort hinterher. Prohaska steckte sich die Taschenlampe in den Jackenausschnitt, kroch weiter und fluchte leise vor sich hin. Nach etwa fünf oder sechs Metern erweiterte sich der Durchgang und er konnte sich endlich aufrichten. Der Hund war dicht neben ihm und machte keinen Mucks. Die Schatten, die über die feuchten Wände glitten, schienen zu leben. Jetzt fehlen nur noch die Fledermäuse, dachte Prohaska, der die unheimlichen kleinen Viecher, Tierschutz und Vernunft hin oder her, einfach nicht ausstehen konnte. Vorsichtig ging er ein paar Schritte vor. Zu seiner Rechten wurde der Raum höher und noch etwas breiter. Und dann sah er die wunderschönen Tropfsteine, die in allen Größen von der Decke hingen und aus dem Boden wuchsen.

»Sehr schön hier«, flüsterte er Bello zu. »Aber ich mag es trotzdem nicht.«

Ein paar Schritte weiter befand sich ein etwa drei Meter langer, vom Wasser glatt polierter heller Steinbrocken, der an der Felswand lehnte. Prohaska stieg an ihm hoch und sah zwischen dem Stein und der Wand eine Vertiefung, die wie ein Trog aussah. Sie war voll mit Wasser. Prohaska leuchtete hinein und sah etwas, das eindeutig nicht hierher gehörte. Er schob den Ärmel hoch, tauchte den Arm in das eisig kalte Wasser und zog ein etwa dreißig Zentimeter langes Holzkreuz heraus. Es war pechschwarz und fühlte sich glitschig an. Auf der Vorderseite waren mehrere kleine Vertiefungen zu sehen. Da hatten sich wohl früher einmal Schmucksteine befunden, dachte Prohaska. Er legte das Kruzifix ab und griff noch einmal ins Wasser, fand aber nichts mehr.

Er steckte das Kreuz in die Jackentasche, stieg vorsichtig hinunter und machte sich auf den Rückweg. Fürs Erste hatte er genug.

Als er nach einer Stunde am Auto ankam, schien die Sonne milchig durch den Nebel, der vom Tal hinaufstieg. Prohaska war völlig durchgeschwitzt. Er öffnete den Kofferraum, zog seine Wanderschuhe aus und schlüpfte in die Sportschuhe, die er wohlweislich mitgenommen hatte. Seine Jeans waren total verdreckt und hatten dunkelbraune Flecken auf den Knien. Er klopfte sie eher symbolisch ab, legte den Rucksack und die Fototasche auf den Rücksitz und trank Mineralwasser, wobei er Bello auch davon abgab. Er wunderte sich immer noch, dass der Hund keine Angst in der Höhle gehabt hatte.

Die Fahrt nach Kras dauerte nur ein paar Minuten. Prohaska stellte den Wagen am Kastell ab, nahm seine Sachen und ging über den kleinen Platz zur Pension.

Dann läutete er an der Tür.

Ein kräftiger Mann mittleren Alters machte ihm auf. Er hatte tief liegende blassblaue Augen, dichtes braunes Haar und einen Dreitagebart. In einer Hand hielt er eine Brille, in der anderen ein Stück Kuchen.

»Guten Tag«, sagte er eher fragend und sah auf Prohaska hinunter, der wegen Bello zwei Stufen hinuntergegangen war und ihn an kurzer Leine hielt.

»Hallo, mein Name ist Prohaska. Ich habe vorgestern hier übernachtet und wollte fragen, ob ich wieder das Appartement haben kann.«

»Ach ja, meine Mutter hat es schon erzählt. Bitte, kommen Sie herein.«

»Macht es Ihnen etwas aus, wenn der Hund mitkommt?«

»Nein, kommen Sie nur.«

»Danke.« Prohaska streifte seine Schuhe an der Fußmatte ab und folgte dem Mann ins Haus.

»Mama, Besuch«, rief der in Richtung Wohnzimmer und schüttelte Prohaska die Hand. »Ich bin Marko Modrić.«

»Angenehm.« Sie gingen durch ein Vorzimmer, von dem eine Steintreppe ins Obergeschoss führte. Hier unten standen nur ein Schrank aus hellem Holz, zwei rostrote Ledersessel und ein kleiner Glastisch. An den in hellen Gelbtönen gestrichenen Wänden hingen in silbernen Metallrahmen ein paar Kunstdrucke mit Blumenmotiven.

Alles ordentlich, fast steril und irgendwie lieblos, dachte Prohaska. Er fühlte sich wie im Ausstellungsraum eines Möbelhauses.

Im abgedunkelten Wohnzimmer flimmerte ein Zeichentrickfilm über einen riesigen Flachbildschirm. Auf der Couch saßen Markos Mutter, die Prohaska bereits kannte, und Markos Frau Jasminka. Sie war vielleicht dreißig, hatte kurze blondierte Haare mit einem fingerbreiten dunklen Haaransatz, traurige braune Augen und abgekaute Fingernägel. Ihre füllige Figur versteckte sie unter einem langen, aber viel zu engen schwarzen Pullover. Vielleicht ist sie in Trauer, überlegte Prohaska, der sich solche Details immer unbewusst merkte. Ein kleiner Bub, vermutlich der Sohn der beiden, lag bäuchlings auf dem Teppichboden zu Füßen seiner Mutter und starrte gebannt auf den lärmenden Bildschirm. Auf dem Couchtisch standen Kaffeetassen, Teller und eine runde Platte mit verschiedenen Torten und Kuchenstücken. Prohaska schüttelte den Frauen die Hand, wobei Marino auf einen Wink seiner Mutter aufsprang, Prohaska wortlos die Hand reichte und sich dann im Schneidersitz wieder vor die Glotze setzte.

Prohaska hoffte, dass sich der Hund nicht daneben benehmen würde, doch Bello stand brav neben ihm.

»Entschuldigen Sie, ich wollte nur fragen, ob ich wieder hier übernachten kann.«

»Ja, sicher, das haben Sie schon angekündigt«, sagte die alte Frau, ohne die Miene zu verziehen. »Marko, hol den Schlüssel für Nummer 1.«

»Vielen Dank.« Prohaska blieb in der Nähe der Tür stehen.

Die Frauen schauten verstohlen zum Fernseher. Keine hatte gelächelt. Aber wahrscheinlich unterdrückten sie nur ihre Neugier und warteten, dass er von sich aus etwas über seinen Aufenthalt hier erzählte. Prohaska wandte sich um und wollte Marko entgegengehen, der mit dem Schlüssel kam, doch er deutete auf den freien Sessel.

»Sie trinken doch sicher einen Kaffee mit uns? Jasminka, bitte ...«, er schaute zu seiner Frau, und sie stand wortlos auf und ging in die Küche.

»Danke, sehr freundlich, aber ...« Er hätte nicht in die traute Familienrunde hineinplatzen sollen, aber jetzt war es zu spät, und die Höflichkeit gebot es, wenigstens ein paar Minuten zu bleiben.

»Ach was, nehmen Sie Platz.«

Prohaska setzte sich. Dabei sah er die Flecken auf seinen Knien. Er legte seine Hände darauf und lächelte.

Jasminka kam mit einer Kanne Kaffee zurück, stellte eine Tasse und Teller vor Prohaska auf den Tisch und schenkte ihm ein.

»Bitte, greifen Sie doch zu …«, sagte Marko und zeigte auf die Kuchenplatte.

Prohaska nahm ein Stück und begann zu essen.

Im Fernseher lief jetzt Werbung. Der Junge sprang auf und stellte sich vor Prohaska. Bello wedelte mit dem Schwanz.

»Wie heißt der?«

»Bello.«

Der Junge lächelte breit. »Ich heiße Marino. Ist er ein Terrier, oder was?«

»Keine Ahnung, er ist ein Mischling, aber ich kenne mich da nicht so gut aus.«

»Der ist noch nicht sehr alt, oder?«

»Nein, vielleicht zwei oder drei Jahre.«

»Ich bin schon fünf.« Marino hob die rechte Hand und spreizte die Finger. »Ich will auch einen Hund haben, aber Papa sagt immer nein.« Er blickte grimmig zu seinem Vater, der sich im zweiten Sessel bequem gemacht hatte und den Kopf schüttelte.

»Marino, lass den Herrn in Ruhe«, sagte Jasminka streng. Sie griff nach der Fernbedienung und schaltete den Fernseher leiser.

Der Junge verzog das Gesicht und schnappte sich ein Stück Kuchen.

»Darf ich mit ihm Gassi gehen?«

»Das müssen deine Eltern entscheiden.«

»Von mir aus, aber bleibt nicht zu lange draußen«, sagte Modrić und nickte seiner Frau zu. Sie stand auf und führte Marino aus dem Zimmer.

»Er ist normalerweise nicht so«, sagte er, nachdem die beiden draußen waren.

Zwei Minuten später stürmte Marino in eine Winterjacke eingepackt wieder ins Wohnzimmer.

»Komm Bello, wir gehen raus!«

Jasminka wartete sichtlich genervt im Flur.

Prohaska gab ihr die Hundeleine und hoffte, dass Bello den Spaß mitmachen würde.

Während sie hinausgingen verließ auch Modrićs Mutter das Wohnzimmer.

Prohaska trank den Rest seines Kaffees und nahm seinen Rucksack.

»Danke für Kaffee und Kuchen, aber jetzt brauche ich erst mal eine Zigarette«, sagte er entschuldigend. Er fühlte sich plötzlich sehr müde, wollte dringend duschen, aber Marko winkte nur ab und nahm ein Päckchen Zigaretten aus der Hosentasche.

»Da komme ich mit. Meine Mutter mag es nicht, wenn ich im Haus rauche.«

Sie stellten sich unter das Dach der Veranda, die entlang der Längsseite des Gebäudes verlief. Während sie rauchten, beobachtete Prohaska wie der Junge mit Bello an der Burgmauer entlang ging und fröhlich auf ihn einredete. Das Kind war glücklich, der Hund vermutlich auch. Markos Frau folgte ihnen mit hängenden Schultern. Irgendetwas schien sie zu bedrücken.

»Ich habe gehört, dass Sie den alten Monti gefunden haben«, sagte Marko unvermittelt.

»Stimmt.«

»Und dass Sie früher bei der Polizei waren.«

»Ja.«

Marko schien nach Worten zu suchen. »Man sagt, dass Monti keinen Herzinfarkt gehabt hatte.«

»Sondern?«

»Ein Unfall. Er wurde von einem Holzregal erschlagen. Es könnte auch sein, dass jemand nachgeholfen hat, das hab ich jedenfalls so gehört.«

»Von wem?«

»Von Ljubica. Und sie hat es angeblich von Katarina gehört, und die wiederum von Stella.«

Prohaska nickte. »Gerüchte breiten sich immer schneller aus als die Wahrheit. Und die zu finden ist schwer. Erst nach der Obduktion wird man die Todesursache genauer wissen.«

»Ja, das weiß ich auch. Nur nützt das dem Alten nichts mehr. Dem Mörder aber schon.«

Prohaska sah Marko in die Augen. »Worauf wollen Sie eigentlich hinaus?«

»Auf gar nichts, ich denke mir nur meinen Teil.«

»Zum Beispiel?«

»Na ja, ich frage mich, warum Sie wieder hier sind. Ich meine, es ist schon irgendwie seltsam. Sie tauchen auf, finden am nächsten Morgen Montis Leiche, reden mit der Polizei, fragen dann unsere Leute über Monti aus, so als wäre das alles vollkommen normal, dabei sind Sie kein Polizist, zumindest kein kroatischer. Und jetzt sind Sie wieder da. Das kann einem schon verdächtig vorkommen.«

Prohaska lächelte. »Natürlich. Aber im Leben passieren einem ständig Dinge, die sich zufällig ergeben, oder anders gesagt – alles ist in Bewegung, und sobald man einen neuen Raum betritt, ändern sich die Geschehnisse dort, weil Menschen wie Atome entsprechend den Naturgesetzen eben agieren oder reagieren. Das ist Chemie, Physik, Mathematik, Biologie, und scheinbar alles zusammen ein Chaos.«

»Aha, Sie wollen sagen, alles reiner Zufall?«

»Ja, das glaube ich schon. Ich kam zufällig her, lernte Monti und die anderen kennen, und der Hund führt mich zu seiner Leiche. Was soll ich machen? So war es. Welches Motiv hätte ich überhaupt, ihn umzubringen? Ich war Polizist und habe als Polizist reagiert. Das ist alles. Jetzt bin ich hier, weil ich vor zwei Tagen keine Zeit hatte, meine Fotos zu machen.«

»Und weiß unsere Polizei, dass Sie hier sind?«

»Nein, warum sollte sie das auch interessieren?«

»Damit sie gleich kommen, falls hier während Ihres Aufenthalts wieder ›zufällig‹ etwas passiert.«

»Malen Sie den Teufel nicht an die Wand«, sagte Prohaska scherzhaft.

»Sie haben sich auch nach Bruno erkundigt, sagt meine Mutter.«

»Ja, er hat bei Montis Geburtstagsfeier ziemlichen Stress gemacht.«

»Ach so. Der macht immer Stress, wenn er betrunken ist.«

»Sie haben ihn mal angezeigt?«

»Ja, das ist aber schon lange her und vergessen.«

»Ich glaube nicht, dass er gestern betrunken war.«

»Aber nüchtern war er sicher auch nicht.«

»Und was halten Sie von Montis Plänen?«

Marko zündete sich an der Kippe eine neue Zigarette an.

»Nichts. Das ist doch alles Unsinn, Größenwahn, Altmännerphantasien!«

»Wieso denn?«

»Na, all diese Ruinen hier kaufen zu wollen und teuer renovieren zu lassen, ich bitte Sie! So reich kann der gar nicht gewesen sein.«

»Ich glaube schon, dass es ihm damit sehr ernst war. Und wenn hier überhaupt etwas läuft, das sich wirtschaftlich lohnt, dann ist es doch der Tourismus, oder nicht?«

»Ja, ja, sicher, aber der Tourismus und die Wirtschaft sind nicht alles. Ein paar Superreiche werden noch reicher und die einfachen Leute noch ärmer. So läuft das. Doch vielleicht wollen die Menschen, die noch hier leben, einfach ihre Ruhe haben und nicht von Touris angeglotzt und fotografiert werden, als seien sie Affen im Zoo«, sagte Marko scharf.

Prohaska verstand den Wink und wollte gerade erwidern, dass jede Medaille eben zwei Seiten hat, aber Marko redete weiter.

»Ich weiß doch auch, dass Geld die Welt regiert, aber manche Leute kriegen den Rachen nicht voll. Überall dasselbe, sei es hier bei uns in der Provinz oder global betrachtet. Alles geht den Bach runter! Sehen Sie sich doch nur diese Scheißpolitik an. Wissen Sie, wie viele junge Menschen das Land jährlich verlassen? Tausende! Sie hauen ab, weil hier nichts mehr geht. Ich bin ja auch weggegangen, in der Hoffnung, dass es mal besser wird. Und was hat es gebracht? Ich arbeite von früh bis spät und trotzdem …«.

»Aber Sie haben doch dieses schöne Haus«, sagte Prohaska und legte die Hand auf die Wand, an die er sich gelehnt hatte, weil sein Bein wieder schmerzte. Die Fassade war mit teuren Natursteinplatten verputzt.

»Es gehört meiner Mutter und der Bank. Mein Bruder und ich haben viel Schweiß und Geld investiert. Ach, was soll's.«

Sie gingen wieder ins Haus.

»Einen Moment«, sagte Marko. Er ging ins Wohnzimmer, kam mit einer Flasche Grappa und zwei Gläsern wieder, schenkte ein und gab Prohaska ein Glas.

»Na zdravlje!«

»Živio«, erwiderte Prohaska.

Sie tranken auf Ex. Marko wollte nachschenken, aber Prohaska lehnte dankend ab.

Als er in sein Zimmer kam, zog er die Schuhe aus, ließ sich aufs Bett fallen und wollte nur für ein paar Minuten die Beine hochlegen, aber keine zwei Minuten später war er eingeschlafen.

Er träumte, dass er Montis Schatz gefunden hat, allerdings nicht in der Höhle, sondern im Keller eines verfallenen Hauses, das ihm seltsam bekannt vorkam. Aber wie ist der da hingekommen. Kannte jemand Montis Geheimnis? Ja, das wird es sein. Jemand muss Monti beobachtet und den Schatz woanders versteckt haben. Prohaska hatte das Gefühl, ganz nah an der Lösung des Rätsels zu sein. Während er eine Perlenkette aus weißen und grauen Perlen durch die Finger gleiten ließ, fiel irgendwo eine Tür laut ins Schloss und er wachte auf.

Aus dem Nebenhaus waren Stimmen zu hören. Der Junge und seine Mutter waren mit Bello zurückgekommen. Prohaska stand auf und eilte ins Bad.

Eine Viertelstunde später ging er rüber. Marino saß heulend im Wohnzimmer auf dem Boden und hielt Bello fest im Arm. Die Eltern des Jungen standen vor ihm. Marko redete laut auf seinen Sohn ein, Jasminka schwieg.

Als Prohaska dazu kam, schaute sie ihn an, lächelte entschuldigend und verschwand in der Küche.

»Es ist zum Wahnsinnigwerden«, sagte Marko zu Prohaska. »Er will sich nicht von Ihrem Hund trennen. Aber wir müssen jetzt los. Keine Ahnung, was ich machen soll.«

Bello wand sich dem Jungen aus dem Arm und sprang auf Prohaska zu. Somit war der Fall zumindest für den Hund erledigt.

Marino stand auf und schaute zu seinem Vater hoch. »Aber wieso kann ich ihn nicht behalten? Wenigstens noch ein bisschen.«

»Genug jetzt. Du hast deinen Spaß gehabt.«

»Gar nicht wahr. Außerdem waren wir nicht lange draußen.«

»Hör auf zu heulen und geh zu Mama. Wir fahren gleich los.«

»Aber ...«

»Kein aber, wir sprechen uns später.«

Marino wischte sich die Tränen aus dem Gesicht. »Du bist so gemein!«

»Ja, ja, ich weiß, geh jetzt.«

Der Junge drückte sich an ihm vorbei und rannte zu seiner Mutter.

»Entschuldigen Sie«, sagte Marko. »Er kann einem ganz schön auf die Nerven gehen.«

»Ach was, kein Problem. So sind die Kinder halt.« Er gab Marko die Hand. »War nett, Sie kennenzulernen.«

»Ebenfalls. Wie lange bleiben Sie denn hier?«

»Bis morgen, denke ich.«

»Und was machen Sie jetzt? Ich meine, hier ist doch absolut nichts los.«

»Ich gehe in die Konoba und esse etwas«, erwiderte Prohaska und fragte sich, warum Marko es wissen wollte. »Wo wohnen Sie eigentlich?«, fragte er im Plauderton.

»Unten in Rijeka.«

»Und was machen Sie beruflich?«

»Wieso wollen Sie das wissen?«, fragte Marko scherzhaft, doch der aggressive Unterton war nicht zu überhören.

»Nur so.«

»Ich arbeite bei der Stadtverwaltung. Und bevor Sie fragen: Meine Frau ist Verkäuferin in einem Supermarkt, aber im Moment ist sie krankgeschrieben.«

Prohaska lächelte. »Nichts für ungut. Ich bin einfach nur neugierig.«

»Schon klar.«

»Tja, dann will ich mal weiter. Grüßen Sie die beiden.«

Prohaska beeilte sich hinauszukommen. Diese nervöse Familie machte ihn auch schon ganz nervös.

*

Es war dunkel geworden. Die malerische Ruine des Kastells war von einem Scheinwerfer angestrahlt. Sehr schön und doch auch irgendwie gruselig, dachte Prohaska. Wie viele Schlachten wurden wegen dieser Burg geschlagen? Wie viele Menschen mussten hier ihr Leben lassen für ihre verschiedenen Herrscher, die im Laufe der Jahrhunderte hier regiert hatten. Prohaska wollte es sich nicht einmal vorstellen.

Ein paar Meter weiter von seinem alten Cabrio, das er vor dem Wehrturm geparkt hatte, stand ein dunkler A8 mit Rijekaer Kennzeichen, der wahrscheinlich Marko Modrić gehörte. Wie konnte sich jemand, der bei der Stadtverwaltung arbeitete, so eine Karre überhaupt leisten? Vermutlich hatte er einen lukrativen Nebenverdienst, oder er hat eine reiche Erbin geheiratet. Aber das erschien Prohaska eher unwahrscheinlich.

Prohaska zog den Reißverschluss seiner Jacke hoch und steckte sich eine Zigarette an. Als er in die Gasse zur Konoba einschlagen wollte, fuhr ein dunkler Kleinwagen mit Karacho durch den steilen Durchgang an der ehemaligen Stadtmauer und bog mit quietschenden Reifen sofort links ab.

»Idiot!«, rief ihm Prohaska hinterher.

Der Hund fing an zu kläffen und zog in dieselbe Richtung. Das Städtchen war so klein, dass es Prohaska egal war, von welcher Seite er in die Konoba kam, also ließ er sich von Bello führen. Viel war da allerdings nicht zu sehen. Der schmale Weg war von zwei Straßenlaternen beleuchtet, in einigen Häusern zu seiner Rechten brannte Licht.

Als er nach etwa vierhundert Metern zu einer Gabelung kam, von der es geradeaus weiter ins Tal und rechts wieder hinauf zur Hauptgasse und zum Friedhof ging, fing Bello zu knurren an und zerrte an der Leine. Eine mannshohe Mauer mit einer Balustrade umschloss einen großen Garten zu seiner Rechten. Auf der linken Seite standen zwei zweistöckige Häuser. Auf der neuen Fassade des ersten hing ein Schild der Kroatischen Post. Immerhin gibt es hier wenigstens eine Post, dachte Prohaska.

Als sie nach etwa zwanzig Schritten an dem hohen kunstvoll geschmiedeten Gartentor vorbeikamen, rannte wie aus dem Nichts ein großer Hund her und bellte aus Leibeskräften. Bello kläffte zurück.

»Ist schon gut, der tut dir nichts«, sagte Prohaska und nahm Bello auf den Arm.

An der Rückseite des Hauses ging eine Lampe an und erhellte den Hof und einen Teil des großen Gartens. Auf der Veranda, von der eine Treppe hinunter führte, erschien ein Mann und rief den Schäferhund zur Ordnung, aber der bellte weiter. Der Mann stapfte die Treppe hinunter und schnauzte den Hund noch einmal an. Der verstummte endlich, knurrte dann gefährlich und ließ Prohaska und Bello nicht aus den Augen.

Prohaska wollte weitergehen, aber der Mann war schon am Gartentor. Es war Bruno.

»Was ist hier los?«, fragte er ungehalten.

»Hundegespräche«, sagte Prohaska und ließ Bello auf den Boden.

»Sie sind doch dieser Fotograf, der bei Montis Abschiedsessen war?«

Bello kläffte wieder los.

»Ja – Bello, sei still, man versteht sein eigenes Wort nicht mehr! – Was meinen Sie mit Abschiedsessen?«

»Na, weil er doch am nächsten Morgen tot war«, erwiderte Bruno sarkastisch.

Erst jetzt merkte Prohaska, dass Bruno ein wenig lallte.

»Ihr kleiner Kläffer nervt aber gewaltig. Sie sollten ihn härter dran nehmen.« Bruno stützte sich mit einer Hand am Tor ab.

»Ich habe ihn neben dem toten Monti gefunden. Jemand sagte, dass er vielleicht Ihnen gehört.«

»Wer behauptet so einen Scheiß?«

»Das weiß ich nicht mehr.«

Bruno winkte ab. »Wahrscheinlich diese Küchenhilfe, wie heißt sie noch gleich?«

»Ines?«

»Ja genau, Ines. Was für ein bescheuerter Name!«

»Sie mögen sie wohl nicht?«

»Nein, sie schnüffelt mir hier zu viel herum.«

»Ach, tut sie das?«

»Na klar, die geht bei jedem Wetter raus, stromert herum, klettert die Felsen rauf und runter wie eine Ziege oder fährt mit ihrem blöden Fahrrad durch die Wälder und verscheucht alle Tiere.«

»Aber Sport ist doch nicht verboten.«

»Natürlich nicht! Sie sollte in der Küche bleiben, wo übrigens jede Frau hingehört und sich einen Kerl suchen, der es ihr ordentlich besorgt.« Bruno schnappte nach Luft. »Und was machen Sie eigentlich wieder hier?«

»Nichts Besonderes, nur wandern und fotografieren«, wiederholte Prohaska seinen Spruch, der die meisten Neugierigen zufrieden stellte.

»So, na dann ...«

»Beim Abendessen neulich, da sagten Sie, dass Sie Monti Ihr Haus auf keinen Fall verkaufen wollen.«

»Ja, das sagte ich, und?«

»Ist es dieses Haus da?«

»Nein. Er wollte sich das Haus meines Großonkels unter den Nagel reißen, das liegt gleich um die Ecke, gegenüber von Montis Elternhaus. Aber das ist jetzt eh unwichtig. Er ist tot und basta.«

»War eigentlich die Polizei bei Ihnen?«

»Sicher, aber die sind gleich wieder abgezischt. Was geht Sie das überhaupt an?«

»Mich haben sie auch ausgefragt, weil ich ihn gefunden habe. Bin gespannt, was bei der Obduktion herauskommt.«

»Was soll da schon rauskommen?«

»Keine Ahnung, vielleicht hatte Monti doch keinen Herzinfarkt.«

»Was'n sonst?«

»Vielleicht hat ihn jemand umgebracht, weil ihm sein Plan nicht gefallen hat, so wie Ihnen, was weiß ich.«

»Was wollen Sie damit sagen?«

»Gar nichts, ich denke nur laut nach.«

»Ich war's jedenfalls nicht. Und das hab ich dem Inspektor auch gesagt.«

»Sie haben also keine Ahnung, wer Monti eventuell schaden wollte?«

»Woher soll ich das wissen?«, fragte Bruno aggressiv zurück, stieß sich vom Tor ab, rief nach seinem Hund und ging zurück ins Haus.

»Was sagst du dazu?«, fragte Prohaska den Hund, als sie das Ende der Gasse erreicht hatten, nach rechts bogen und in Richtung der Konoba gingen.

Bello sagte keinen Ton.

Ein paar Häuser weiter stand das Haus, in dem er Monti gefunden hatte. Bello zog an der Leine, blieb davor stehen und schnüffelte den Boden ab. Die Haustür war mit einer Kette, die links und rechts am Rahmen festgenagelt war, mit einem Vorhängeschloss abgesperrt.

Prohaska schaute zu Montis Elternhaus und musste an seinen seltsamen Traum denken.

Er ging in die Konoba, setzte sich an den Tisch in der Nähe der Terrassentür, bestellte ein Bier und für Bello eine Schale Wasser. Am Kamintisch saßen Leute aus dem Ort, einen Tisch weiter zwei junge Paare in Wandermontur. Es waren Italiener, vermutete Prohaska, alle um Mitte zwanzig, sympathisch. Er nickte ihnen zu, und als Ljubica die Getränke brachte, fragte sie, ob er etwas zum Essen möchte.

»Sehr gerne, ich habe Hunger wie ein Wolf.«

»Und an was hast du so gedacht? Pršut, Käse, Bohnensuppe, Pasta, verschiedenes Fleisch, Bratkartoffeln, Salat?«

»Egal, ich nehme von allem etwas, Hauptsache es geht schnell, ich falle gleich vom Stuhl.« Er neigte sich seitlich runter und richtete sich langsam wieder auf.

Ljubica grinste. »Verstehe, kommt sofort.«

Nach dem Essen ging er auf die Terrasse, um zu rauchen. Als er wieder hereinkam, saß eine Gruppe von etwa zehn jungen Leuten im Lokal. Wo kamen diese Italiener jetzt bloß her? Sie redeten schnell, laut und durcheinander und waren gut aufgelegt. Soviel er verstehen konnte, waren sie Studenten.

Nach einer Weile stand Prohaska auf und ging zur Toilette. Auf dem Rückweg drückte er die Küchentür einen Spalt auf und wollte Ines Hallo sagen, als ihn eine rundliche, ältere Frau, die am Herd hantierte, verdutzt anschaute.

»Oh, Entschuldigung, ich wollte … ja, ich wollte sagen, dass das Essen wirklich vorzüglich war.«

»Das hört man gerne.«

Prohaska lächelte und ging zurück zu seinem Tisch. Wo war eigentlich Ines? Als Ljubica an ihm vorbeiging, fragte er sie das.

»Sie müsste längst wieder hier sein. Diese Wanderer haben mich total überrumpelt. Sie haben sich nicht angemeldet, ich musste nach einem Ersatz suchen, aber so ist das eben in der Gastronomie.«

»Wo ist Ines denn hingegangen?«

»Das weiß ich nicht. Heute Mittag war kaum etwas los hier, also hat sie ein paar Stunden frei genommen und wollte um sechs wieder zurück sein.«

»Jetzt ist es nach neun.«

»Ja, aber sie wird bestimmt bald da sein, das hoffe ich zumindest. Möchtest du noch ein Bier oder lieber Wein?«

»Danke, nur einen Espresso und Wasser bitte. Ist es schon öfter passiert, dass sie so lange wegblieb?«

»Ein paar Mal, aber sie war immer pünktlich zurück.«

Prohaska nickte. »Machst du dir Sorgen?«

»Ein wenig schon, aber sie kann gut auf sich aufpassen.« Ljubica eilte zum Tresen und ließ Prohaska ratlos zurück.

»Was ich ganz vergessen hatte zu fragen«, sagte er, als sie ihm den Kaffee brachte. »Wie heißt Ines denn mit Nachnamen?«

»Federico, warum?«

Prohaska sah sie verdutzt an. »So wie dieser Bruno?«

»Ja, aber ich wüsste nicht, dass sie verwandt sind. Das hätte sie mir sicher gesagt.«

Oder auch nicht, dachte Prohaska und bezahlte die Rechnung.

Wo konnte Ines nur sein, fragte er sich, als er eine Stunde später im Bett lag. Und warum war sie zusammengezuckt, als er sie nach Antonio gefragt hatte? In welcher Beziehung standen die beiden? Und dass ihr Nachname Federico lautete, konnte doch auch kein Zufall sein. Was hatte sie bloß zu verbergen?

Prohaska fiel es verdammt schwer den neuen Tag ohne einen Kaffee zu beginnen. In der blitzblanken weißen Küche stand zwar eine kleine Kaffeemaschine für den »deutschen« Kaffee und auch ein Espressokocher, aber als er die Schränke durchstöberte in der Hoffnung, wenigstens einen Löffel Kaffeepulver zu finden, wurde er enttäuscht. Dafür sprang ihm eine halbvolle Pappschachtel mit »original russischem Schwarztee« fast ins Gesicht. »Dann halt Tee.« Er sah zu Bello, der mit der Leine im Maul wartete, dass es endlich nach draußen ging. Prohaska schlurfte ins Bad, trank nebenbei zwei Becher Tee mit Zucker, den er in einer Dose gefunden hatte und verließ kurz nach halb zehn das Appartement. Es war kalt und windig, aber die Sonne schien, und der Blick auf die Berge und die Učka war grandios. Der Hund bestand auf eine Runde um das Kastell, und Prohaska war schon ein wenig stolz auf sich, dass er daran gedacht hatte, eine Rolle Küchenpapier und eine Plastiktüte für Bellos »Geschäft« mitzunehmen. »Du bist ganz schön anstrengend«, sagte er, als er seine Hinterlassenschaft auflas und in den nächsten Müllcontainer warf. Danach ging er zur Konoba, um sich zu erkundigen, ob Ines inzwischen aufgetaucht war, aber das Lokal war noch geschlossen. Als er, nachdem Bello auf dem Beifahrersitz Platz genommen hatte, in seinen Wagen einstieg und den Gurt festmachen wollte, spürte Prohaska einen heftigen Schmerz in der Bauchgegend. In der Jackentasche steckte immer noch das Holzkreuz, das er aus der Höhle mitgenommen hatte. Wie konnte er es nur vergessen, fragte er sich kopfschüttelnd und verstaute das Ding im Rucksack. Die Fahrt von Kras bis zum Učka-Tunnel dauerte nicht lange, aber als er auf der anderen Seite zur Küste hinunterfuhr, blieb er in einem Stau stecken. Eine Stunde später war er endlich in Opatija. Er fand einen Parkplatz gegenüber vom Hotel Mozart und machte sich auf die Suche nach Montis Villa. Die Stadt atmete bei jedem Schritt die Geschichte förmlich aus allen ihren steinernen Poren. In dem mondänen Seebad an der damals österreichischen Riviera trafen sich im ausgehenden neunzehnten Jahrhunderts viele gekrönte Häupter Europas, darunter als bekannteste der Kaiser Franz Joseph I. und die Kaiserin Elisabeth von Österreich, oder der deutsche Kaiser Wilhelm II. und viele andere. Aber auch Mitglieder des Großbürgertums verbrachten hier ihre »Sommerfrische«. Man fuhr mit der Eisenbahn der Südbahngesellschaft an, wohnte im »Quarnero«, dem ersten Grandhotel am Platz, oder im »Imperial«, das nach der Kronprinzessin Stephanie benannt war. Man logierte in den unzähligen Pensionen, Villen, Sanatorien und »Cur-Häusern« und atmete auf Rezept und bei jedem Wetter an der Uferpromenade, dem Lungomare, die gesunde Meeresbrise, tanzte Walzer und ließ es sich gut gehen. Nach dem Ende des Zweiten Weltkriegs verfiel Opatija in einen Dornröschenschlaf und wurde dann das Sommerparadies der kommunistisch-sozialistischen Regierungsoberschicht. Doch im Moment stand Prohaska nicht der Sinn nach historischer Betrachtung, vielmehr überlegte er, unter welchem Vorwand er an der Tür von Montis Villa, die nun ein Trauerhaus war, läuten sollte. Die Villa befand sich inmitten dieser Pracht nur ein paar Minuten von der Ulica Maršala Tita entfernt in einem großen Palmengarten.

»Hör zu Bello, du benimmst dich jetzt wie ein wohlerzogener Terrier mit Stammbaum, und auch wenn du keiner bist, tu zumindest so. Also kein proletenhaftes Bellen, Herumschnüffeln oder Beinhochheben, ist das klar?«

Bello ignorierte das und folgte Prohaska bei Fuß. Er drückte auf die Messingklingel am geschnörkelten geschmiedeten Eingangstor. Kurz darauf meldete sich eine weibliche Stimme. Prohaska sagte seinen Namen und dass er mit Frau Monti sprechen wolle, er sei ein Freund ihres verstorbenen Mannes. »Einen Moment bitte«, sagte die Frau. Nach etwa einer Minute surrte der Türöffner. Prohaska ging über einen gepflegten Kiesweg zur Eingangstür, die von einer jungen Frau aufgemacht wurde. Sie trug einen knielangen schwarzen Rock und ein schwarzes T-Shirt. Ihr hübsches Gesicht war sonnengebräunt, die Augen tiefblau, die blonden Haare hatte sie zu einem Pferdeschwanz gebunden. Bello bellte anerkennend.

»Guten Morgen«, sagte Prohaska und schenkte ihr ein Lächeln.

»Bitte, kommen Sie herein.« Sie ließ ihn eintreten und deutete zu einer milchkaffeebraunen Ledergarnitur und einem niedrigen Glastischchen, die im Foyer standen. »Nehmen Sie Platz, ich sage Frau Monti Bescheid.« Prohaska sah ihr nach, wie sie langsam die Treppe in den ersten Stock hinaufging. Prohaska setzte sich und versank im weichen Couchpolster, sodass seine Knie fast das Kinn berührten. Er richtete sich auf und betrachtete das Mosaikmuster des Fußbodens. Bello setzte sich zu seinen Füßen hin und legte dann den Kopf auf die Vorderpfoten.

»Nicht übel, was?«, flüsterte Prohaska. Bello schaute hoch. »Ich meine die Hütte da.«

Es vergingen noch ein paar Minuten, dann kam das Mädchen zurück und führte ihn in den Salon im ersten Stock. Stella Monti, ebenfalls ganz in Schwarz und wie aus dem Ei gepellt, kam ihm lächelnd entgegen.

»Herr Prohaska, das ist ja eine Überraschung! Schön Sie zu sehen, kommen Sie, kommen Sie, setzten Sie sich.« Sie schüttelte ihm die Hand und führte ihn zum gedeckten Tisch.

»Ich war gerade zufällig in der Nähe ... Ich hätte vorher anrufen sollen.«

»Aber nein, kein Problem, ich bin gerade beim Frühstücken. In schlafe momentan sehr schlecht und bin sehr spät aufgestanden. Normalerweise ist das nicht so, aber was soll man machen, nicht wahr?« Prohaska kam gar nicht zu Wort. »Bitte, nehmen Sie doch Platz.«

»Ich hoffe, ich komme nicht zu ungelegen ...«

»Aber nein, im Gegenteil, ich freue mich, Sie zu sehen.« Sie wandte sich an das Mädchen. »Vesna, bring doch ein zweites Gedeck und frischen Kaffee. Oder möchten Sie lieber einen Tee? Ich habe ganz viele Sorten da.«

»Nein danke, nur einen Kaffee bitte.«

»Und Ihr Hündchen ist ja auch dabei!«, rief sie, als wäre Bello ein Baby. Sie bückte sich und wollte ihm den Kopf kraulen, aber Bello wich ihren rot lackierten Fingernägeln aus, kroch unter einen verschnörkelten Sessel und knurrte leise. Prohaska warf ihm einen warnenden Blick zu. Dann zog er seine Jacke aus, legte sie auf den Stuhl daneben und setzte sich.

»Ich habe ihn nur vorübergehend. Leider weiß ich immer noch nicht, wem er ausgebüchst ist.«

»Behalten Sie ihn doch. Bei Ihnen hat er es bestimmt gut, der arme Kerl.«

»Mal sehen.« Prohaska schaute sich diskret um. An den in warmen Gelbtönen tapezierten Wänden hingen große Ölgemälde, die Möbel waren ein Mix aus Klassik und Moderne, in der Kristallvase auf dem Tisch standen weiße Lilien, der dunkle Parkettboden glänzte, die Teppiche waren orientalisch und sicher ein Vermögen wert. Von den vier hohen, venezianisch anmutenden Fenstern hatte man einen wunderbaren Blick aufs Meer.

»Sehr schön haben Sie es hier, wirklich, sehr schön«, bemerkte Prohaska.

»Das ist wahr. Ich liebe dieses Haus.«

»Ich möchte Ihnen noch einmal mein herzliches Beileid aussprechen«, sagte Prohaska, um seinen unangekündigten Besuch zu rechtfertigen.

»Vielen Dank, es fällt mir schwer, zu akzeptieren, dass Bartolo von uns gegangen ist, aber wenigstens musste er nicht lange leiden. Das ist zumindest tröstlich.«

Das weiß man nicht, dachte Prohaska und wollte schon fragen, ob sie erfahren hatte, was bei der Obduktion herausgekommen sei, doch sie hätte es ihm vermutlich von allein gesagt, wenn sie es gewusst hätte.

Während sie auf den Kaffee warteten, erzählte Stella von ihren letzten wunderbaren Aufenthalten in Opatija. Prohaska hörte interessiert zu und beschränkte sich darauf, dann und wann zu nicken.

»Wissen Sie, ich habe hier nur wenige Freunde. Bartolos erste Frau Bianca war sehr beliebt, obwohl sie nur ein paar Mal hier war. Und das lässt man mich in der Nachbarschaft spüren, aber egal. Sollen sie doch, ich stehe darüber. Außerdem bin ich ab Januar wieder in Amerika, und das ist ein großer Neidfaktor. Ich habe mir nichts vorzuwerfen. Die Zeit, die Bartolo und ich verbracht haben, gehört zum Besten, was ich bisher erlebt habe.«

Ganz die bescheidene trauernde Witwe, dachte Prohaska. Sie spielt ihre Rolle wie nach einem Drehbuch. Aber wir alle spielen irgendwelche Rollen, sagte er sich, also halt dich an die Spielregeln und spiel deine eben auch.

Prohaska ließ sich das englische Frühstück schmecken. Stella lächelte über seinen gesunden Appetit und zelebrierte ihre vegetarische Kost bestehend aus Obst, Müsli und Joghurt.

Als sie fertig waren, gingen sie auf den Balkon. Prohaska bot Stella eine Zigarette an, aber sie lehnte ab. Sie habe früher auch geraucht, aber inzwischen vertrage sie nicht einmal den Geruch. Ihr armer Bartolo war leider ein starker Raucher, obwohl sie ihm doch immer gepredigt hatte, wie ungesund das sei.

»Ich lasse sie nur einen Moment allein«, sagte sie und machte die Balkontür hinter sich zu, damit ja kein Rauch ins Haus drang.

Prohaska steckte sich eine Zigarette an und verpestete genüsslich die kühle Meeresluft.

Wo waren eigentlich Antonio und Magdalena? Stella hatte sie mit keiner Silbe erwähnt. Frühstückten sie etwa auch allein oder waren sie wie Monti Frühaufsteher und längst irgendwo unterwegs, um das viele Geld auszugeben, dass er ihnen vermacht hatte?

Prohaska suchte nach einem Aschenbecher, doch als er keinen fand, drückte er die Zigarette an dem schmiedeeisernen weißen Balkongeländer aus, steckte die Kippe in die Jackentasche und ging zurück. Vesna war dabei, den Tisch abzuräumen. Sie hatte Bello auch eine Schüssel mit Wasser gebracht, und er schlabberte die Reste des Frühstücks von einem kleinen Teller mit Goldrand.

»Ich hoffe, es ist in Ordnung, dass ich ihm das Ei und den Schinken gegeben habe«, sagte sie unsicher.

»Er ist absolut nicht so wählerisch. Danke. Soll ich Ihnen helfen?«

»Nein, nein, ich bin gleich fertig.«

»Arbeiten Sie schon lange hier?«

»Seit ungefähr zwei Jahren.«

»Nur hier oder auch in Amerika?«

Sie lächelte. »Nur hier, aber vielleicht kann ich im Januar mit Frau Monti mitkommen. Es hängt davon ab, ob ich die Papiere bekomme.«

»Das wäre doch super, oder?«

»Ja, ich hoffe, es klappt. Antonio hilft mir dabei, er kennt jemanden, der wiederum jemanden in der Botschaft kennt … mal sehen.«

Prohaska nickte. Alle wollen weg, dachte er. »Und was machen Sie sonst?«

»Ich habe eine Ausbildung als Krankenpflegerin, und im Sommer jobbe ich als …«,

»Was ist mit Antonio?«, fragte Stella, die plötzlich in der Tür stand.

»Nichts, er hat nur gefragt ...«

Prohaska sah auf seine Armbaduhr. Es war kurz nach zwölf. »Ja, ich wollte mich von ihm verabschieden«, half Prohaska Vesna aus der Klemme.

»Er schläft noch«, sagte Stella zu Prohaska und lächelte schmal. »Vesna, geh und wecke ihn, sonst verschläft er wieder den ganzen Tag.«

Vesna nahm das Tablett mit dem Geschirr, warf Prohaska einen dankbaren Blick zu und ging hinaus.

Fast hätte sie einen Knicks vor ihrer Herrin gemacht, dachte Prohaska. Er nahm seine Jacke und ging zur Tür, in der Stella immer noch stand.

»Ach, diese Kinder«, seufzte sie, während sie die Treppe hinuntergingen.

»Ja, die Kinder«, echote Prohaska.

»Es ist immer irgendetwas los. Haben Sie auch welche?«

»Eine Tochter.«

»Und wie alt?«

»Vierundzwanzig.«

»Mein Antonio ist fünfundzwanzig. Seien Sie froh, dass Sie ein Mädchen haben. Mit Jungs hat man es viel schwerer, vor allem als allein erziehende Mutter. Antonio ist bei meinen Eltern aufgewachsen, weil ich im Ausland gearbeitet habe. Ich kam nur in den Ferien nach Hause und je älter er wurde, umso schwieriger wurde unser Verhältnis.«

»Und sein Vater?«

Stella verzog das Gesicht. »Er hat mich verlassen, als Antonio vier war.« Dann winkte sie ab, als würde sie eine lästige Fliege verscheuchen. »Egal, ich habe es trotzdem geschafft.«

Prohaska wollte fragen, warum sie Antonio nicht einfach zu sich genommen hatte, aber Stella redete weiter.

»Ich habe mein Bestes getan, doch leider konnte ich Antonio nie etwas abschlagen, weil ich so selten da war. Ich hoffe, dass er sich jetzt fängt und erwachsen wird, nachdem Bartolo von uns gegangen ist. Das hat Antonio tief getroffen.«

»Ihr Mann hat nur Gutes von Antonios Arbeit in den Staaten berichtet«, sagte Prohaska.

Stella sah Prohaska an, als hätte er gesagt, dass sie im Lotto gewonnen hätte.

»Das freut mich.« Sie entspannte sich und lächelte. »Kommen Sie, ich zeige Ihnen den Garten.« Sie öffnete die Glastür, die auf eine Terrasse und den von einer Lorbeerhecke umrandeten Garten führte. Unter einer riesigen alten Palme stand ein Tisch mit vier Stühlen aus weiß lackiertem, verschnörkeltem Schmiedeeisen, die unter drei hohen Palmen standen. Ein bisschen viel Verschnörkeltes hier, stellte Prohaska fest. Stella stand offensichtlich darauf. Oder hatte sie alles so gelassen, wie es Montis erste Frau eingerichtet hatte?

»Schön«, sagte er trotzdem.

»Ja, nicht wahr? Das ist mein Lieblingsplatz. So romantisch. Finden Sie nicht auch?«

»Wer kümmert sich um das alles, wenn Sie nicht hier sind?«

»Früher war es ein Verwandter von Katarina.«

»Sie meinen die alte Dame aus Kras?«

»Ja, ja, aber er ist gestorben, und jetzt hat sein Sohn diese Arbeit übernommen. Es ist ja nicht so viel zu tun. Ein wenig Gartenarbeit, zwischendurch lüften und solche Sachen.«

Prohaska hätte gern den Namen des Mannes erfahren, aber dann verschob er die Frage auf später.

Sie gingen hinaus, Bello schnüffelte sofort herum, hob hie und da das Hinterbein und verschwand dann unter einem Busch. Stella beobachtete ihn argwöhnisch, sagte aber nichts. Prohaska zog ein wenig an der Leine, bis der Hund widerstrebend herauskam.

»Wissen Sie schon, wann die Beerdigung sein wird?«, fragte er, um vom Hund abzulenken.

»Ich hoffe, am Mittwoch oder Donnerstag. Man wird uns Bescheid geben, hat der Kripobeamte gesagt. Ich muss wegen der Formalitäten nachher zum Bestatter.«

»Und Ihre Schwägerin Magdalena wohnt auch hier?«, fragte Prohaska im Plauderton.

»Natürlich. Sie ist zum Blumenhändler und in eine Konditorei gegangen, kurz bevor Sie gekommen sind. Wir müssen dann noch zum Steinmetz, um die Grabplatte auszusuchen. Ach, es gibt so viel zu erledigen.« Sie wischte sich die imaginären Schweißtropfen von der Stirn und drehte sich zur Terrassentür, weil Bello zu kläffen anfing.

»Hallo«, sagte Antonio. Er kam näher und reichte Prohaska die Hand. Sein Händedruck war fest, aber nur kurz. Wie Stella und Vesna trug auch er Schwarz, das ihn noch blasser machte als er schon war.

»Guten Morgen, Schatz, Herr Prohaska ist zufällig vorbeigekommen und hat mit mir gefrühstückt. Er wollte sich gerade verabschieden.«

Antonio sagte nichts, sondern schaute zu Bello, der neben Prohaska stand und ihn anknurrte. Prohaska zog ein wenig an der Leine, doch Bello achtete nicht darauf.

»Ich habe gar nicht mitbekommen, wann du gestern nach Hause gekommen bist«, sagte Stella mit leisem Vorwurf in der Stimme. »Du weißt, dass es …«

»Ist gut Mama, es ist alles okay.«

»Tja, ich muss jetzt weiter, danke für das gute Frühstück und dass Sie sich so viel Zeit genommen haben.«

»Nichts zu danken«, sagte Stella und nickte Antonio zu. »Wir sehen uns dann bei der Beerdigung«, sagte sie zu Prohaska und gab ihm die Hand.

Antonio begleitete Prohaska zum Tor.

»Ich habe gehört, dass Sie nicht mit Ihrer Mutter zurück in die Staaten gehen.«

Antonio schwieg.

»Das ist auch verständlich, wenn man sich dieses schöne alte Haus anschaut, allein dieser Meerblick, einfach traumhaft.«

»Es gibt schönere, finde ich. Und klar gehe ich zurück, einer muss sich um die Geschäfte dort schließlich kümmern.«

»Dann werden Sie Geschäftsführer oder so etwas?«

»Genau.«

»Eine verantwortungsvolle Aufgabe. Und Ihre Freundin Vesna kommt ja auch mit.«

»Woher wissen Sie, dass wir …«

»Sie hat es mir selbst gesagt.«

»Ja, sie geht mit. Ich muss es nur noch Mutter beibringen.«

Prohaska lächelte. »Und was sagt Ines dazu? Sie kennen sie doch, oder?«

Antonio blieb am Tor stehen. »Sie meinen, die Köchin? Was soll mit ihr sein?«

»Sie ist ja sehr sportlich, klettert, fährt Mountainbike und ...«

»Und?«

»Ich habe sie gestern getroffen, als ich mit Bello unterwegs war.«

»Wo denn?«

»In der Nähe der Vela Draga. Sie war da angeblich klettern, stand auf einmal vor mir und ist danach ziemlich schnell weitergegangen. Als ich am Abend in die Konoba kam, war sie noch nicht zurück. Ich hoffe, dass ihr nichts passiert ist.«

»Wieso, was sollte ihr denn passieren? Sie wird sich frei genommen haben.« Antonio wurde noch blasser.

Prohaska schüttelte den Kopf. »Ach, vermutlich mache ich mir nur zu viele Gedanken, weil ich selbst eine Tochter habe, die ungefähr gleich alt ist wie Sie und Ines.«

Der Hund zerrte an der Leine. »Wo waren Sie eigentlich gestern Nachmittag?«

Antonio schaute zu Bello hinunter und sagte leise, beinahe drohend: »Ich finde, dass Sie das nichts angeht, Herr Fotograf. Außerdem nervt ihr Hund, echt.«

»Tut mir leid, er ist schlecht erzogen«, erwiderte Prohaska lächelnd. Dann wurde er ernst: »Ich fahre jetzt zurück nach Kras. Wenn Ines da ist, was ich hoffe, wird sie mir sicher sagen, was Sie gestern im Karst gemacht haben. Wiedersehen. Wir sehen uns spätestens bei der Beerdigung.« Prohaska winkte und verließ den schönen Garten.

Hinter ihm fiel krachend das Tor zu.

*

Prohaska suchte im Internet die Telefonnummer der Konoba in Kras und rief Ljubica an. Ines war wieder zurück. Das hatte er zwar vermutet, dennoch war er froh, dass das Mädchen wieder da war. Er schlenderte zur Uferpromenade, dem Lungomare, blieb eine Weile vor der Statue des berühmtesten kroatischen Schriftstellers Miroslav Krleža stehen, machte ein paar Fotos und nahm sich vor, demnächst etwas von ihm zu lesen. Als er zum Wahrzeichen der Stadt, dem

»Mädchen mit der Möwe« kam, war dort eine Gruppe Touristen dabei, sich gegenseitig zu fotografieren. Vermutlich ist die Reise im Winter billiger als in der Sommersaison, überlegte er und machte sich auf den Rückweg.

Er hätte gern mit Magdalena gesprochen, aber das musste bis zur Beerdigung warten. Wenigstens wusste er nun, dass sich Antonio und Ines kannten. Der junge Mann hat zwar versucht, cool zu wirken, aber Prohaska war viel zu erfahren, als sich davon täuschen zu lassen. Antonio war nervös und hatte bestimmt Ines schon angerufen und sie vorgewarnt, dass Prohaska da war. Was verband die beiden? Waren sie etwa ein Liebespaar? Wohl eher nicht, denn warum sollte Antonio dann Vesna nach Amerika mitnehmen wollen und nicht Ines? Was verheimlichten sie? Und wo war Antonio gewesen, während Ines an den Felsen kletterte? Wussten sie etwas von Montis Schatz? Wenn ja, von wem haben sie es erfahren? Vielleicht von Monti selbst? Oder von Magdalena? Aber Monti hatte gesagt, dass nicht einmal sie etwas davon wusste.

Prohaska warf noch einen Blick aufs Meer und ging zu seinem Auto. Bello trottete neben ihm her, und als sie eingestiegen waren, rollte er sich auf dem Beifahrersitz zusammen. Prohaska wunderte sich, wie schnell er sich an ihn gewöhnt hatte. Anscheinend ging es Bello genauso. Jetzt war er müde, und als Prohaska die kurvenreiche Nova cesta, die Ausfahrtstraße in Richtung Rijeka hinauffuhr, schlief der Hund einfach ein.

*

Als Prohaska in Kras ankam, war es kurz vor halb zwei. Er ging sofort zur Konoba. Vor dem Lokal standen zwei schwarze Motorräder mit österreichischen Kennzeichen. In der Konoba war wenig los. Am Kamintisch unterhielten sich die üblichen Verdächtigen, wie Prohaska sie inzwischen nannte, die neugierig zu ihm hinüberschauten. Er nickte ihnen zu und ging zum Tresen. An einem Tisch in der Nähe saßen zwei Männer um die dreißig und tranken Bier. Einer war kahl rasiert, der andere hatte seine dunklen langen Haare zu einem Pferdeschwanz gebunden. Sie trugen schwarze Motorradkluft, deren Oberteile sie ausgezogen und sich um die Hüften gelegt hatten.

»Hallo, wie geht's? Kaffee?«, fragte Ljubica.

»Ja, gerne.«

Als sie kurz darauf die winzige Tasse vor ihn stellte, sah sie schnell zu den Männern rüber.

Prohaska folgte ihrem Blick.

»Kennst du die?«

»Nie gesehen.«

»Ich habe gehört, dass Bruno Fecerico solche Freunde hat.«

»Ja, aber die sind in Italien. Die beiden da sind Deutsche.«

»Nein, sie sind aus Wien, zumindest sind dort ihre Motorräder zugelassen. Sind die schon lange hier?«

»Seit zehn Minuten.«

Prohaska trank den Espresso und stellte die Tasse hin. »Ist Ines da?«

Ljubica nickte.

»Gut. Kannst du bitte kurz auf Bello aufpassen?«

»Ja, sicher.«

Prohaska ging um den Tresen und gab ihr die Hundeleine. Dabei hörte er, wie der Kahlköpfige auf Wienerisch sagte: »Aber sicher wird er zahlen, wie ausgemacht, ein Drittel und keinen Cent weniger.«

»Und was, wenn er es nicht macht?«, fragte der andere.

»Wird er, aber vorher muss er uns erklären, wo Armin geblieben ist. Der hat doch den Alten in die Mangel genommen. Bruno hat schließlich die Infos von ihm gekriegt.«

»Warum gehen wir nicht zu ihm rüber und fragen ihn?«

»Das hat Zeit, der läuft uns nicht weg.«

Prohaska tat so, als hätte er kein Wort verstanden. Es gab also noch einen dritten Mann, der Armin hieß. Und er hatte Monti ›in die Mangel genommen‹? Das konnte doch nur heißen, dass dieser Armin Bartolo Monti umgebracht hat, überlegte Prohaska. Während er an ihrem Tisch vorbeiging, verstummten sie, der Langhaarige sah Prohaska nach und nickte dem anderen zu.

Prohaska klopfte an die Küchentür und drückte sie einen Spalt auf. Ines stand an einem Tisch und schälte Kartoffeln. Sie hatte die Kopfhörer im Ohr und bemerkte Prohaska erst, als er ihren Namen rief.

Sie nahm die Dinger aus den Ohren und sah zu ihm rüber.

»Hallo, alles klar?«, fragte Prohaska.

»Natürlich, und selbst?«

»Gut, gut. Sie waren gestern so schnell verschwunden.«

Ines sah ihn fragend an.

»Na, wir hätten zusammen zurückgehen können. Aber deswegen wollte ich nicht mit Ihnen reden.«

»Sondern?«

»Ich war heute Morgen in Opatija bei Stella und Antonio.«

»Und?«

»Ihr Freund Antonio wollte mir nicht verraten, was ihr da unten im Karst gemacht habt.« Prohaska war überzeugt, dass Ines schon über seinen Besuch in Opatija Bescheid wusste.

Ines legte das Schälmesser auf den Tisch, wischte sich die Hände an einem Küchentuch ab und kam näher. »Hier können wir nicht reden«, flüsterte sie.

»Wieso nicht?«

Sie deutete mit dem Kopf in Richtung des Lokals. »Haben Sie die zwei Männer gesehen?«

»Ja, was ist mit ihnen?«

»Das sind Freunde von Bruno.«

»Und was wollen die hier?«

»Ich kann jetzt nicht reden. Gehen Sie, bitte, verlassen Sie Kras am besten sofort. Ich melde mich bei Ihnen.«

»Sie haben doch meine Telefonnummer gar nicht.«

»Ich melde mich. Okay?«

»Sie sind ein seltsames Mädchen.«

»Bitte, gehen Sie.«

»Das wird sich leider nicht machen lassen, ich muss noch etwas erledigen.«

Ines schüttelte den Kopf. »Sie kennen diese Typen nicht.«

»Macht nichts. Wiedersehen.«

Prohaska ging zum Tresen, bezahlte den Kaffee und nahm Bello an sich.

»Sag mal, wie heißt diese kleine Kirche unten an der Straße?«, fragte er Ljubica.

»Die an der Kurve?«

Prohaska nickte.

»Das ist die Kirche des heiligen Fabian. Aber sie ist abgesperrt.«

»Macht nichts, danke, bis nachher.«

»Und wohin gehst du jetzt?«

»Nur ein wenig spazieren.«

*

Ein paar Minuten später fuhr er die Straße hinunter, hielt auf dem Platz vor der Kirche an und schaute sich noch einmal Montis Notiz an. »Seb. Fab.« war die Abkürzung für Sebastian und Fabian, die Patrone dieser Kirche.

Was hatte Antonio gestern hier gemacht? Wusste er von der Höhle? Waren er und Ines womöglich schon dort gewesen? Und wusste Stella auch Bescheid? Und was suchten die Österreicher hier? Oder waren es Kroaten, die in Wien lebten? Ihr Dialekt war jedenfalls perfekt. Und warum war Ines wegen ihnen besorgt?

Prohaska stieg aus, Bello sprang aus dem Wagen und sah ihm zu, während er sich die Wanderschuhe anzog. Prohaska holte den Rucksack und den langen Stock aus dem Kofferraum, verschloss das Auto und machte sich auf den Weg.

Eine halbe Stunde später stand er vor dem Erdtrichter und kletterte vorsichtig hinunter.

»Du wartest hier, okay? Ich bleibe nicht lange«, sagte er zu Bello und band ihn an ein Bäumchen, das aus dem kargen Boden wuchs. Der Hund protestierte, aber Prohaska ließ sich nicht erweichen. Er knipste die Taschenlampe an, kroch, wenn auch widerwillig, in die Höhle, und als er drin war, leuchtete er die Felswände und Tropfsteine ganz genau ab, ging vorsichtig immer tiefer hinein, fand aber nichts. Als er schon umkehren wollte, entdeckte er an der Wand ein kaum sichtbares eingeritztes Kreuzzeichen. Er fuhr mit der Hand vorsichtig nach oben. Da war tatsächlich eine zwanzig Zentimeter tiefe Spalte. Sie war leer. Etwa zehn Schritte weiter auf derselben Seite fand er ein weiteres Zeichen, aber in der Vertiefung dahinter war nichts. Vermutlich gab es noch mehr solche Verstecke, doch Prohaska beschloss, nicht weiter nach ihnen zu suchen. Jemand hat Montis Versteck entdeckt und den Schatz herausgeschafft.

Während er aus der Höhle kroch, fiel ihm die seltsame Stille auf. Draußen angekommen, nahm er den Stock, den er neben dem Höhleneingang liegen gelassen hatte, richtete sich auf und sah zu dem Baum, an dem er Bello festgebunden hatte. Der Hund war weg. Prohaskas Magen zog sich krampfhaft zusammen.

»Verdammter Mist! Bello, komm her!« In der Höhle war der Hund sicher nicht, das hätte er doch gehört, der kläffte bei jeder sich bietenden Gelegenheit. Prohaska rief weiter und kletterte aus dem Erdloch. Oben angekommen, beugte er sich vor und wartete, bis er wieder normal atmen konnte.

Als er sich aufrichtete, sah er zwei Männer, die eilig auf ihn zukamen. Es waren die beiden Biker. Über Mund und Nase hatten sie sich ein Tuch umgebunden. Diese Anfänger, dachte Prohaska, wenn sie schon nicht erkannt werden wollten, dann hätten sie lieber die Helme aufgesetzt.

Prohaska sah sich um. Zurück zum Erdloch hatte keinen Sinn, also ging er ihnen langsam entgegen. Er stützte sich auf den Stock und konzentrierte sich auf die beiden. In seiner aktiven Dienstzeit hatte er Ju-Jutzu und Kendo trainiert, doch das war lange her. Andererseits verlernte man so etwas genauso wenig wie Fahrradfahren.

»So schnell sieht man sich wieder«, sagte der langhaarige Typ auf Kroatisch, als sie sich auf etwa zehn Schritte genähert hatten. Er nahm sein Halstuch vom Mund und sein Kollege tat es ihm nach.

Prohaska spielte den Ahnungslosen.

»Hallo, habt ihr zufällig einen kleinen Hund gesehen? Er war eben noch da.«

»Schau, schau, der sucht seinen Idefix«, sagte der Kahlköpfige.

»Was wollt ihr?«

»Und was machst du hier?«

»Sieht man doch, ich gehe spazieren.«

»Ach nein? Spazieren? Was hast du hier zu suchen?«

»Ich glaube nicht, dass es dich etwas angeht.«

»Du wirst dich noch wundern, los, mitkommen.«

»Wohin?«

»Wirst schon sehen.«

Die beiden kamen näher, und als sie drei Schritte vor ihm standen und sich auf ihn stürzen wollten, fuhr Prohaska herum und schlug noch aus dem Sprung mit dem Stock gegen die Schulter des Kahlköpfigen. Der schrie und taumelte. Der andere ballte die Fäuste und wollte auf Prohaska losgehen, aber er holte abermals aus und traf ihn mit voller Wucht am Arm. Der Mann brüllte vor Schmerz.

»Das wirst du mir büßen!«, keuchte er und preschte vor. Prohaska hob den Stock, wollte zuschlagen, doch der Kahlköpfige packte Prohaska am Handgelenk. Er befreite sich mit einer schnellen Drehung, trat mit dem linken Fuß nach oben und landete den Schlag unter dem Kinn des Angreifers. Der stürzte nach hinten, Prohaska machte ein paar Schritte rückwärts, der Langhaarige war plötzlich hinter ihm, packte ihn am Arm und sie stürzten zu Boden. Prohaska befreite sich aus seinem Griff und sprang auf die Beine, der andere ebenfalls. Prohaska drehte sich um und bekam einen Fausthieb in die Magengrube. Er klappte zusammen, rang nach Luft, der Mann holte abermals aus und schlug Prohaska in die Seite. Er taumelte, wich zur Seite aus, stolperte über einen Stein, bekam den nächsten Schlag in die Nierengegend. Er schrie auf, fiel zu Boden, trat nach dem Mann, traf aber ins Leere. Der Stock lag dicht neben ihm. Prohaska packte ihn und als der Mann sich auf ihn stürzen wollte, hob er den Stock mit der Spitze nach oben. Der Mann wich knapp aus, taumelte, Prohaska sprang auf und hielt mit dem Stock die beiden in Schach.

»Wer schickt euch?«

»Das geht dich nix an. Was hast du hier zu suchen?«

»Meine Sache!«

Keuchend ging Prohaska zwei Schritte vor, den Stock auf die Brust des Langhaarigen gerichtet. Da hechtete der Kahlköpfige vor, Prohaska wirbelte herum, schlug zu, ließ den Stock fallen und packte den Burschen am Handgelenk und Ellenbogen und drehte ihm den Unterarm nach hinten. Brüllend vor Schmerz ging der Mann zu Boden und blieb liegen.

»Also, wer schickt euch? Und wo ist mein Hund?«, schrie Prohaska, bekam aber statt einer Antwort von dem anderen einen Schlag mit dem Stock auf die rechte Schulter, gleich darauf noch einen in den Nacken. Er ging in die Knie und fiel um.

»Der hat genug. Komm, wir hauen ab«

»Der Idiot hat mir die Schulter verrenkt.«

»Mach schon, wir müssen verschwinden.«

»Er ist doch nicht tot, oder?!«

»Ist mir wurscht.«

»Aber was, wenn er tot ist? Wir sollten ihn doch nur einschüchtern, damit er aufhört herumzuschnüffeln.«

»Halt endlich die Klappe!«

»Hey, wenn er hops geht, will ich damit nichts zu tun haben, kapierst? Dann sind wir dran! Er ist doch ein Polizeispitzel.«

»Er ist ein Bulle!«

»Aber wenn die rauskriegen, dass wir das gewesen sind ... Was für eine verfickte Scheiße! Oh, mein Arm!«

»Heul nicht rum und lauf endlich, wir müssen zu Bruno.«

»Ja, und wir müssen Armin finden.«

*

Wie durch Watte hörte Prohaska, wie sich die beiden entfernten. Wer war Armin, fragte er sich benommen. Er blinzelte, spürte das Brennen und Pochen im Rücken und den Schmerz an der Hüfte. Er blieb ein paar Sekunden auf der Seite liegen, und als er meinte, dass die beiden weit genug waren und sich sein Herzschlag etwas beruhigt hatte, stand er auf. Seine Knie zitterten, doch das würde bald vorübergehen. Der Stock lag ein paar Meter weiter. Er hob ihn auf und humpelte zurück zum Erdloch, um den Rucksack zu holen. Als er nach zehn schweißtreibenden Minuten wieder oben war, hörte er das Kläffen, und dann sah er auch schon Bello, der auf ihn zu rannte. Prohaska fiel ein Stein vom Herzen.

»Wo warst du, und wo ist deine Leine?«

Er ging in die Hocke, klopfte Bello auf den Rücken und drückte ihn an sich. Der Hund leckte ihm das Gesicht ab. Prohaska wischte sich die Wange ab und richtete sich wieder auf.

»Komm, genug geschmust, ich muss zurück.«

Bello fing an zu kläffen. Prohaska schaute sich um, aber da war niemand. Erst als sich eine Gestalt weiter oben am Weg aus dem Dickicht löste und auf ihn zukam, erkannte er Ines.

»Mensch, bin ich froh, Sie zu sehen. Sind Sie okay?«, fragte sie keuchend und stützte ihre Hände auf die Knie, um Luft zu holen. Bellos Leine hatte sie sich um den Bauch gebunden. Sie richtete sich wieder auf und nahm die Leine ab, aber der kleine Hund hüpfte um sie herum und machte nicht den Eindruck, dass er angeleint werden wollte.

»Ja, ja, alles okay.«

»Sie bluten ja!«

»Wo?«

»Na da, an der Stirn.« Sie nahm ein Papiertaschentuch aus der Tasche und tupfte die Stelle vorsichtig ab. »Es ist nur ein Kratzer.«

»Ich bin hingefallen.«

»Und ich habe gerade meinen eigenen Rekord gebrochen.« Ines sah ihn besorgt an. »Haben Sie große Schmerzen?«

»Nicht der Rede wert, der Kopf ist noch dran. Woher wussten Sie, dass ich hier bin?«

»Ich bin den Typen gefolgt, hatte keine Zeit, mein Rad zu holen, sonst wäre ich früher da gewesen.«

»Und Bello?«

Ines lächelte. »Er kam mir entgegen und hat mich zu Ihnen geführt.«

»Haben die Männer Sie gesehen?«

»Nein, aber ich sie. Einer hielt sich den Arm und jammerte.«

»Haben Sie gesehen, wohin sie gegangen sind?«

»Nein, sie waren zu weit weg.«

»Sind sie mir mit den Motorrädern hinterhergekommen?«

»Nur mit einem, das andere steht noch vor der Konoba.«

»Klar.«

»Was ist klar?«

»Dann sind sie bestimmt schon dort.«

»Wo?«

»Bei Bruno Federico.«

»Und warum haben die Sie angegriffen?«

»Keine Ahnung.«

»Was haben Sie eigentlich hier gemacht?«

»Ich war mit dem Hund Gassi.«

»Ach, wirklich?«

Prohaska lächelte. »Ja, wirklich. Es ist kalt. Sie bekommen noch einen Schnupfen, wenn wir noch länger hier herumstehen.«

»Ich bekomme keinen, aber Sie wahrscheinlich. Sie sind ganz verschwitzt.« Ines hakte sich bei ihm unter, um ihn zu stützen.

Prohaska pfiff nach Bello, der ein paar Meter weiter in der steinigen Erde buddelte.

»Und wo wollen Sie jetzt hin?«

»Na, in mein Appartement.«

»Da würde ich nicht hingehen.«

»Wieso nicht? Ich muss mich ein wenig hinlegen, bin auch nicht mehr der Jüngste.«

»Weil Marko Modrić und Bruno Federico unter einer Decke stecken. Und wenn Marko da ist und Sie so sieht ...«

»Unter einer Decke? Was meinen Sie damit?«

»Die beiden machen gemeinsame Geschäfte.«

»Woher wissen Sie das?«

»Jeder im Ort weiß es.«

»Und was für Geschäfte?«

»Sie handeln mit Antiquitäten, die sie ganz bestimmt nicht auf legalem Weg erworben haben.«

»Interessant. Ich war übrigens in der Höhle.«

»Was für eine Höhle?«

Prohaska deutete mit dem Daumen über die Schulter. »In der da hinten.«

»Aber das ist nur ein Erdloch, weiter nichts.«

»Ines, das sollten Sie noch ein wenig üben.«

»Was denn?«, fragte sie empört.

»Das Bluffen.« Prohaska griff in seine Jackentasche und nahm das Holzkreuz heraus. »Wissen Sie, was das ist?«

»Ein Kreuz?«

»Ja, aber was für eins?«

»Keine Ahnung.«

»Muss ich es Ihnen wirklich erklären?«

»Nein«, sagte Ines nach einer Weile. »Es gehört wahrscheinlich zu Montis Schatz. Ich weiß Bescheid.«

Prohaska blieb stehen. »Von Antonio?«

Ines nickte.

»Wie kam er dahinter?«

»Er ist Bartolo nachgegangen, als er neulich hier spazieren ging, wie er das nannte.«

»Und dann hat Antonio die Höhle und den Schatz gefunden?«

»Ja doch.«

»Und alles herausgeholt?«

»Ja.«

»Wann?«

»Gestern Abend.«

»Und Sie haben ihm geholfen, und waren deshalb nicht bei der Arbeit?«

»Genau.«

Sie setzten sich wieder in Bewegung.

»Und wo sind die Sachen jetzt?«

»An einem sicheren Ort.«

»Und Sie wollen mir nicht verraten, wo?«

»Das geht nicht.«

»Warum? Trauen Sie mir nicht?«

»Doch, eigentlich schon.«

»Aber?«

Sie lächelte. »Sie erfahren es noch früh genug.«

»Na gut. Wer außer Ihnen und Antonio weiß noch davon?«

»Niemand.«

Prohaska war sich da nicht so sicher.

»Und wieso haben Sie nicht die Polizei eingeschaltet? Sie können die Sachen nicht behalten, das ist doch wohl klar.«

»Das wollen wir auch nicht.«

»Und was nun?«

»Ich muss nachdenken.«

»Ich schließe mich dem gerne an.«

Ines sah ihn von der Seite an. »Was für eine Rolle spielen Sie eigentlich in diesem Stück?«

»Na, die des Helden selbstverständlich.«

»Sie haben echt Humor!«

»Freut mich, dass Sie das so sehen.«

»Und Sie vermuten, dass Bruno diese zwei Männer angeheuert hat, Sie aus dem Gefecht zu ziehen?«

»Ja, er glaubt, dass ich für die Polizei arbeite. Das hat einer der Typen gesagt. Sie sind auf dem Weg zu ihm. Deshalb muss ich nach Kras, bevor sie abhauen.«

»Und tun Sie es?«

»Was?«

»Für die Polizei arbeiten.«

»Nein.«

»Aber dann verstehe ich nicht, warum Sie sich überhaupt einmischen. Mit denen ist nicht zu spaßen.«

»Vielleicht gerade deshalb.«

»Sie sind echt verrückt, wenn ich bemerken darf.«

»Das sagte neulich schon jemand zu mir.«

Während sie weitergingen, überlegte Prohaska, ob er ihr sagen soll, dass die beiden Männer einen Armin erwähnt hatten, oder ob er Inspektor Kos anrufen und ihn von den Geschehnissen in Kenntnis setzen sollte, doch dann ließ er es bleiben.

Als sie seinen Wagen erreichten, war die Sonne hinter den Wolken verschwunden, nur ein paar dünne hellgoldene Strahlen schimmerten im Westen noch hindurch. Der eisige Wind kroch unter Prohaskas Jacke. Er nahm den Autoschlüssel aus der Hosentasche, ließ die Türen aufschnappen, öffnete den Kofferraum und legte den Stock und den Rucksack hinein. Doch als er sich ans Steuer setzen wollte, durchfuhr ein stechender Schmerz seinen Rücken und das linke Bein, sodass er sich am Autodach abstützen musste. Sobald er wieder Zeit hatte, musste er sich gründlich untersuchen lassen.

»Verfluchter Mist!« stieß er durch die Zähne.

Ines streckte die Hand aus. »Geben Sie schon her, ich fahre.«

Prohaska gab ihr den Schlüssel, ging um den Wagen herum, und Ines half ihm, sich zu setzen. Bello hüpfte auf seinen Schoß.

»Ich bringe Sie in die Ambulanz.«

»Nicht nötig, es geht schon wieder, wirklich«, murmelte Prohaska und erinnerte sich an eine ähnliche Szene, als er den Robert, den alle nur Robinson nannten, am Straßenrand oberhalb vom Limski Kanal gefunden hatte.

»Sind sie sicher?«

»Aber ja, fahren Sie mich nach Kras.«

»Nein, ich weiß etwas Besseres.«

»Da bin ich aber gespannt.«

Ines startete den Wagen, wendete und fuhr die Straße hinunter ins Tal, als wäre der Teufel hinter ihnen her.

*

Etwa zwanzig Minuten später hielten sie vor einem Bauernhof, der außerhalb eines verschlafenen Dorfes lag, dessen Namen sich Prohaska nicht gemerkt hatte. Zur Straßenseite hin stand ein großes, zweistöckiges Haus aus hellgrauem Naturstein, dunkelgrünen Klappläden an den Fenstern, einer Terrasse mit Weinpergola und einem schmalen Vorgarten, in dem ein alter knorriger Baum stand. Ines fuhr durch das offene Hoftor, an dessen Seitenpfosten steinerne Löwen aus Terrakotta hockten. Am unteren Teil des Hofs befanden sich mehrere lang gezogene Gebäude, die wohl als Geräteschuppen oder Ställe dienten. Längs der Straße in Richtung des Waldes, erstreckte sich eine große Wiese, die mit einem Holzgatter umzäunt war.

Ines hatte ihm unterwegs von der Familie Gordić erzählt, und er erinnerte sich an Elvir, den er am Freitag auf der anderen Seite des Tals getroffen hatte.

»Da wären wir.« Ines schaltete den Motor aus. »Warten Sie bitte kurz, bin gleich wieder da.« Sie stieg aus, lief zum Haus und läutete an der Tür.

Eine Frau um die dreißig, in Jeans und dunkelblauem Pullover, öffnete die Haustür, Ines sagte etwas und sah zu Prohaska. Die Frau nickte.

Prohaska öffnete die Beifahrertür, ließ Bello hinaus, stieg umständlich aus und humpelte zu den beiden rüber. Der Hund zog an der Leine und kläffte freudig. Als sie vor der Frau standen, stellte sich Bello auf die Hinterbeine und legte die Vorderpfoten an die Knie der jungen Frau. Sie beugte sich zu ihm hinunter und kraulte ihn hinter den Ohren.

»Hey, du Süßer!«, rief sie und richtete sich wieder auf.

»Darf ich vorstellen, das ist Joe Prohaska, Fotograf aus Rovinj, und das ist meine Freundin Valentina Gordić«, sagte Ines.

»Angenehm«, sagten Prohaska und Valentina gleichzeitig und schüttelten sich die Hand.

Prohaska spürte ein leichtes Kribbeln in den Fingerspitzen.

»Aber bitte, kommt doch herein, es ist kalt«, sagte Valentina und ging vor.

Sie folgten ihr durch den langen Flur in die geräumige Küche. Von einem der Eichenbalken über dem Esstisch hingen getrocknete Kräutersträuße. Links und rechts vom Kamin, der in der Wand hinter der modernen Kochzeile eingebaut war, waren die obligatorischen Knoblauchzöpfe befestigt. Ob die tatsächlich vor bösen Geistern oder Vampiren schützten, vermochte Prohaska nicht zu sagen. Der Aberglaube ist in den Köpfen der Menschen tief verankert und viel älter als das Christentum. Wer weiß, vielleicht halfen sie ja doch.

Valentina stellte ihm ihre Mutter Branka und die Großmutter vor. Nachdem Ines Platz genommen hatte, setzte er sich vorsichtig neben sie. Bello hatte sich beruhigt und legte sich unter den Tisch zu Prohaskas Füßen.

Ines sagte, Prohaska sei bei einer Wandertour von zwei Männern überfallen worden, und sie habe ihn zufällig gefunden. Aber weil er nicht in die Ambulanz gebracht werden wollte, habe sie ihn vorsichtshalber hierher gebracht, weil er aus bestimmten Gründen heute Nacht nicht in seinem Appartement in Kras bleiben könne.«

Prohaska nickte. »Aber nur, wenn es keine Umstände macht.«

»Das kann ich nicht allein entscheiden, mein Mann ist draußen bei den Schafen, aber im Prinzip habe ich nichts dagegen. Wir haben ein Gästezimmer mit Dusche oben im ersten Stock.«

Prohaska fühlte sich unwohl in seiner Haut und fragte sich, ob es wirklich richtig war hierher zu kommen. Branka Gordić kam sich sicher überrumpelt vor. Und er selbst musste ihr suspekt erscheinen und stand, beziehungsweise saß jetzt natürlich da wie ein Feigling, der sich hinter einer Frau versteckte. Am liebsten wäre er aufgestanden und nach Kras gefahren, andererseits war Ines' Idee, er möge für eine Weile verschwinden, vielleicht auch gar nicht so dumm. Die zwei Schläger waren bestimmt längst bei Bruno und mit ihren Verletzungen beschäftigt. Vermutlich glaubten sie, dass sie ihn ins Jenseits befördert hatten. Und damit hatten sie ein weiteres Problem, und mussten damit rechnen, dass der Überfall auf ihn nicht unentdeckt bleiben würde. Wenn sie davon ausgingen, dass er tot war, würden sie sicher zur Höhle zurückkehren, um seine Leiche verschwinden zu lassen. Bei dem Gedanken lief es Prohaska eiskalt über den Rücken.

Was ihn aber am meisten erstaunte, war Ines. Sie und Antonio hatten also Montis Schatz geborgen und irgendwo versteckt. Das behauptete sie jedenfalls. Doch solange er das Zeug nicht mit eigenen Augen gesehen hat, glaubte er ihr nicht so recht. Wenn es aber stimmte und Bruno wusste, dass Montis Schatz verschwunden war, hatten ihm die beiden einen dicken Strich durch die Rechnung gemacht. Die Frage war, ob Ines sich der Gefahr bewusst war, in der sie sich dadurch befand. Wenn Bruno und die anderen dahinter kamen, dass sie in die Sache verwickelt war, würden sie sicher keine Rücksicht darauf nehmen, dass sie eine Frau war. Er musste sie unbedingt warnen und herausbekommen, wo die beiden die Sachen versteckt hatten. Und vor allem musste ihnen klar sein, dass sie sie nicht behalten konnten.

Valentina und Branka brachten Kaffee, Limonade, Kekse und getrocknete Feigen, für den kleinen Hunger, wie Branka sagte. Valentina lächelte Prohaska an, und er lächelte höflich zurück und fragte sich, ob sie mit ihm flirtete oder einfach nur freundlich sein wollte. Sie schenkte Kaffee ein, setzte sich Prohaska gegenüber und strich sich eine lange dunkelbraune Strähne aus dem Gesicht. Sie hatte schöne braune Augen, und überhaupt war sie sehr hübsch, fand er. Er aß ein paar Kekse und Feigen und stellte fest, dass er sehr hungrig war.

Ein paar Minuten später kam Miroslav Gordić herein, blieb an der Schwelle stehen und sah fragend zu seiner Frau, die nur kurz mit den Schultern zuckte. Miroslav begrüßte Ines und Prohaska mit einem kräftigen Händedruck und setzte sich ans Kopfende des Tisches. Er war Mitte Fünfzig, groß und kräftig, hatte ein breites Kreuz und muskulöse Oberarme. Sein kantiges Gesicht war durchzogen von Falten, die grauen Haare wichen einer Glatze

Branka erklärte ihm, warum Ines und Prohaska gekommen waren.

»Natürlich können Sie hier übernachten«, sagte Miroslav, und obwohl er dabei lächelte, schien ihm die Situation gar nicht zu gefallen.

»Danke, ich hoffe, dass ich mich bei Gelegenheit revanchieren kann. Aber sagen Sie einfach Joe.«

»Kein Problem. Man muss sich doch gegenseitig helfen. Ich bin Miroslav, das da drüben ist meine Mutter, hier meine Frau Branka und Valentina, aber die kennst du ja schon.«

Prohaska lächelte. »Und Elvir.«

Miroslav hob die Augenbrauen. »Ach ja, stimmt, du kennst ihn. Er hat es erwähnt.«

»Ja, ich habe ihn letzten Freitag nach dem Weg gefragt, als ich mich verfahren hatte.«

»Hast du denn kein Navi?«, fragte Miroslav ungläubig.

»Doch, doch, aber ich schalte es selten ein, außerdem sind die Daten total veraltet.«

Miroslav grinste. »Du bist wohl nicht von hier?«

»Nein.«

»Und wo kommst du dann her?«

»Aus Stuttgart.«

»Ach, deshalb der Mercedes.«

»Ja«, sagte Prohaska kurz. Er verspürte keinerlei Lust zum x-ten Mal zu erzählen, woher er kam, was er von Beruf war und warum er aus Deutschland weggegangen war.

»Aber ein Kroate bist du schon, oder?«

»Ja, halb.«

»Ein Jugoschwabe also«, sagte Miroslav und grinste. »Aber nachdem es kein Jugoslawien mehr gibt, sagt man das wohl nicht mehr.«

Prohaska kannte den blöden Spruch seit seiner Kindheit und hatte keine Lust, darauf zu reagieren.

»Sei doch nicht so neugierig«, sagte Miroslavs Mutter. »Siehst du nicht, dass es dem Herrn peinlich ist.«

Miroslav drehte sich zu ihr um. »Das war nicht so gemeint, aber man wird wohl noch fragen dürfen. Ich will nur wissen, mit wem ich es zu tun habe.«

Die alte Frau schüttelte den Kopf und widmete sich wieder einem dicken Strang Schafswolle, den sie zu einem Knäuel wickelte.

»Elvir hat mir erzählt, dass ihr den besten Schafskäse weit und breit macht«, sagte Prohaska, um das Thema zu wechseln.

»Oh, das hoffe ich. Dann hat er dir auch gesagt, dass sein jüngerer Bruder Ismail hier arbeitet.«

Valentina zuckte kaum merklich zusammen.

»Ja, ja, hat er.« Prohaska sah kurz zu Valentina, die den Blick senkte. »Er erwähnte auch einen Wolf, den er an dem Morgen gesehen hat. Ich wusste gar nicht, dass es hier welche gibt.«

Miroslavs Augen blitzten. »Ja, diese Bestien! Sie sind wieder da und holen sich regelmäßig ihren Anteil.«

»Man bekommt aber eine Entschädigung vom Staat«, sagte Prohaska.

»Schon, aber nur, wenn man nachweist, dass die Tiere tatsächlich von einem Wolf oder einem Bär, die es hier übrigens auch gibt, gerissen wurden. Und wenn man das nicht kann, kriegt man auch nichts, oder es wird behauptet, dass es streunende Hunde gewesen sind. Aber egal wie man es dreht und wendet, den Schaden haben wir trotzdem, und kein Geld kann dir ein Lamm oder Kalb oder Fohlen oder ein Mutterschaf ersetzen. Wir Bauern und Schafzüchter lieben unsere Tiere, und der Wolf ist unser natürlicher Feind. So einfach ist das, Naturschutz hin oder her. Elvir und Ismail, meine Hirten sind aus dem Kosovo. Sie kommen nachher her, dann kannst du sie selbst fragen, wie das mit den Wölfen ist. Aber lassen wir das Thema, das regt mich jedes Mal auf und ändert nichts an der Tatsache, dass die Wölfe sich vermehren.« Miroslav sprach im Dialekt und Prohaska hatte etwas Mühe, ihm zu folgen. Deshalb nickte er nur zwischendurch und stellte keine weiteren Fragen.

Valentina sah zu Prohaska und lächelte, als wollte sie sich für ihren Vater entschuldigen, während sich Prohaska fragte, ob es wirklich so klug war, hierher zu kommen.

Ines, die neben ihm saß, schaute nervös auf ihre Uhr. »Oh, es ist spät geworden, ich muss zurück. Valentina, könntest du mich bitte nach Kras fahren?«

»Natürlich.« Valentina stand auf, sichtlich froh, gehen zu können.

»Danke euch«, sagte Ines in die Runde, und dann zu Prohaska: »Ich melde mich, wenn etwas sein sollte.«

»Aber Sie haben doch meine Nummer nicht.«

»Kein Problem, ich melde mich bei Valentina, dann kann sie es Ihnen ausrichten.«

»Na gut, aber passen Sie auf sich auf«, erwiderte Prohaska, ohne auf die fragenden Blicke der anderen zu achten.

»Ines, sagen Sie einfach Ines.«

Nachdem die beiden gegangen waren, stellte Prohaska das Auto, wie Miroslav es ihm geraten hatte, hinter einer Scheune ab, nahm seinen Rucksack und ging wieder ins Haus. Branka zeigte ihm das Gästezimmer, brachte Handtücher, eine Flasche Mineralwasser und eine Schmerztablette, um die er sie gebeten hatte.

»Wir essen so gegen sieben«, sagte sie und ließ ihn allein.

Prohaska öffnete das Fenster und sah hinaus. Inzwischen war es kurz vor siebzehn Uhr und dunkel. Aus einem der flachen Gebäude war Musik zu hören. Er rauchte eine Zigarette, schloss das Fenster und drehte den Schlüssel in der Tür. Dann zog er sich aus und schaute sich seine Blessuren an. Es war nichts Ernstes, er hatte nur eine tief rote schmerzhafte Stelle an der Hüfte, und die am Schulterblatt sah vermutlich auch so aus.

»Du hast es gut«, sagte er zu Bello, während er wartete, dass sich die Tablette im Wasserglas auflöste.

Bello zuckte nur mit den Ohren, sah ihn treuherzig an und legte sich auf das Schafsfell, das als Bettvorleger diente. Als Prohaska nach einer Viertelstunde aus dem Bad kam, schlief der kleine Hund tief und fest. Prohaska leerte das Glas, wickelte sich in ein Handtuch, legte sich aufs Bett und schrieb eine Nachricht an Martha.

»Hallo, ich hoffe, es geht dir gut. Ich bin auf Fototour in der Nähe von Učka. Es ist kalt hier oben. Ach ja, ich habe jetzt einen Hund. Melde mich. LG Joe.«

Die Schmerzen ließen allmählich nach. Da er nichts weiter zu tun hatte, als zu warten, dass der Abend und die Nacht vorbeigingen, schaute er sich die Fotos auf dem Smartphone an. Danach lag er einfach da und grübelte über die Ereignisse nach.

Um halb sieben zog er sich an und ging mit Bello nach unten. Branka und ihre Schwiegermutter waren in der Küche, er hörte sie reden, wollte aber nicht stören und ging nach draußen. Eine Straßenlampe erhellte ein kurzes Stück der Dorfstraße und einen Teil des Hofs. Prohaska ging auf die andere Seite. Bello machte sein Geschäft, schnüffelte unter den Büschen und markierte ein paar Bäume, dann kehrten sie wieder zurück. Die Fenster an einem der langen Gebäude waren hell erleuchtet. Prohaska überquerte den Hof und klopfte an der breiten Stahltür, aber die Musik drinnen war zu laut, und so meldete sich niemand. Er band Bello an eine Schubkarre, die in der Nähe stand und öffnete die Tür. Der säuerliche Geruch nach Käse und Molke stieg ihm in die Nase. In der Mitte des Raumes stand ein großer runder Metallkessel, an der Fensterseite befand sich eine lange Bank, in der ein Metalltrog eingelassen war. Ein etwa drei Meter hoher Behälter stand hinter dem Kessel. Ein Mann um die dreißig in einem durchsichtigen Plastikmantel, mit einer Plastikhaube auf dem Kopf und in Gummistiefeln rührte mit einem Holzspaten in der dicken Käsemasse.

Prohaska kam näher. Der Mann bemerkte ihn und sah ihn fragend an.

»Guten Abend, ich wollte nur mal kurz reinschauen. Mein Name ist Joe Prohaska, ich übernachte heute hier.«

»Du bist wohl dieser Fotograf? Elvir hat erzählt, dass er dich getroffen hat.«

»Ja. Und Sie sind sein Bruder Ismail.« Prohaska konnte sich nicht erklären, warum er Ismail im Gegensatz zu Elvir nicht sympathisch fand und ihn deshalb auch nicht duzen wollte. Vielleicht lag es daran, dass Valentina so seltsam reagiert hatte, als ihr Vater Ismail erwähnte.

»Ich muss jetzt die Käsemasse in die Behälter da drüben füllen. Wenn du willst, kannst du zusehen.«

Prohaska ging noch etwas näher. »Darf ich ein paar Fotos machen?«

»Ja, klar«, erwiderte Ismail und begann mit einer Plastikschüssel die Masse aus dem Kessel zu schöpfen und in runde Behälter zu füllen, in denen Gazetücher lagen, die er dann über dem Käse zusammenlegte.

»Was führt dich hierher?«, fragte Ismail sah Prohaska von der Seite an.

»Ich war in der Gegend und habe fotografiert, aber dann kamen zwei Typen, und es gab etwas Stress. Na ja, Ines meinte, es sei besser, wenn ich ihnen für ein paar Stunden aus dem Weg ginge.«

»Ines?«

»Ja. Sie hat mich gefunden und hierher gefahren.«

»Ach so.« Mehr fragte Ismail nicht, und Prohaska wollte auch nichts weiter dazu sagen.

»Ich geh dann mal wieder rüber.«

»Okay, man sieht sich«, sagte Ismail, ohne seine Arbeit zu unterbrechen. Prohaska lächelte, aber da hatte ihm Ismail schon den Rücken zugekehrt.

Die Stimmung beim Abendessen – es gab Omelette mit Trüffeln, selbst gebackenes Brot, Pršut, sauer eingelegtes Gemüse und natürlich frischen und gereiften Schafskäse – war seltsam angespannt, obwohl sich alle die Mühe gaben, es zu verbergen. Miroslav erzählte vom Leben seiner Vorfahren auf dem Hof, von Schwierigkeiten, den Betrieb zu modernisieren und zu vergrößern. Elvir freute sich, Prohaska wieder zu sehen. Ismail, der etwas später dazu kam, überließ seinem älteren Bruder, Anekdoten über die Käseherstellung, Schafe und Wölfe zum Besten zu geben. Prohaska hörte zu, wobei ihm nicht entging, wie Ismail Valentina ansah, die so tat, als hätte sie seine eifersüchtigen Blicke nicht bemerkt. Sie waren ein Paar oder waren es gewesen. Valentina vermied es, Prohaska anzusehen, tat es dann aber doch immer wieder, und das missfiel Ismail offenbar sosehr, dass er sich kurz nach dem Essen mit der Bemerkung verabschiedete, er müsse noch arbeiten. Elvir folgte ihm eine Minute später. Die Brüder teilten sich im hinteren Teil des Hauses ein kleines Zimmer.

Prohaska wollte sich ebenfalls zurückziehen, doch sein Gastgeber bestand darauf, noch ein Glas Wein mit ihm zu trinken. Die Großmutter wünschte gute Nacht und ging, während Valentina und ihre Mutter dablieben, um die Küche aufzuräumen.

»Jetzt muss ich doch direkt fragen«, sagte Miroslav und zündete sich eine Zigarette an, nachdem er Prohaska eine angeboten und er eine genommen hatte. »Was ist passiert, dass du dich bei mir verstecken musst? Sucht die Polizei etwa nach dir? Wenn ja, sollte ich das schon wissen.«

»Ich habe nichts mit der Polizei zu tun. Es geht um zwei Männer, die heute in Kras aufgetaucht sind und die der Meinung sind, dass ich mich nicht in ihre Geschäfte einmischen soll.«

»Was für Männer, was für Geschäfte?«

»Freunde von Bruno Federico. Kennst du ihn?«

»Nur vom Sehen«, sagte Miroslav. »Und was hast du mit dem zu tun?«

»Nichts. Ich habe ihn am Freitag bei Bartolo Monti kennengelernt. Er hat mich zu seiner Geburtstagsfeier eingeladen, die er in der Konoba gefeiert hatte. Monti wollte die alten Häuser in Kras kaufen und renovieren lassen und hat es den Leuten am Abend gesagt. Dann tauchte Bruno auf und machte Stress, weil ihm Montis Idee gar nicht gefiel. Na ja, am nächsten Morgen war Monti tot. Angeblich hatte er einen Herzanfall, und ich, beziehungsweise der kleine Hund, den ich dabei habe, hat ihn gefunden.«

»Ach so, aber was haben jetzt die Männer, vor denen du dich versteckst, damit zu tun?«

»Das würde mich auch interessieren.« Prohaska schien nicht der richtige Moment zu sein, Montis Schatz und die Höhle zu erwähnen. »Kanntest du eigentlich Bartolo Monti?«

Ein leises Klopfgeräusch war zu hören. Valentina, die gerade die Spülmaschine einräumte, griff nach ihrem Smartphone, das in ihrer hinteren Hosentasche steckte, strich über den Bildschirm, las die Nachricht, und als sie das Handy wieder einsteckte, stieß sie eine Tasse um, die auf den Boden fiel und zerbrach.

»Hey, was ist los?«, fragte Miroslav.

»Gar nichts«, sagte Valentina und sammelte die Scherben ein.

Miroslav wandte sich wieder zu Prohaska. »Wo waren wir eben stehen geblieben?«

»Ich fragte, ob du Monti kanntest.«

»Nein, nicht persönlich. Ich komme vor lauter Arbeit hier kaum weg. Aber Valentina und Ines sind befreundet, und so haben wir mitgekriegt, dass er gestorben ist. Und du sagst, du hast ihn gefunden?«

»Ja, ich war wohl zur falschen Zeit am falschen Ort. Das passiert mir manchmal.«

»Dann du hast die Polizei benachrichtigt?«

»Ja, sicher.« Er drückte die Zigarette im Aschenbecher aus und stand langsam auf. »Vielen Dank für alles. Der Schafskäse ist wirklich sehr, sehr gut. Ich nehme etwas mit, bevor ich nach Rovinj zurückfahre. Freunde von mir haben dort ein Lokal. Vielleicht kommt ihr ins Geschäft.«

»Oh, das wäre nicht schlecht, danke.«

»Ich habe zu danken.«

Miroslav schüttelte Prohaska die Hand und schlug ihm mit der anderen freundschaftlich auf die schmerzende Schulter.

»Du bist hier immer willkommen.«

Prohaska war sich dessen nicht so sicher. Er lächelte und ging zur Tür, wo Bello schon ungeduldig wartete.

»Ach, könnte ich vielleicht noch eine Schmerztablette haben?«

»Natürlich, ich hole sie gleich«, sagte Valentina.

*

Prohaska lag auf dem Bett und versuchte eine Position zu finden, in der die Schmerzen einigermaßen erträglich waren. Er sah seine E-Mails durch, aber niemand hatte ihm geschrieben. Aus den Augen, aus dem Sinn, dachte er und strich über den Bildschirm, um den Wecker zu stellen. Bello sprang auf und trippelte zur Tür, an der im selben Moment jemand klopfte. Wieso bellt er jetzt nicht, fragte sich Prohaska, stand auf und öffnete die Tür. Valentina stand davor und hielt ihm eine Schmerztablette hin.

»Ah, vielen Dank«, sagte Prohaska.

Sie gab ihm die Tablette, machte jedoch keine Anstalten zu gehen.

»Tut es arg weh?«, fragte sie leise.

»Nein, nein, es ist alles nicht so wild.«

»Kann ich kurz reinkommen?«

»Aber ja, bitte.«

Prohaska ging zur Seite, Valentina trat ein, schloss die Tür und blieb da stehen.

Bello, der zwischen ihnen stand, schaute von einem zum anderen und trottete dann zum Bettvorleger.

»Nehmen Sie doch Platz.«

»Danke.«

Valentina setzte sich in den einzigen Sessel im Zimmer, der neben einem kleinen Tisch stand.

»Einen Moment bitte, bin gleich da.« Prohaska ging ins Bad, füllte das Zahnputzglas mit Wasser und tat eine Tablette hinein. Dann stellte er das Glas auf den Nachttisch und setzte sich aufs Bett.

»Vorhin in der Küche, das war eine Nachricht von Ines«, sagte Valentina.

»Okay.«

Valentina strich sich eine Haarsträhne hinters Ohr. »Antonio hat ihr geschrieben. Die Obduktion hat ergeben, dass Bartolo Monti umgebracht wurde. Die Beerdigung ist am Mittwoch um zwei Uhr. Er wird in der kleinen Kirche unterhalb von Kras aufgebahrt. Sie wird seit ein paar Jahren als Friedhofskapelle genutzt.«

»Und wie ist er gestorben?«

»Das weiß ich nicht, Ines hat nichts darüber geschrieben. Sie hat mir gesagt, dass Sie Polizist sind.«

»Nicht mehr.«

»Schon klar, aber Sie sind hier, befragen die Leute, werden überfallen und zusammengeschlagen, also ermitteln Sie doch in der Sache, oder etwa nicht?«

»Na ja, nicht direkt.«

»Es spielt keine Rolle, ob direkt oder indirekt, Sie ermitteln.«

»Okay, ich ermittle, aber nur privat.«

Valentina stand auf, ging zum Fenster und schaute hinunter in den Hof. »Und was passiert jetzt?«

»Was soll denn Ihrer Meinung nach passieren?«

»Na, Montis Mörder läuft noch frei herum.«

»Oder die Mörderin. Ich bin sicher, dass die Polizei ihn oder sie bald finden wird. Es wird sich alles aufklären.«

Valentina drehte sich zu ihm um. »Da wäre ich mir nicht so sicher.« Sie sah wieder in den Hof.

Prohaska wartete, dass sie weiter sprach. Er überlegte, ob er aufstehen und auch ans Fenster gehen sollte, um nachzusehen, ob unten jemand war, der sie so nervös machte, aber dann tat er es doch nicht, weil sie wieder vom Fenster abrückte.

Die Tablette hatte aufgehört zu schäumen. Er nahm das Glas und leerte es auf einen Zug.

»Werden Sie bei der Beerdigung sein?«, fragte sie.

»Ja.«

»Und was machen Sie morgen?«

»Ich muss noch ein paar Dinge erledigen.«

»In Kras?«

»Unter anderem.«

»Tja, dann gehe ich jetzt lieber. Wir sehen uns morgen früh, oder?«

»Vielleicht.«

»Gut. Soll ich Sie wecken? Ich muss um halb neun bei der Arbeit sein.« Sie ging zur Tür, machte sie aber nicht auf.

»Danke, aber ich habe mir vorhin den Wecker gestellt. Wo arbeiten Sie eigentlich?«

»In einem Bistro in Pazin.«

Prohaska stand auf, um sich zu verabschieden, Bello sprang auf und gab einen winselnden Laut von sich. Valentina strich ihm zärtlich über den Rücken. »Sei schön brav«, sagte sie, und Bello beruhigte sich. Als sie sich wieder aufrichtete, stand sie Prohaska auf eine Armlänge gegenüber.

»Falls Sie etwas wissen, das zur Aufklärung des Mordes an Monti beitragen könnte, müssen Sie es unbedingt der Polizei melden.«

»Was sollte ich denn wissen?«

»Keine Ahnung.«

»Ich weiß gar nichts.«

»Vor wem haben Sie Angst, Valentina?«

»Vor niemandem«, sagte sie leise, kam dicht an ihn heran und küsste ihn auf den Mund.

Prohaska war so perplex, dass er es einfach geschehen ließ. Dann zog er sie fest an sich, küsste sie noch einmal und ließ sie erst los, als sie sich von ihm löste, um Luft zu holen.

Sie sah ihm in die Augen, drückte ihn sanft aufs Bett zurück und streifte ihren Pullover glatt.

»Gute Nacht, Joe«, sagte sie und schloss die Tür hinter sich.

Prohaska ließ sich auf den Rücken fallen, breitete die Arme aus, schloss die Augen und lächelte. Und auf einmal waren seine Schmerzen verschwunden.

Dienstag

Das laute Hundegekläff unter seinem Fenster weckte Prohaska aus dem Tiefschlaf. Er wälzte sich auf die Seite und sah auf seine Armbanduhr, die auf dem Nachttisch lag. Es war fünf Minuten vor halb sieben. Am liebsten wäre er liegen geblieben, doch dann fiel ihm ein, dass er etwas Wichtiges erledigen musste. Er schwang sich aus dem Bett und stolperte über Bello, der direkt davor saß und ihn jetzt auch ankläffte.

»Mensch, dich hab ich doch glatt vergessen, tut mir leid«, murmelte Prohaska und ging ans Fenster. Draußen dämmerte der Morgen. Eine Lampe, die irgendwo unten an der Hauswand hing, erleuchtete den Hof, und Prohaska sah, wie Miroslav, Elvir und Ismail ins vordere Gebäude hineingingen.

»Ja, der frühe Vogel fängt den Wurm«, sagte Prohaska, eilte ins Bad, putzte sich die Zähne und zog sich hastig an.

Ein paar Minuten später war er in der Küche, wo nur das Licht über dem Herd brannte. Auf dem Tisch standen mehrere Tassen, eine halbleere Kanne mit Kaffee, Brot und natürlich Käse. Bello lief zum Futternapf, in dem ihm Valentina gestern Hundefutter hineingetan hatte. Prohaska öffnete einen Unterschrank, fand die Packung Trockenfutter, schüttete eine Handvoll in den Napf und stellte eine Schüssel mit Wasser dazu. Branka war offenbar auch schon auf den Beinen. Ihre ausgelatschten Pantoffeln standen neben der Küchentür. Valentina und die Großmutter schliefen hoffentlich noch. Prohaska schenkte sich eine Tasse Kaffee ein und leerte sie in einem Zug. Dann holte er von der Anrichte im Flur, wo das Telefon stand, Zettel und Kugelschreiber, eilte wieder in die Küche, stürzte auch den zweiten Kaffee hinunter, schrieb ein paar Zeilen an Valentina und lehnte den Zettel an die Kaffeekanne. Bello kam zu ihm und stupste ihn mit der Schnauze an.

»Du hättest mir ruhig sagen können, dass du Valentina kennst«, sagte Prohaska und band Bellos Leine an ein Tischbein. »Tut mir echt leid, aber jetzt musst du dableiben.«

Der Hund sah ihn irritiert an.

»Sei bitte leise. Wir sehen uns bald.« Prohaska strich ihm übers Fell, schnappte den Rucksack, verließ das Haus und rannte zu seinem Auto, in der Hoffnung, keinem der anderen zu begegnen.

Er hatte Glück.

*

Zwanzig Minuten später stellte er den Wagen hinter der kleinen Kirche ab. Er war Atheist, dennoch schickte ein kleines Gebet gen Himmel, damit um diese frühe Stunde keiner auf die Idee kam, ausgerechnet hier nach ihm zu suchen. Er schaltete die Lautstärke am Handy ab, stieg aus, holte den Stock aus dem Kofferraum und machte sich eilig auf den Weg. Dass er so bald wieder hier herumlaufen würde und dann auch noch mit Schmerzen, hatte er eigentlich nicht vorgehabt. Aber er musste noch einmal zu der Stelle am Abgrund, wo er Ines getroffen hatte, weil er sich vergewissern wollte, ob seine Vermutung richtig war. Er hätte sie ja auch fragen können, aber er hatte es einfach vergessen. Vielleicht wusste Valentina auch Bescheid, aber auch sie konnte er nicht fragen, da er noch nicht sicher war, wem er überhaupt trauen konnte. Natürlich, er hätte die Polizei benachrichtigen können. Aber das würde er ohnehin bald tun müssen. Prohaska blieb stehen und zog die Visitenkarte von Inspektor Kos aus der Jackentasche. Dann ging er weiter und versuchte gleichmäßig und nicht zu schnell zu laufen, damit er den Weg zurück ohne Probleme schaffte. Sobald diese Sache geklärt und er wieder zuhause war, würde er sich um seine Fitness kümmern. So wie im Moment ging es jedenfalls nicht weiter, schließlich war er noch nicht einmal fünfzig. Seine Gedanken kehrten immer wieder zu Valentina. Er lächelte und schüttelte den Kopf. Was war nur in sie gefahren? Sie kannte ihn doch gar nicht. Und lief da etwas mit Ismail? Vielleicht, vielleicht auch nicht. Oder es war einseitig, und Valentina wollte gar nichts von dem Mann. Er aber von ihr. Belästigte er sie am Ende? Sie war die Tochter seines Chefs. Und Miroslav würde es bestimmt nicht gutheißen, wenn seine Tochter ein Techtelmechtel mit einem seiner Arbeiter, einem Schäfer, hätte. Dazu noch einem aus dem Kosovo. Die meisten Leute hier hegten immer noch, oder schon wieder große Vorbehalte gegen die armen »Südländer«, gegen Serben, Montenegriner, Makedonier,

Kosovaren, Moslems überhaupt, auch wenn man nach außen tat, dem sei nicht so. Und vor allem dann, wenn es um die eigene Familie ging. Klar, als »Gastarbeiter« waren die natürlich willkommen, aber alles andere, Gott behüte, kam nicht infrage, da war sich Prohaska ziemlich sicher, und so schätzte er Miroslav und seine Frau auch ein. Anderseits, vielleicht tat er ihnen unrecht. Er war doch auch nicht frei von Vorurteilen. Niemand war das. Elvir und sein Bruder waren schwer arbeitende Männer, fern von daheim und ihren Familien. Was maßte er sich an, über sie zu urteilen? Und wenn Valentina mit diesem Ismail etwas hatte oder immer noch hat, na und? Das war nicht sein Problem. Und dass sie ihn geküsst hat, hieß wahrscheinlich auch nichts. Vielleicht war die junge Frau noch auf der Suche nach dem richtigen Partner, oder sie tat einfach immer nur das, worauf sie Lust hatte.

Ach, was machte er sich überhaupt für Gedanken?! Sie hatten sich geküsst, nichts weiter. Darauf konnte er sich jetzt vielleicht etwas einbilden, aber er durfte es nicht überbewerten. Andererseits, grübelte Prohaska, er hätte sie vielleicht nicht gehen lassen sollen. Hatte er sie damit gekränkt? Es wäre bestimmt eine wunderbare Liebesnacht geworden. Hatte sie das erwartet? Er wusste es nicht. Wenn er ganz ehrlich war, dann war sie eigentlich gar nicht sein Typ. Gut, dass nichts weiter gewesen war. Aber natürlich, wenn sie darauf bestanden hätte, wer weiß, vielleicht hätte er sich doch hinreißen lassen. Ganz bestimmt hätte er das. Auch wenn er seine Gefühle meistens im Griff hatte und nach außen den Coolen spielte, überließ er den Frauen gerne die Initiative. Das war schon so bei seiner viel zu früh verstorbenen Frau Helga gewesen. Und auch bei Martha, die jetzt in Wien an ihrem Roman schrieb und mit ihrem langweiligen Mann schlief. Ach, soll sie doch! Und jetzt war es bei Valentina genauso. Nur bei Nora war es anders gewesen. Sie wollte von ihm absolut nichts, aber auch von keinem anderen Mann. Im Gegenteil, sie hasste alle Männer. Was er im Nachhinein gut verstehen konnte. Wo sie jetzt wohl sein mochte, fragte sich Prohaska und stellte zu seinem Erstaunen fest, dass er fast das Ende des Wegs erreicht hatte.

Er blieb stehen, sah sich um und horchte. Die Stille war überwältigend, denn außer seinem eigenen Atem und dem leichten Rascheln des Windes in den kahlen Baumkronen war nichts zu hören. Hinter dem dunklen Bergrücken der Učka leuchtete der neue Morgen, ein heller Streifen zwischen schweren, bleiernen Wolken, die einfach nicht abziehen wollten. Die Luft war kalt und Prohaska bildete sich ein, dass sie nach Schnee roch. Schon als Kind fand er den Geruch des Schnees, falls es den überhaupt gab, faszinierend. In den Spalten und Rissen am milchiggrauen Kalkfelsen zu seiner Rechten und im Schatten des steilen Berghangs zu seiner Linken hatte sich an den Gräsern und Zweigen Raureif gebildet. Wenn er jetzt bloß die Kamera dabei hätte, würden wunderbare Bilder entstehen. Er holte sein Handy und machte ein paar Aufnahmen, um diese Landschaft und die düstere Morgenstimmung einzufangen.

Bis zum Abgrund waren es noch wenige Schritte. Prohaska ging vorsichtig zum Rand und schaute in die Tiefe. Dabei hielt er sich am Ast eines Baumes fest, der dort stand. Er war nicht sicher, ob er wirklich schwindelfrei war und wollte es auch nicht unbedingt jetzt wissen. Ein Seil hatte er natürlich nicht mitgenommen, er war ja auch kein Kletterer. Das letzte Mal, dass er sich in dieser Disziplin versucht hatte, war, als er ungefähr zehn oder elf Jahre alt war. Damals war er mit seinen Eltern in Vorarlberg im Urlaub gewesen. Sie fuhren jeden Sommer nach Istrien und zu Vaters Verwandten in Slawonien, aber im Herbst ging es oft übers Wochenende an den Bodensee oder auf die nahe gelegene Schwäbische Alb oder eben nach Österreich. Seine Alten waren leidenschaftliche Wanderer, schwärmten von der guten Luft, gesunden Bewegung und den gemütlichen Abenden in irgendwelchen Gasthöfen, doch er fand das alles eher stinklangweilig. Jetzt verstand er sie besser, aber ein echter Bergwanderer würde er bestimmt nicht mehr werden.

Er nahm das Handy, streckte den Arm über den Abgrund und drückte auf den Auslöser. Nach mehreren Versuchen hatte er das Ding, was da unten lag, herangezoomt und machte weitere Fotos. Dann schaute er noch einmal hinunter und machte sich auf den Rückweg.

Kurz nach neun Uhr war er wieder vor der kleinen Kirche. Die Wolken hingen noch tiefer, und wenn sie der Wind nicht bald auseinander trieb, würde es den ganzen Tag düster und kalt bleiben.

Prohaska stieg in den Wagen und fuhr nach Kras, parkte vor dem Wehrturm und ging dann in sein Appartement, ohne sich bei seiner Wirtin zu melden, auch wenn es ihn sehr nach einem Kaffee gelüstete. Er wusste, wo er einen bekommen würde. Spätestens wenn einer der Bewohner sein Auto sieht, würde sich die Nachricht rasch verbreiten, dass er doch nicht tot war. Und genau das war seine Absicht. Jetzt aber musste er erst einmal duschen.

*

Er hatte sich noch nicht richtig abgetrocknet, als sein Handy auf der Ablage neben dem Waschbecken zu vibrieren begann. Das ist bestimmt Valentina, die seinen Zettel gefunden hatte, dachte Prohaska, wickelte sich das Handtuch um die Hüften und meldete sich ohne auf die Nummer zu achten mit einem munteren »Na, hast du gut geschlafen?«

»Danke der Nachfrage, und selbst?«, fragte Inspektor Rossi zurück.

Prohaska lachte auf. »Ah, Sie sind es, wie geht's?« Er ging in die Küche, fingerte eine Zigarette aus dem Päckchen, zündete sie an, öffnete das Fenster und nahm einen tiefen Zug.

»Wie immer, viel Arbeit und wenig Brot. Ich nehme an, Sie sind wieder irgendwo in den Bergen. Jedenfalls klingen Sie sehr fit.«

»Ach, hört man das?« Prohaska befühlte seine rechte Hüfte, an der ein handtellergroßer blauer Fleck war.

»Aber ja.«

»Und was verschafft mir die Ehre so früh am Tag?«

»Ich habe vor ein paar Minuten mit Inspektor Kos telefoniert«, sagte Rossi. »Wir sprachen unter anderem über das Obduktionsergebnis im Fall Monti.«

»Und was kam dabei heraus?«

»Sie hatten recht, der alte Mann wurde umgebracht.«

»Ich weiß.«

»Woher?«

»Über ein paar Ecken, allerdings kenne ich keine Details.«

»Sie wissen, dass ich Ihnen streng genommen nichts erzählen darf, aber da ich Sie kenne und weiß, dass Sie trotz meiner Warnung in der

Sache wie auch immer ermitteln und sich dadurch vielleicht strafbar machen … also Folgendes und rein informativ. Und vor allem: die Information haben Sie nicht von mir.«

»Natürlich nicht.«

»Wie Sie wissen, hatte Bartolo Monti einen Herzschrittmacher und zwei Bypässe. Und wie von seinen Angehörigen vermutet, erlag er einem Herzinfarkt. Allerdings kam es zu diesem nicht spontan, vielmehr wurde dieser bewusst herbeigeführt, und zwar durch mehrmaliges Verwenden eines Elektroschockers. Dadurch kam es zu Muskellähmungen und Herzstillstand. Die Brandverletzungen auf seinem Oberkörper sind eindeutig. Die Schädelverletzungen stammen von einem stumpfen Gegenstand, genauer einem der Steine, die am Tatort gefunden wurden. Aber es ist noch nicht eindeutig geklärt, wie es passiert ist, sprich, ob sein Mörder ihn nach der Attacke mit dem Elektroschocker erschlagen hat, weil er sicher gehen wollte. Es lässt auch nicht mit Sicherheit sagen, ob Monti beim Sturz das Holzregal selbst umgeworfen hat, oder ob es der Mörder getan hat.«

»Danke Inspektor. Jetzt muss man nur herausfinden, wer so ein Gerät hier hat.« Prohaska machte die Zigarette im Spülbecken aus und schloss das Fenster.

»Ja, wenn Sie schon mal da sind. Die Kollegen aus Pazin werden sicher demnächst auftauchen.«

»Verstehe. Könnten Sie mir noch einen kleinen Gefallen tun?«

»Kommt ganz darauf an, wie klein der wäre.«

»Es geht um eine Ines Federico, beziehungsweise die Namen ihrer Eltern. Sie ist Mitte zwanzig, wurde angeblich in Triest geboren und hat eine Weile in Venedig gewohnt. Ihr Vater ist eventuell Bruno Federico. Er stammt aus Kras und wurde Anfang oder Mitte der Sechzigerjahre in Triest geboren. Was er beruflich gemacht hat, weiß ich nicht. Jedenfalls soll er mit einer Italienerin kroatischer Abstammung verheiratet gewesen sein. Das Paar hat eine Tochter bekommen, aber Bruno soll die Familie bald darauf verlassen haben. Er kam Anfang der Neunziger nach Istrien, hat sich freiwillig bei der kroatischen Armee gemeldet, wurde kurze Zeit später verletzt und ging nach Italien zurück. Jetzt lebt er wieder in Kras und hat angeblich Kontakte zu Rechtsradikalen im Ausland.«

»Ist das alles? Und wieso können Sie die nicht selbst danach fragen? Das wäre doch viel einfacher.«

»Klar wäre das einfacher, aber ich muss mich bedeckt halten. Ines vertraut mir, hoffe ich zumindest. Und Bruno würde mir ganz bestimmt nicht antworten wollen. Es ist schwierig.«

»Na gut, ich schau mal, was sich finden kann. Noch etwas?«

»Ja, wenn wir schon dabei sind, würde mich auch der Mädchenname von Montis zweiter Frau, beziehungsweise jetzt Witwe, Stella interessieren.«

»Irgendwelche Anhaltspunkte? Geburtsort oder früherer Aufenthalt.«

»Leider nein. Monti hat mir nur erzählt, dass sie viele Jahre in Österreich als Kellnerin gearbeitet hat. Ihr Sohn Antonio war in der Zeit bei ihren Eltern. Ich weiß nicht, ob sie vor Monti verheiratet war und auch nicht, wo sie sich kennengelernt haben. Werde aber versuchen, es noch herauszubekommen.«

»Und wo ist sie jetzt?«

»In Opatija. Monti hat dort ein Haus.«

»Na, dann ist sie vielleicht dort gemeldet.«

»Keine Ahnung.«

»Okay, ich erkundige mich.«

»Vielen Dank. Hat Inspektor Kos erwähnt, wann er hier sein will?« Prohaska schob den Ärmel hoch und warf einen Blick auf seine Armbanduhr. Es war fünf Minuten nach halb zehn.

»Nein, aber sicher bald. Ich habe ihm übrigens gesagt, dass Sie ein ausgezeichneter Ermittler sind und er Sie, natürlich nur, wenn er möchte, mit ins Boot nehmen kann. Ich weiß aber nicht, ob er es auch macht.«

»Wir werden ja sehen. Danke für die Infos, Inspektor, ich hoffe, ich kann mich irgendwann revanchieren.«

»Wir werden ja sehen«, echote Rossi und lachte. »Bis später dann.«

»Ja, bis später.«

Prohaska unterbrach die Verbindung, zog sich an und verließ das Appartement.

*

Die Konoba war noch geschlossen. Er ging ein paar Häuser weiter, blieb vor Katarinas Haus stehen und läutete. Zunächst rührte sich nichts, doch dann hörte er leise Schritte näher kommen. Die Tür ging einen Spalt auf, und die alte Frau sah zu ihm hoch.

»Ach, Sie sind es.«

Prohaska lächelte. »Guten Morgen, bitte entschuldigen Sie, dass ich Sie störe, aber ich müsste kurz mit Ihnen reden.«

»Kommen Sie herein. Wir gehen in die Küche, da ist es wärmer. Möchten Sie einen Kaffee?«

»Ja, gerne.«

Sie schloss die Tür und ging vor, wobei sie sich auf einen Stock stützte. Prohaska warf einen Blick ins Wohnzimmer, das wie bei vielen Leuten, die er hier inzwischen kannte, kaum oder nur an Feiertagen, wenn Gäste kamen, benutzt wurde. Die Möbel waren vermutlich älter als Prohaska. Eine Anrichte aus dunkel lackiertem Holz mit verzierten Messinggriffen sah edel aus, um einen langen ovalen Tisch standen gepolsterte Sessel mit hoher Rückenlehne, auf dem dunkelroten Dreisitzer mit geschwungenem Holzrahmen lagen gehäkelte Zierkissen und alte Porzellanpuppen. Ein orientalischer Teppich bedeckte den Dielenboden, die Luft duftete nach Lavendel. Was sie wohl früher von Beruf war, hatte sie überhaupt gearbeitet oder war eine gut situierte Witwe, hätte er zwar gerne interessenhalber gefragt, aber das war nicht der Anlass seines Besuchs.

Katarina setzte sich auf die Küchenbank und lehnte ihren Gehstock neben sich.

»Holen Sie sich eine Tasse, da aus dem Schrank hinter Ihnen, zweite Tür links. Wenn Sie rauchen wollen, bitte, der Aschenbecher ist da drüben«, sie deutete zum Fenster.

»Danke.« Prohaska nahm einen Becher, setzte sich ihr gegenüber und schenkte sich Kaffee ein. »Wohnen Sie hier ganz allein?«, fragte er im Plauderton und trank einen Schluck.

»Nein, meine Großnichte Sofia und ihre Tochter Laura wohnen im ersten Stock. Sofia arbeitet in Pazin und Laura geht dort in die Schule.«

»Ah, das ist das Mädchen, das bei Montis Geburtstagsfeier ausgeholfen hat?«

»Ja, ja, ein liebes Kind. Aber sie leidet immer noch unter der Trennung ihrer Eltern.« Katarina nippte an ihrem Kaffee. »Bitte, greifen Sie zu«, sie deutete auf den Tisch, auf dem ein Körbchen mit Weißbrot, eine Butterdose und ein Teller mit Käse lagen. »Wenn Sie ein Ei möchten, müssen Sie es sich selbst kochen oder braten.«

»Vielen Dank, aber ein Kaffee reicht vollkommen.«

»Ich habe mich schon gefragt, wann Sie kommen würden.«

»Tatsächlich?«

»Ja sicher, was wollen Sie von mir wissen?«

»Sie kannten Bartolo Monti seit seiner Kindheit, nehme ich an …«

Katarina nickte, doch dann wurde Prohaska bewusst, dass dieses leichte Wackeln des Kopfes gar nicht aufhörte und sie wahrscheinlich an Parkinson litt.

»Der arme Bartolo. Dass er so enden musste. Ich habe gehört, dass er morgen hier auf dem Friedhof beigesetzt wird, neben seiner Mutter.«

»Wie war er so als Kind?«

»Er war ein stiller und verängstigter Junge, aber das waren damals alle, schließlich war ja Krieg. Hinzu kam, dass sein Vater ein schlimmer Choleriker war. Er duldete keinen Widerspruch, und wenn es doch welchen gab, bekam der Junge eine Tracht Prügel. Und bei Montis gab es oft Streit, das wusste jeder hier. Als dreiundvierzig die Italiener aus Istrien vertrieben wurden, verschwand auch sein Vater. Später hieß es, er sei bei einem Massaker umgekommen, weil er Faschist war. Na, jedenfalls war er weg, und so blieb Marija mit dem Jungen allein. Dann bekam sie Magdalena. Von einem anderen. Ich war damals Anfang zwanzig und bin dreiundvierzig mit ein paar anderen zu den Partisanen gegangen. Als Italien kapitulierte, kamen die Deutschen. Wir überfielen einen Zugtransport, zerstörten Eisenbahnbrücken, um sie aufzuhalten, aber es half nicht viel. Natürlich suchten sie nach uns. Pazin wurde bombardiert, wir hatten kaum zu essen. Eine sehr harte Zeit. Wir versteckten uns in den Wäldern, im Karst oder in verlassenen Häusern. Es gab Überläufer und Verräter, die mit dem Feind zusammenarbeiteten. Vor denen hatten wir am meisten Angst, vor allem wir Frauen. Wir mussten das Essen besorgen, kochen, uns um die Verwundeten kümmern und immer damit rechnen, dass man uns gefangen nimmt und Schlimmes antut. Sie wissen, was ich meine. Es gab Plünderungen, Erschießungen, Hunger. Manchmal frage ich mich, wie ich das alles überhaupt überlebt habe. Aber wenn man jung ist, geht alles.«

Prohaska sah verstohlen auf seine Armbanduhr. Wenn sie in diesem Tempo weiter erzählte, würde er noch am Abend hier sitzen. Aber er wollte sie nicht zu sehr drängen.

»Apropos Plünderungen. Wissen Sie eigentlich etwas von einer Kiste mit Schmuck, die damals gestohlen wurde?«

Katarina starrte ihn sekundenlang an. »Was für eine Kiste? Was für Schmuck? Wir hatten damals kaum etwas zum Essen, und wenn wir irgendwelche Kisten hatten, dann mit Waffen und Munition, die wir dem Feind im Kampf abgenommen hatten. Hätte irgendjemand eine Kiste mit Schmuck gefunden, beschlagnahmt oder gestohlen, dann hätte sich das sofort herumgesprochen. Ich jedenfalls weiß nichts davon. Und wem soll der Schmuck gehört haben? Wie kommen Sie überhaupt auf so etwas?«

Prohaska überhörte die letzte Frage. »Die Sachen gehörten wahrscheinlich den deportierten Italienern, die es dalassen wollten, falls sie irgendwann zurückkommen, oder man hatte es ihnen einfach weggenommen und dann irgendwo versteckt, zum Beispiel beim Pfarrer oder in einer Kirche, und dann wurde es von dort gestohlen.«

»Im Krieg wurden tausende Menschen umgebracht und vertrieben, aber nicht nur Italiener, sondern auch Slowenen und istrische Kroaten, die zu den Partisanen gingen oder sie unterstützten. Grausamkeiten aller Art, Racheakte, Vertreibung und Tod gab es auf allen Seiten. Sie als Deutscher müssten es doch am besten wissen. Man hat den Menschen alles abgenommen, Geld, Schmuck, manchen schlug man die Zähne aus, um ans Gold zu kommen, und nachdem man sie erschlagen, erdrosselt, abgestochen oder erschossen hat, warf man sie in die Foiben. Doch das kam erst viele Jahre später ans Licht. Dieses düstere Kapitel ist bis heute nicht vollständig aufgeklärt.« Katarina verstummte, ihre Hand zitterte, als sie die Kaffeetasse abstellte. »Wieso interessieren Sie sich eigentlich für den Krieg?«

»Na ja, ich mache ein Buch über Istrien«, erwiderte Prohaska und lächelte. So wie es aussah, wusste Katarina tatsächlich nichts von Montis Schatz. Oder sie bluffte einfach gut.

»Ach so, deshalb. Dann sollten Sie nach Pazin gehen und im Museum nachfragen. Dort erfahren Sie alles, was Sie wissen wollen.«

»Ja, das mache ich auf jeden Fall. Sie sagten vorhin, dass die Beerdigung morgen ist. Dann wissen Sie ja sicher auch, dass Bartolo Monti nicht an einem Herzinfarkt gestorben ist, sondern umgebracht wurde?«

»Natürlich, das weiß doch jeder hier.«

»Können Sie sich vorstellen, wer Bartolo …?«

»Woher soll ich das wissen?«, unterbrach sie ihn empört. »Warum wollen Sie das überhaupt wissen? Unsere Polizei wird den Mörder schon finden.«

»Bestimmt. Vielen Dank, dass sie sich so viel Zeit genommen haben und danke für den Kaffee.«

Katarina winkte müde ab. »Sie finden sicher allein hinaus.«

Prohaska stand auf und stellte seine Tasse auf die Spüle. »Ach, fast hätte ich etwas vergessen: Stella hat mir erzählt, dass sich früher ein Verwandter von Ihnen um Montis Haus und Garten in Opatija gekümmert hat.«

»Ja, ja, das war ein Cousin meines verstorbenen Mannes.«

»Und wie hieß er?«

»Meinen Sie meinen Mann oder den Cousin?«

»Beide.«

»Sie sind ganz schön neugierig.«

Prohaska lächelte.

»Mein Mann hieß Vinko Raković. Wir haben uns kurz vor Kriegsende kennengelernt. Er war von Anfang an bei den Partisanen gewesen, später war er Parteifunktionär, aber das ist jetzt nicht wichtig. Wir haben viele Jahre in Zagreb gelebt, ich war Lehrerin. Mitte der Achtzigerjahre, als wir beide in den Ruhestand kamen, sind wir dann hergezogen.«

»Und sein Cousin?«

»Stefan war zehn Jahre jünger als Vinko und lebte mit seiner Familie in Opatija. Er war Elektriker in der Schiffswerft in Rijeka, und als er Rentner wurde, hat er sich als Gärtner oder Chauffeur bei Bartolo etwas dazuverdient. Nach seinem Tod hat das sein Sohn Mario übernommen.«

»Ich nehme an, dass Mario auch zur Beerdigung kommt?«

»Ja, natürlich. Er kam früher oft mit Bartolo hierher, wenn der mal im Lande war, aber seit Stella da ist, war er nicht mehr hier.«

»Verstehe. Ach, noch etwas. Wie hieß Stella eigentlich bevor sie Bartolo geheiratet hat?«

Katarinas Tremor wurde stärker. »Das weiß ich leider nicht.«

Seltsam, dachte Prohaska, sehr seltsam, wo man doch hier fast alles von den anderen wusste.

»Und Magdalena?«

»Wie bitte?«

»Wie ist ihr Familienname?«

»Na, Monti, sie hat nie geheiratet.«

*

Als Prohaska wieder draußen war, war es Viertel nach elf. Er überlegte, ob er zuerst mit Ines reden sollte, doch dann verschob er es auf später und bog in die Gasse, in der Montis Elternhaus stand. Es war kein Mensch zu sehen, obwohl er das Gefühl hatte, beobachtet zu werden. Als sein Handy ein leises Pling von sich gab, blieb er kurz stehen, und als er die Nachricht las, musste er lächeln. Martha schrieb: »Du hast einen Hund? Mei, wie süüüß! Wann bist du denn wieder in K.? LG M.«

Er wollte ihr gerade antworten, aber das Handy, das er zuvor leise gestellt hatte, begann zu vibrieren. Es war Inspektor Rossi.

Prohaska meldete sich.

»Hallo Joe, haben Sie etwas zum Schreiben da?«

»Nein, aber kein Problem.«

»Okay. Also, Bruno Federico wurde 1964 in Triest geboren. Über seine Zeit in Italien kann ich leider nichts sagen, da müsste man die italienischen Behörden fragen. 1992 kam er nach Kroatien, meldete sich freiwillig bei der Armee, wurde kurz darauf verwundet, aber das wissen Sie ja. Danach ging er wohl zurück nach Triest. Seit etwa zwei Jahren lebt er wieder in Istrien. Er ist geschieden, aber aus unseren Registern geht nicht hervor, ob er Kinder hat.«

»Also können Sie nicht feststellen, ob Ines Federico seine Tochter ist?«

»Im Moment nicht, da sie nicht die kroatische Staatsbürgerschaft hat. Als EU-Bürgerin braucht sie weder eine Arbeits- noch eine Aufenthaltserlaubnis, sie müsste jedoch bei der zuständigen Polizeibehörde ihren hiesigen Wohnort gemeldet haben, aber das kann Inspektor Kos leicht abklären.«

»Okay, danke.«

»Was die Daten von Montis zweiter Frau Stella betrifft, so finde ich leider nichts, da die beiden wahrscheinlich in den USA geheiratet haben. Wenn ich ihren Geburtsort hätte, könnte ich dort anfragen, ob die Eheschließung hier gemeldet wurde, das heißt ob sie in Kroatien anerkannt wurde. Mehr kann ich im Moment nicht sagen.«

»Vielen Dank für Ihre Mühe, Inspektor.«

»Keine Ursache.«

Prohaska trennte die Verbindung, steckte das Handy ein und ging weiter. Er war ein wenig enttäuscht, doch daran war jetzt auch nichts zu ändern. Rossi hatte sein Möglichstes getan und hielt ihm sogar den Rücken frei gegenüber diesem Kos. Das war schon mehr, als er erwarten durfte. Ob Ines bei den Behörden gemeldet war oder nicht, war im Moment zweitrangig. Viel wichtiger erschien ihm die Frage, ob Bruno Federico tatsächlich ihr Vater war und ob er das auch wusste. Aber wusste es auch Ines? Wenn ja, warum verschwieg sie es? Katarina wusste natürlich, wie Stella vor der Heirat geheißen hat und auch woher sie stammte, aber sie wollte es ihm nicht sagen. Warum eigentlich nicht?

Zum ersten Mal nach sehr langer Zeit bedauerte Prohaska, dass er kein Polizist mehr war. Wäre er jetzt einer, könnte er ganz leicht an Informationen kommen. Aber vor allem stünde er nicht so allein da und könnte sich mit Kollegen besprechen und austauschen, Spuren auswerten und Zusammenhänge beleuchten. Doch er vertrieb solche Gedanken. Er müsste eben auf seine Weise herausfinden, wer Bartolo Monti auf dem Gewissen hatte. Und er glaubte auch zu wissen, wer es gewesen war, aber es fehlten noch ein paar Puzzleteile, damit das Bild vollständig wird. Sobald er die gefunden hatte, würde er mit Inspektor Kos reden.

Ein paar Minuten später stand er vor Montis Elternhaus. Seltsam, dass ihm immer noch kein Mensch begegnet war. Die Leute saßen wohl lieber an ihrem warmen Ofen. Valentina hatte sich auch noch nicht gemeldet, obwohl er ihr seine Handynummer aufgeschrieben hatte. Er kannte sie im Grunde gar nicht und konnte sich nicht erklären, warum sie nicht reagierte. Aber auch das musste jetzt warten. Zuerst wollte er sich in diesem leeren Haus ein wenig umsehen.

Die niedrige Holztür an der Hofinnenseite war angelehnt, das verrostete Schloss hing an einem einzigen Nagel am Türblatt. Prohaska drückte die Tür mit einem Finger auf und betrat einen niedrigen Raum, der als Abstellkammer oder Keller diente. Die Luft roch nach Feuchtigkeit und Mäusekot. Auf dem Boden lag ein Haufen verrosteter Werkzeuge, Harken, Rechen, Schaufeln, ein Pflug, mehrere Holzkübel, Eimer und sonstiger Kram. Von den Balken hingen Spinnweben, Staub lag überall, hinter einer Holzkarre sah er in der Ecke große Holzfässer. In der Wand neben einer abgewetzten Holztreppe, die in die Wohnräume führte, befand sich eine etwa dreißig Zentimeter große Luke, durch die ein wenig Licht hereinfiel.

Prohaska ging nach oben. Die Tür am Ende der Treppe stand einen Spalt offen. Er machte sie auf und stand in der Küche. Auf einer Kredenz, dem Esstisch mit vier Stühlen, auf der niedrigen Liege und dem gusseisernen Herd lag dicker Staub. Er durchquerte den Raum und ging über eine quietschende Treppe in den ersten Stock. Im Zimmer zum Garten stand ein alter, leerer Kleiderschrank, das Holzgestell eines Doppelbetts mit hohen Kopfteilen, Nachtschränkchen und eine Kommode mit einem ovalen, längst blind gewordenem Spiegel. Offensichtlich war dies das Elternschlafzimmer. Das Zimmer zur Straße war wohl Bartolos Kinderzimmer gewesen. Hier stand ein wackeliger Tisch, ein Stuhl neben einem mit Brettern zugenageltem Fenster, ein schmales Bett mit einer von Mäusen und Motten zerfressenen Strohmatratze und ein Nachtschränkchen, unter dem sich die Holzdielen wohl wegen der Feuchtigkeit schon nach oben bogen und unter Prohaskas Gewicht ächzten.

Prohaska ersparte sich, auf den Dachboden zu steigen und ging hinunter. Als er wieder in der Abstellkammer stand, nahm er den Geruch wieder wahr, der aus der Ecke mit den Fässern zu kommen schien. Er ging näher, aber das vordere Fass war leer, abgesehen von irgendwelchen alten Lumpen, die darin lagen. Das andere Fass stand auf einem gemauerten, etwa einen Meter hohen Podest. Prohaska streckte sich, griff mit der Hand hinein, aber das Fass hatte einen Deckel. Er kletterte aufs Podest, wobei er sich mit einer Hand am Fass abstützte. Der Deckel war aus neuen Latten zusammengezimmert und am Rand mit alten, stinkenden Lumpen abgedichtet. Prohaska zog sein Taschenmesser aus der Hosentasche und pulte ein langes Stück Stoff heraus. Der süßliche Geruch verschlug ihm den Atem. Seine Alarmglocken begannen zu schrillen.

»Bitte, nicht schon wieder«, murmelte er, sprang herunter, rannte hinaus, fingerte die Visitenkarte von Inspektor Kos aus der Tasche und wollte ihn schon anrufen, doch dann steckte er sie wieder ein. Wer immer in diesem Fass lag, musste noch ein wenig warten. Und als sei nichts gewesen, ging er die Gasse hinunter, bog nach links und hielt vor Bruno Federicos Gartentor. Der Hof war leer. Weder Brunos Auto noch die Motorräder waren zu sehen. Entweder hatten sich die Typen versteckt, oder sie konnten doch noch selbst fahren und waren inzwischen über alle Berge. Brunos Schäferhund war auch nicht da, das schiefe Hundehäuschen auf der anderen Seite des Hofs war leer.

Prohaska war es mehr als recht, dass Bruno nicht da war. So hatte er wenigstens Zeit, noch eine Sache zu klären, bevor er Inspektor Kos anrief. Er sah sich kurz um, rüttelte am Gartentor, aber es war abgeschlossen. Also ging er die Gasse ganz hinunter, bog links auf den Weg, der um den Ort führte, kletterte auf die etwa zwei Meter hohe Steinmauer, rannte geduckt zum Innenhof, schaute in der Scheune nach, aber da lagen nur ein paar übereinander gestapelte Heuballen und Gartengeräte. Unter der Veranda sah er eine Tür, ging hin, aber auch sie war abgeschlossen. Also stieg er schnell die Treppe zur Veranda hoch, die Haustür war zu, aber Bruno hatte es wohl eilig gehabt und hatte vergessen, ein Fenster richtig zuzumachen. Prohaska musste es nur leicht aufdrücken, sich hoch hieven, und schon war er in Federicos Küche. Dass in dem Haushalt eine ordnende Hand fehlte, war nicht zu übersehen. Doch die unzähligen leeren Wein- und Bierflaschen, die auf dem Tisch standen und das ungespülte Geschirr waren Prohaska egal. Er suchte nach etwas anderem. Er schaute ins Wohnzimmer, wo ebenfalls Chaos herrschte. Im Schlafzimmer nebenan sah es auch nicht viel besser aus. An der Wand neben der Tür stand ein alter Sekretär. Die Schubladen waren herausgezogen, die Fächer alle leer. Was auch immer da drin gewesen war, Bruno Federico hatte es mitgenommen. Prohaska machte ein paar Fotos und warf einen Blick ins Badezimmer. Im schmuddeligen Waschbecken lag eine alte Keksdose mit Medikamentenpäckchen, aber er sah weder Pflaster noch Verbandszeug. Also hatte Bruno seinen Kumpel zumindest notdürftig verarztet. Prohaska hoffte, dass er dem Mann nicht wirklich den Arm gebrochen hatte. Obwohl, wenn er es sich recht überlegte, hätte es der Schläger durchaus verdient gehabt.

Als er nach wenigen Minuten am Appartementhaus angekommen war und die Haustür aufschließen wollte, kam die Modrić aus dem Nebenhaus heraus, und so blieb ihm nichts anderes übrig, als abzuwarten, was sie von ihm wollte.

»Hallo Frau Modrić, wie geht's?«

»Gut. Sie sind also wieder zurück? Ich hab mir schon Sorgen gemacht, weil Sie gestern Abend nicht zurückgekommen sind.«

»Ich war bei Bekannten, und es wurde dann sehr spät, man redet und redet und der Wein schmeckt auch. Deshalb …«

»Ja, ja, man soll nicht Autofahren, wenn man zu viel getrunken hat.«

»So ist es.«

»Ich wollte Ihnen eigentlich nur sagen, ich habe gekocht, nichts Besonderes, aber wenn Sie Hunger haben und falls Sie Bohnensuppe mit Rauchfleisch mögen, dann kommen Sie einfach rüber.«

»Das ist sehr freundlich, aber ich weiß noch nicht, ob ich …«

»Wie Sie wollen«, unterbrach sie ihn, winkte und ging langsam zurück ins Haus.

Wie kam er bloß zu dieser Ehre? Dann kam ihm ein Gedanke in den Sinn, der ihm eine leichte Gänsehaut bescherte. Was, wenn diese Einladung eine Falle war? Vielleicht wartete ihr Sohn Marko auf ihn? Andererseits hatte er seinen Wagen nicht gesehen, was nicht heißen musste, dass er nicht doch hier war. Er konnte ihn auch woanders abgestellt haben oder war mit jemand anderem gekommen. Aber das war jetzt auch wurscht. Wenn Marko in Kras war, würde er das noch früh genug erfahren.

Doch warum meldete sich Valentina nicht? Ines war vermutlich in der Konoba, und Stella, Antonio, Vesna und Magdalena bestimmt in Opatija. Bruno war abgehauen, seine zwei Freunde auch.

Und wer war der Tote im Fass?

Als er aus dem Bad kam, ging er in die Küche, trank ein Glas Wasser, zündete sich eine Zigarette an und rief Inspektor Kos an.

»Hallo Herr Inspektor, Prohaska hier. Wo sind Sie gerade?«

»Auf dem Weg nach Kras, und Sie?«

»Ich bin schon da.«

»Gut, wir brauchen noch etwa fünf Minuten.«

»In Ordnung. Ich warte vor dem Kastell.«

Prohaska unterbrach die Verbindung, füllte das Glas noch einmal, löste zwei Teelöffel Zucker darin auf und trank es in einem Zug. Das müsste seine Magennerven für eine Weile beruhigen. Auf die Bohnensuppe würde er verzichten, und falls ihm nachher der Appetit nicht gänzlich verging, könnte er vielleicht noch darauf zurückkommen. Aufgewärmt schmeckte sie ja ohnehin besser. Er drückte die Zigarette aus und ging nach unten.

Zwei Minuten später hielt der Polizeikombi neben Prohaskas Wagen, die Türen flogen auf, und Inspektor Kos und seine Kollegin Mira Kovačević stiegen aus.

Prohaska ging ihnen entgegen.

»Ich nehme an, Sie wissen inzwischen über das Obduktionsergebnis Bescheid«, sagte Kos, während sie sich die Hände schüttelten.

»Ja.«

»Wo können wir ungestört reden?«

»In der Konoba, aber vorher muss ich Ihnen etwas zeigen. Am besten, wir gehen hier lang.« Prohaska zeigte auf den Weg am Ortsrand.

»Was denn zeigen?«, fragte Kos mürrisch.

»Ich bin mir nicht hundertprozentig sicher, aber ich glaube, ich habe einen weiteren Toten gefunden.«

»Das ist doch ein Witz!«, entfuhr es Kovačević.

»Sie glauben? Und wo soll der bitte sein?«, fragte Kos ungehalten.

Prohaska beschleunigte die Schritte.

»In Montis Elternhaus. Ich war nur ein paar Minuten drin, und als ich hinausging, fiel mir dieser typische Geruch auf. Aber Sie können sich gleich selbst überzeugen.«

»Sie waren drin? Sind Sie da etwa eingebrochen?«

»Natürlich nicht, die Tür war offen, das Schloss ist kaputt, da kann im Grunde jeder rein.«

Prohaska ging noch schneller, um diese Sache so bald wie möglich hinter sich zu bringen.

Als sie das Haus erreichten, ließ er den beiden gerne den Vortritt. Der widerliche Geruch hatte sich inzwischen im ganzen Raum verteilt. Mira Kovačević hielt sich Mund und Nase zu. Dann zog sie Plastikhandschuhe aus ihrer Jackentasche und reichte Kos ein Paar.

»In dem Fass da drüben«, sagte Prohaska und blieb in der Nähe der Tür stehen.

Inspektor Kos und Kovačević streiften sich die Handschuhe über, gingen zu den Fässern und zogen die restlichen Stofffetzen unter dem Deckel heraus. Kos nahm ihn herunter und sah ins Fass. Nur ein paar Sekunden. Dann legte er den Deckel wieder auf die Öffnung und schaute zu Prohaska rüber.

»Sie haben einen guten Riecher, wenn ich das so salopp sagen darf.«

Prohaska fiel dazu einfach nichts ein.

Kovačević, die vor dem Fass stand, stellte sich auf die Zehenspitzen, warf einen kurzen Blick hinein.

»Daran werde ich mich nie gewöhnen«, sagte sie, als sie alle wieder draußen standen.

»Ich auch nicht.« Prohaska holte seine Zigaretten aus der Tasche und bot ihr eine an.

»Normalerweise rauche ich nicht«, sagte sie und zog eine Zigarette heraus.

Inspektor Kos nahm auch eine, Prohaska gab ihnen Feuer und steckte sich selbst eine an.

»Haben Sie da drin etwas angefasst?«, fragte Kos und blies den Rauch weg.

»Nein, nur das Fass, als ich einen Stofffetzen herauszog. Wer ist drin?«

»Ein Mann mit durchgeschnittener Kehle. Aber sehen Sie doch selber nach.«

Prohaska nahm einen noch einen tiefen Zug, drückte die Zigarette aus, ging zum Fass, hob kurz den Deckel an und sah hinein. Der Tote war ein junger Mann von höchstens Ende Zwanzig. Er kauerte in sich zusammengesunken, die Hände zwischen den Knien, um die Handgelenke hatte ihm der Mörder einen Strick gebunden. Der Kopf lag auf der rechten Schulter, die Lederjacke und die Jeans waren voller Blut, das inzwischen geronnen war. Die Augen waren geschlossen, an der Stirn klebten ein paar dunkle Haarlocken. Der arme Junge, dachte Prohaska wütend. Was hatte er getan, dass er so sterben musste?

»Haben Sie ihn hier schon mal gesehen?«, fragte Mira Kovačević von der Tür aus.

Prohaska sprang herunter und ging zu den beiden Beamten.

»Nein.«

»Er ist wohl hier getötet worden«, sagte sie leise.

»Wahrscheinlich. Man hat ihn vorher gefesselt, dann hierher geführt und ins Fass gesteckt. Oder er musste vielleicht selbst hinein steigen, bevor …«. Prohaska beendete den Satz nicht und zündete sich eine Zigarette an.

»Grauenvoll«, sagte Kovačević.

Kos warf seine Kippe achtlos weg, zückte sein Handy und verständigte zuerst die Staatsanwaltschaft, dann die Spurensicherung und bat jemanden, den Amtsarzt, einen Leichenwagen und Verstärkung zu schicken.

Es fing an zu nieseln. Prohaska fröstelte. Er fühlte sich einfach nur elend.

»Brauchen Sie mich hier noch?«, fragte er, als Kos mit dem Telefonieren fertig war.

»Nein, aber Sie können da bleiben, wenn Sie möchten.«

»Ich würde gerne einen Kaffee trinken.«

Kovačević warf ihm einen Blick zu, als hätte er etwas Unanständiges gesagt.

»Eigentlich müssten wir auf die anderen warten, aber die brauchen sicher zwanzig Minuten oder eine halbe Stunde, bis sie da sind«, sagte Kos und sah auf seine Armbanduhr.

»Geh nur, ich bleibe hier«, sagte Kovačević zu ihm.

»Okay.«

Kovačević stülpte sich die Kapuze über, ging mit ihnen auf die Gasse und blieb dann vor dem Haus stehen.

»Ruf mich an, wenn sie da sind«, sagte Kos.

»Aber ja«, erwiderte sie genervt.

Prohaska nickte ihr zu und folgte dann dem Inspektor.

»Ich habe mit Rossi gesprochen«, sagte Kos, als sie sich ein paar Schritte entfernt hatten. »Er sagte, Sie hätten ihm gegenüber den Verdacht geäußert, dass Monti umgebracht wurde.«

War Kos etwa verärgert, dass er das Rossi und nicht ihm gesagt hatte, fragte sich Prohaska.

»Das stimmt.«

»Er sagte auch, dass Sie aller Wahrscheinlichkeit nach an der Sache hier dran sind.«

»Ja.«

Kos sah ihn von der Seite an. »Sie wissen doch, dass so etwas absolut nicht in Ordnung ist, oder? Sie haben keinerlei Befugnisse und machen sich eventuell auch strafbar. Und unsere Vorschriften unterscheiden sich sicher kaum von euren in Deutschland.«

»Das ist mir klar.«

»Dann bin ich beruhigt«, erwiderte Kos sarkastisch.

Du mich auch, dachte Prohaska. Was hatte der Kerl nur? Noch vor einer Minute wollte er ihm erzählen, was er herausgefunden hatte und war auf seine Meinung gespannt, aber jetzt beschloss er, damit zu warten. Er musste ihm nicht alles auf dem Silbertablett servieren!

In der Konoba saß das übliche Häuflein am Tisch neben dem Kamin. Hinter dem Tresen polierte Ljubica ein Glas, und als sie Prohaska mit dem Inspektor hereinkommen sah, hob sie fragend die Augenbrauen.

»Der Kaffee geht auf mich«, sagte Prohaska zu Kos und ging zum Tresen, bestellte zwei doppelte Espresso und ein Käsesandwich, weil sein Magen immer noch rebellierte.

Kos nickte Ljubica im Vorbeigehen zu und setzte sich an einen Tisch in der Nähe der Terrassentür.

»Wie geht's?« Sie nahm zwei Tassen und ging zum Kaffeeautomat.

»Alles gut.«

»Echt? Ich hab gehört, du hattest Schwierigkeiten.«

»Ja, aber das ist nicht der Rede wert.«

»Freut mich zu hören.«

Natürlich weiß Ljubica längst Bescheid, wo er in der vergangenen Nacht gewesen war, überlegte Prohaska, als er sich zu Kos setzte. Ines hat ihr bestimmt auch von dem Überfall auf ihn erzählt. Er musste dringend mit Ines reden. Vielleicht hatte sie eine Ahnung, wo Bruno und seine Männer waren.

Ljubica brachte den Kaffee und das Sandwich und ging wieder zurück.

»So eine blöde Sache«, murmelte Kos. »Als hätten wir nicht genug damit zu tun, Montis Mörder zu finden.«

»Es könnte ja auch derselbe sein.«

Kos hob den Blick von seiner Tasse. »Könnte, natürlich, muss aber nicht.«

Prohaska nickte. Er hatte einfach keine Lust, dem missgelaunten Inspektor auf die Sprünge zu helfen. Trotzdem sagte er: »Man sollte das Motiv herausfinden und dann die Leute hier befragen.«

»Weiß ich selbst. Fangen wir doch gleich mit Ihnen an. Was wissen Sie von der Sache, wenn Sie schon eigenmächtig handeln?«

Prohaska lächelte. »Nicht viel. Die Leute halten sich bedeckt, vor allem, weil sie wissen, dass ich kein Polizist bin. Manche halten mich sogar für einen Spitzel. Wie man weiß, war Monti ein steinreicher Mann, er hatte sicher Neider oder richtige Feinde, denen sein ehrgeiziger Plan, die verlassenen Häuser zu renovieren und noch mehr Geld zu machen, nicht gefiel. Vielleicht wollte ihn jemand zwingen, den Gewinn aus dem Geschäft später zu teilen. Was weiß ich. Es gibt tausend Möglichkeiten.«

»Ja, ja, wir machen das schon auf unsere Weise. Sie halten sich vorerst mal zurück, klar?«

»Natürlich, aber ich an Ihrer Stelle würde dringend eine Fahndung nach Bruno Federico veranlassen und mich dann in seinem Haus umsehen. Es steht keine hundert Meter von Montis Elternhaus, gleich gegenüber der Post.«

»Und weshalb sollte ich das Ihrer Meinung nach tun? Hat er etwa Monti umgebracht? Und haben Sie stichhaltige Beweise dafür?«, fragte Inspektor Kos leise, doch die Aggressivität in seiner Stimme war unüberhörbar.

»Ich halte ihn zumindest für einen der Drahtzieher. Deshalb sollten Sie auch Marko Modrić unter die Lupe nehmen.«

»Und wer soll das sein?«

»Er ist der Sohn der alten Frau, bei der ich ein Appartement gemietet habe. Marko arbeitet angeblich in Rijeka bei der Stadtverwaltung, was genau, weiß ich nicht. Ich habe gehört, dass er und Bruno Federico mit gestohlenen Antiquitäten handeln sollen. Er ist verheiratet und hat einen Sohn im Kindergartenalter.«

»Danke für die Infos, aber ich fürchte, die helfen mir nicht weiter. Wie soll ich denn eine Fahndung veranlassen, die sich allein auf Ihre Vermutungen, und dann auch noch vom Hörensagen stützt? Und welches Motiv sollten Bruno oder Marko haben, Monti umzubringen oder umbringen zu lassen?«

»Habgier nehme ich an.« Prohaska lächelte gezwungen.

»Ach, Sie nehmen schon wieder an? Und weshalb?«

Prohaska überhörte den spöttischen Unterton. »Monti hat mir erzählt, dass er als Kind eine Kiste mit Schmuck und anderen wertvollen Gegenständen gefunden hat, die zwei Männer in dem Haus versteckt haben, in dem er nun seinen Tod fand. Er habe damals diese Wertsachen entwendet und in einer Höhle versteckt. Ich weiß nicht, wie viele Leute hier davon wussten. Monti wollte, dass ich die Sachen aus der Höhle hole, damit er sie zu Geld machen kann. Ich habe ihm allerdings geraten, den gestohlenen ›Schatz‹, wie er es nannte, den Behörden zu übergeben. Aber das wollte er auf keinen Fall.«

Inspektor Kos starrte Prohaska an, als wäre er ein Außerirdischer.

»Und ausgerechnet Sie finden Monti tot vor? Das ist doch irgendwie seltsam, oder nicht?«

»Ich habe Ihnen bereits gesagt, wie es dazu kam. Außerdem hat ihn der Hund gefunden. Glauben Sie, ich würde es Ihnen einfach so erzählen, wenn ich in irgendeiner Weise in die Sache involviert wäre?«

»Schon gut, machen Sie weiter.«

»Also, nachdem Monti am nächsten Tag tot war, habe ich mich auf die Suche nach der Höhle gemacht.«

»Und haben Sie sie auch gefunden?«

»Ja, ich war sogar zweimal drin, aber Montis ›Schatz‹ war nicht dort. Jemand anders offenbar war schneller.«

»Wieso jemand anders? Waren es nicht Bruno Federico und Marko Modrić?«

»Ich glaube nicht.«

»Wer dann?«

»Das kann ich Ihnen erst sagen, sobald ich stichhaltige Beweise habe.«

»Aber warum sollte dann Bruno an Montis Tod schuld sein?«

»Er hat Kontakte zu Rechtsradikalen, auch im Ausland, er hat drei Männer aus Wien angeheuert, Monti dazu zu bringen, ihm das Versteck des ›Schatzes‹ zu verraten. Er hat ihnen einen Anteil von einem Drittel angeboten, aber vermutlich hatte er nie vor, diese Vereinbarung einzuhalten.«

»Stop! Das sind doch wieder nur Ihre Vermutungen.«

»Nein, ich habe es mit eigenen Ohren gehört.«

»Was trotzdem nichts beweisen muss. Und was weiter.«

»Da Bruno, wie jeder hier, wusste, dass Monti herzkrank war und einen Herzschrittmacher hatte, wurde der alte Mann mit einem Elektroschocker traktiert. Ob die Stromstöße ausgereicht haben, ihn zu töten, weiß ich nicht, ich habe den Obduktionsbericht ja nicht gelesen. Aber wie gesagt, Bruno hat wohl zu spät den genauen Standort der Höhle erfahren.«

»Ehrlich gesagt, Ihre These erscheint mir ziemlich abenteuerlich. Wieso sollte Bruno drei Männer angeheuert haben? Er hätte doch selbst Monti zwingen können, ihm das Versteck zu verraten und ihn anschließend ins Jenseits zu befördern.«

»Er wollte sich nicht die Hände schmutzig machen. Außerdem gehe ich davon aus, dass die drei ihm helfen sollten, die Sachen so schnell wie möglich außer Landes zu bringen.«

»Aber jetzt liegt nur einer im Fass. Wo sind die anderen?«

»Sie sind mit Bruno Federico abgehauen, nachdem sie mich gestern Nachmittag, als ich zum zweiten Mal aus der Höhle kam, angegriffen haben.«

»Wie bitte? Die haben Sie angegriffen? Warum haben Sie es mir nicht sofort gemeldet?«

»Ich hatte dort keinen Empfang.«

»Ach.«

»Ja, und nachdem ich einen von ihnen verletzt habe, haben sie mich niedergeschlagen und liegen gelassen. Ich habe aber noch mitbekommen, dass sie zu Bruno wollten.«

»Mann, das wird ja immer verworrener. Sie hätten mich danach anrufen sollen. Ist Ihnen klar, dass Sie uns wichtige Informationen vorenthalten, dass Sie die Verfolgung der Verdächtigen verhindert oder zumindest erschwert haben und außerdem, ach, was weiß ich, gegen welche Paragrafen Sie da noch verstoßen haben?«

»Ich weiß. Aber ich dachte, Sie glauben nicht an meine These.«

Inspektor Kos winkte ab. »Lassen wir das jetzt. Sie werden ohnehin alles zu Protokoll geben müssen.«

»Natürlich. Und falls Sie mir doch glauben, geben Sie so schnell wie möglich die Fahndung nach Bruno Federico und Marko Modrić.«

»Ich muss zuerst mit dem Staatsanwalt reden.«

»Mit Cipoletti?«

»Ja.«

»Okay. Ach ja, noch etwas. Die Motorräder der beiden Männer, die mich angegriffen haben, sind in Wien zugelassen, was aber nicht heißen muss, dass sie Österreicher sind. Sie haben Deutsch und Kroatisch gesprochen.«

»Sie haben also zwei Motorräder gesehen, mit denen die beiden hergekommen sind?«

»Ja, das heißt, ich habe nicht gesehen, wann sie gekommen sind, nur, dass sie vor der Konoba standen, aber vielleicht haben sie andere Leute im Ort gesehen.«

»Und wie ist der dritte Mann hergekommen? Auch mit einem Motorrad?«

»Das nehme ich an.«

»Und wo ist dann sein Motorrad abgeblieben?«

Prohaska wollte gerade sein Handy nehmen und Kos die Fotos zeigen, die er am Morgen an der Felsklippe oberhalb der Vela Draga gemacht hatte, aber in diesem Moment klingelte Kos' Telefon. Er meldete sich.

»Ist gut, ich komme«, sagte er und stand auf. »Ich muss sofort rüber. Kommen Sie mit?«

»Später.«

»In Ordnung, und danke für den Kaffee«, sagte Kos und eilte hinaus.

»Keine Ursache«, murmelte Prohaska. Dann wickelte er sein Sandwich in eine Papierserviette und steckte es in die Jackentasche, in der sich immer noch das Holzkreuz befand.

»Was will die Polizei schon wieder hier?«, fragte Ljubica, als er die Zeche bezahlte.

»Es gibt halt Arbeit.«

»Wegen Bartolo?«

»Auch, aber es gibt leider einen weiteren Toten. Und es spricht alles dafür, dass es sich um ein Verbrechen handelt.«

»Oh, nein!« Ljubica schlug sich die Hand vor den Mund. Die Männer am Stammtisch sahen zu ihnen rüber.

»Was ist passiert, Ljuba?«, fragte einer, stand auf und kam zum Tresen. Die anderen folgten ihm.

»Joe sagt, dass es noch einen Toten gibt.«

»Das gibt's nicht! Wo denn? Wer ist es?«

»In Montis Elternhaus, aber der Mann ist nicht von hier«, sagte Prohaska.

»Also schon wieder ein Ausländer?«

»Wieso schon wieder?«, fragte Prohaska.

»Na, Bartolo war doch Amerikaner.«

»Schon, aber er wurde hier geboren, er war einer von uns«, sagte ein anderer.

»Trotzdem, ein Ausländer ist ein Ausländer«, beharrte sein Vorredner.

»Als ob das jetzt so wichtig wäre! Schlimm genug, dass der Mann auch ermordet wurde, und das hier bei uns. Es ist einfach furchtbar«, sagte Ljubica.

»Ja, das ist ungeheuerlich. Los, wir gehen rüber«, sagte der Mann, der neben Prohaska stand.

Prohaska wollte sie nicht zurückhalten.

»Wo ist Ines?«, fragte er Ljubica, als die Männer gegangen waren.

»Ich weiß nicht, unterwegs, nehme ich an. Sie hat sich heute frei genommen und sagt mir nie, wohin sie geht.«

»Wo wohnt sie denn eigentlich?«

»Na, hier bei mir, oben im ersten Stock.«

»Kann man vom Lokal hoch oder gibt es einen extra Eingang?«

»Du stellst vielleicht Fragen?«

»Stimmt. Also?«

»Der Hauseingang ist da drüben, rechts, gleich an der Burgmauer.«

»Okay. Ich möchte mir ihr Zimmer ansehen.«

»Warum denn das? Braucht man dafür nicht einen Durchsuchungsbefehl oder wie das Ding heißt? Außerdem bist du doch kein Polizist.«

Prohaska lächelte. »Wäre es dir lieber, wenn es Inspektor Kos macht, eventuell auch ohne einen Durchsuchungsbeschluss?«

»Ja, nein, aber, was, wenn Ines da ist und vielleicht schläft?«

»Na, umso besser. Dann kann ich gleich mit ihr reden.«

»Also gut, aber nur unter Protest.«

»Ja, ja, du musst dir keine Sorgen machen. Ich will nur kurz reinschauen und rühre auch nichts an, versprochen.«

Ljubica nahm einen Schlüsselbund aus der Schublade, ging um die Theke und zum Ausgang. Prohaska folgte ihr. An der Scheibe der Eingangstür hing ein in einer vergilbten Plastikfolie eingeschweißtes Pappschild, auf dem in großen Druckbuchstaben stand: »Bin gleich zurück.«

*

Doch Ines war nicht da. Prohaska brauchte nicht lange, um sich in dem kleinen Zimmer umzuschauen. Das Bett war mit einer karierten Wolldecke zugedeckt, auf einem Tisch vor dem Fenster lag ein zugeklappter Laptop, ein paar Schreibblöcke, eine leere Kaffeetasse, Kugelschreiber und Bleistifte, daneben ein Stapel Kochbücher. Vor dem Tisch stand ein wackeliger Bürostuhl. Prohaska warf einen Blick in den Kleiderschrank, in dem fein säuberlich Ines' Kleider und Wäsche gestapelt waren. Er sah auch unter das Bett, aber da lagen nur ein paar Staubflocken.

»Wohin führt die Tür da?«, fragte Prohaska und zeigte auf eine schmale Tür, die sich zwischen dem Fußende des Bettes und Schrank befand.

»Ins Badezimmer.«

Prohaska schaute hinein. Der Raum war so eng, dass man sich da sicher nicht zu zweit aufhalten konnte. Es war gerade einmal Platz für eine Duschkabine, ein kleines Waschbecken und die Toilettenschüssel, hinter der sich ein winziges Fenster befand.

»Das haben wir nachträglich eingebaut«, sagte Ljubica, als wollte sie sich für die Enge entschuldigen.

»Sehr schön«, sagte er und schloss die Tür wieder. Er hatte keine Sekunde lang angenommen, dass Ines den Schmuck oder andere Dinge aus Montis Schatz hier versteckt hatte. Was ihn jetzt viel eher interessierte, war das Fenster, das sich hinter dem Schreibtisch befand. Er schob den Tisch und den Stuhl beiseite, öffnete das Fenster und sah hinaus. Der Blick auf die Berge interessierte ihn nicht, denn etwa einen Meter weiter unter stand einer der Holzpfosten, die das Markisendach der Terrasse trugen. Von diesem Fenster aus konnte Ines am Freitagabend das Gespräch zwischen ihm und Monti auf jeden Fall gehört haben. Es war ihm klar, dass es nur eine Vermutung war, aber immerhin wäre es möglich gewesen.

Prohaska schloss das Fenster wieder, schob den Tisch zurück und verließ das Zimmer.

»Danke, das war's schon.«

Ljubica sah ihn entgeistert an.

»Aha, und wozu das Ganze?«

Prohaska lächelte. »Erzähle ich dir später«, doch in Gedanken fügte er hinzu: »vielleicht«.

Ljubica hatte ihm zwar viele Informationen gegeben, aber er war sich einfach nicht sicher, ob er ihr auch wirklich trauen konnte.

»Ich gehe dann wieder rüber«, sagte er, als sie unten waren. »Wir sehen uns. Ach ja, falls Ines auftauchen oder sich melden sollte, sag ihr bitte, dass ich mir ihr reden muss.«

»Ja, aber ich verstehe immer noch nicht, was du in ihrem Zimmer wolltest. Sie hat doch bestimmt nichts Ungesetzliches getan, oder?«

»Man kann in keinen hineinschauen«, erwiderte Prohaska, zog das Sandwich aus der Tasche, wickelte es aus und biss hinein. Dann schlug er den Kragen seiner Jacke hoch und ging trotz des Nieselregens langsam zu Montis Haus.

Fast alle Kraser waren schon da, außer den gebrechlichen wie Katarina. Sie standen zu zweit oder zu dritt unter Regenschirmen, starrten zum Haus, manche machten Fotos mit ihren Handys. Ljubica kam ebenfalls und stellte sich zu den anderen. Ines war nicht da, und Prohaska fragte sich zum x-ten Mal, wo sie steckte.

Zwischen zwei Polizeifahrzeugen, die die Gasse versperrten, stand ein Leichenwagen. Prohaska lehnte sich an eine Hauswand und zündete sich eine Zigarette an. Da die Gasse ohnehin unpassierbar war, hatte man auf das Absperrband verzichtet. Vor der Kellertür standen die beiden Polizeibeamten, die er am Samstag gesehen hatte. Der jüngere hieß Josef, der Name des anderen fiel Prohaska einfach nicht ein. Inspektor Kos und die Kovačević waren wohl irgendwo im Haus.

Zehn Minuten lang passierte nichts. Prohaska rauchte eine weitere Zigarette und lauschte den entsetzten Bemerkungen und Kommentaren der Umstehenden, aber keiner von ihnen traute sich, ihn anzusprechen. Das war ihm ganz recht. Schlimm genug, dass sie immer wieder misstrauisch zu ihm rüber sahen.

Dann kamen zwei Männer in schwarzen Anzügen aus dem Haus, trugen einen Metallsarg zum Leichenwagen und schoben ihn hinein. Josef, der Polizist, bat die Leute nach Hause zu gehen, da es hier nichts zu sehen gebe. Aber niemand rührte sich von der Stelle. Der Polizist setzte sich ans Steuer des hinteren Polizeifahrzeugs, wartete, bis die Männer vom Beerdigungsinstitut eingestiegen waren und fuhr zum Platz vor dem Friedhof. Der Leichenwagen kam hinterher, bog dann links ab und fuhr weg. Josef setzte das Fahrzeug im Rückwärtsgang zurück vor Montis Haus.

Kurz darauf kamen Inspektor Kos und Staatsanwalt Cipoletti, und als dieser Prohaska entdeckte, winkte er ihm näher zu kommen.

Prohaska zwängte sich an den Leuten vorbei und ging zu den beiden rüber.

»Guten Tag, Herr Prohaska, so sieht man sich also wieder«, sagte Cipoletti mit versteinerter Miene und drückte Prohaska die Hand. Er sah wie schon beim letzten Mal, als sie sich in Rovinj gesehen hatten, blendend aus, quasi aus dem Ei gepellt, mit dem Unterschied, dass er jetzt etwas müde und abgespannt wirkte, und statt eines leichten Sommeranzugs, einen schwarzen Mantel und dazu passenden grauen Schal trug.

»Hallo, Herr Staatsanwalt, freut mich, Sie zu sehen«, erwiderte Prohaska, obwohl die Floskel nicht ganz der Wahrheit entsprach. Er hatte zwar nichts gegen den Staatsanwalt einzuwenden, dennoch fühlte er sich in seiner Gegenwart nicht ganz wohl.

»Ganz meinerseits. Inspektor Kos hat mir vorhin Bericht erstattet. Ich habe auch mit Rossi telefoniert, der nach wie vor große Stücke auf Sie hält. Und wie es aussieht, haben Sie hier gute Vorarbeit geleistet.«

»Ach, es hat sich so ergeben«, sagte Prohaska bescheiden.

Inspektor Kos bot Cipoletti und Prohaska eine Zigarette an und gab ihnen Feuer. Dann zündete er sich auch eine an. Prohaska nahm sich vor, eine längere Rauchpause zu machen, sobald er wieder zuhause war.

Mira Kovačević kam eilig aus dem Haus und gesellte sich zu ihnen. In einer Hand hielt sie ein durchsichtiges Plastiksäckchen, auf dem mit rotem Filzstift eine Nummer gekritzelt war. Sie schien sehr aufgeregt zu sein, nickte Prohaska zu, als er ihr eine Zigarette anbot und Feuer gab. Sie nahm einen tiefen Zug und blies den Rauch zur Seite.

»Was haben Sie da?«, fragte Cipoletti.

»Das habe ich in einem der Zimmer im ersten Stock unter einer Bodendiele gefunden.« Sie deutete mit dem Kinn zu den Fenstern, öffnete das Säckchen und die Männer sahen hinein.

»Oh, eine Streichholzschachtel«, sagte Cipoletti.

»Ja, aber einen Moment.« Kovačević nahm die Schachtel heraus und schob den Innenteil heraus. »Wenn ich mich nicht täusche, sind das Rohdiamanten«, sagte sie.

»Sie täuschen sich absolut nicht«, sagte Prohaska.

Inspektor Kos und Cipoletti sahen ihn an, dann wieder in die Schachtel.

»Also gibt es den Schatz wirklich«, sagte Kos.

»Ja, aber das ist wohl nur der kleinste Teil davon«, bemerkte Prohaska.

»Gute Arbeit, Frau Kovačević, wirklich, sehr gute Arbeit.«

»Danke schön, aber eigentlich müssen Sie sich bei Joe Prohaska bedanken. Wenn er nicht gewesen wäre …«

»O nein, nein, das haben Sie gefunden«, unterbrach sie Prohaska. »Ach ja, wenn wir schon dabei sind, ich hätte da auch noch etwas«, er griff in die Jackentasche, nahm die Papierserviette heraus und steckte sie schnell in die andere Tasche. Dann zog er das Holzkreuz heraus. »Ich bin einfach nicht dazu gekommen, es Ihnen zu geben«, sagte er zu Kos, der entgeistert auf das Kreuz starrte.

»Dio mio, wo haben Sie das Ding her?«

»Aus der Höhle.«

Cipoletti wandte sich an Kos. »Inspektor, stellen Sie die Bude da auf den Kopf. Vielleicht finden Sie den Rest. Und schicken Sie endlich die Leute weg.«

Inspektor Kos nickte, ging zu Josef und gab den Befehl mürrisch weiter. Kovačević steckte die Streichholzschachtel wieder in die Plastiktüte und rannte ins Haus.

Cipoletti drückte seine Zigarette mit dem Schuh aus und deutete zur Gasse.

»Kommen Sie, Prohaska, wir müssen reden.«

Während sie zu Cipolettis Dienstwagen gingen, der am Ende der Gasse auf dem Platz vor dem Friedhof stand, kamen ihnen eine junge Frau und ein Kameramann entgegen.

»Ach, das auch noch«, murmelte Cipoletti und blieb stehen. Prohaska ging ein paar Schritte zur Seite und lehnte sich an eine Hauswand.

»Guten Tag, Herr Staatsanwalt, wir sind vom Lokalfernsehen. Darf ich Ihnen ein paar Fragen stellen?« Sie hielt ihm ein Mikrofon unter die Nase, der Kameramann stellte sich so, dass er beide im Bild hatte.

»Bitte.«

»Wie wir erfahren haben, wurde heute in Kras ein Toter gefunden. Könnten Sie uns sagen, wer der Mann ist, beziehungsweise war und unter welchen Umständen er ums Leben gekommen ist?«

»Seine Identität steht noch nicht fest, und über die Todesursache kann ich Ihnen aus ermittlungstechnischen Gründen nichts sagen.«

»Wir haben außerdem gehört, dass ihn ein ehemaliger deutscher Kriminalbeamter gefunden hat. Was können Sie uns darüber sagen?«

»Auch dazu kann ich keine Stellungnahme abgeben, tut mir leid.«

»Vor ein paar Tagen erst, ich glaube, es war Samstag, wurde in Kras ein Toter gefunden. Es soll sich um Bartolo Monti handeln, einen amerikanischen Staatsbürger kroatischer Abstammung. Unsere Informationsquelle hat uns versichert, dass auch ihn dieser Ex-Polizist gefunden hat. Inzwischen hat sich herausgestellt, dass Bartolo Monti Opfer einer Gewalttat geworden ist. Stehen diese beiden Fälle in einem Zusammenhang, und wenn ja, in welchem?«

»Ich bedaure, aber auch dazu kann ich keine Stellungnahme abgeben.«

Die Frau sah zu Prohaska rüber. »Verstehe, aber etwas seltsam finde ich das schon.«

Cipoletti verzog keine Miene und wollte weitergehen, aber die Frau stellte sich ihm in den Weg.

»Noch eine letzte Frage: Bartolo Monti hatte vor, die leer stehenden Häuser hier zu erwerben, renovieren zu lassen und als Ferienhäuser und Appartements an Touristen zu vermieten? Wie wollte er dieses aufwändige Projekt eigentlich finanzieren?«

»Wie ich bereits sagte, im Moment kann ich keine Stellungnahme abgeben. Und jetzt entschuldigen Sie bitte, wir müssen unsere Arbeit machen. Die Öffentlichkeit wird so bald wie möglich ausführlich informiert. Guten Tag.«

»Und was sagen Sie zu den Gerüchten, dass dieser deutsche Ex-Polizist mit unserer Polizei zusammenarbeitet?«

Cipoletti schüttelte den Kopf und ging einfach weiter.

»Na dann vielen Dank, Herr Staatsanwalt«, rief ihm die Reporterin nach und rannte mit dem Kameramann im Schlepptau zu Montis Haus.

Cipoletti blieb stehen und nickte Prohaska zu.

»Danke, dass Sie mich da herausgehalten haben«, sagte Prohaska, als er Cipoletti eingeholt hatte.

»Bitte sehr.«

»Inzwischen hat es sich herumgesprochen, ich nehme an, dass noch mehr Reporter hier auftauchen.«

»Keine Sorge, ich gebe keine Interviews.«

Cipoletti grinste und ließ mit der Fernbedienung die Autotüren aufschnappen.

»So, und nun möchte ich alles wissen, was Sie herausgefunden haben«, sagte Cipoletti, als sie im Dienstwagen saßen.

»Ich habe mir aber leider keine Notizen gemacht.«

»Kein Problem, ich merke es mir auch so.«

Nachdem Prohaska seinen Bericht beendet hatte, starrte Cipoletti eine Weile stumm vor sich hin. Der Regen hatte nachgelassen, und die Wassertropfen glitten schillernd die Windschutzscheibe hinunter. Cipoletti drehte den Zündschlüssel um und ließ die Scheibenwischer laufen.

»Und was schlagen Sie nun vor?«, fragte er nach einer Weile.

»Wie gesagt, ich würde sofort eine Fahndung nach Bruno Federico, Marko Modrić und den zwei Bikern herausgeben. Und ich bin mir ziemlich sicher, dass der Tote im Fass dieser Armin ist. Sein Motorrad finden Sie in der Vela Draga. Wie es dort hingelangt ist, wird sich bestimmt aufklären, wenn Sie Bruno und Marko haben.«

»Ja, wir werden sehen. Aber das Motorrad erscheint mir im Moment nicht so wahnsinnig wichtig zu sein. Wie Sie sagten, besteht eher die Befürchtung, dass sich Bruno Federico und Marko Modrić längst ins Ausland abgesetzt haben, genauso diese Österreicher. Ich muss jetzt erst einmal die Fahndungen in die Wege leiten, danach müssen wir alle Leute hier befragen, genauso die Familie Gordić, die beiden Kosovaren, dann natürlich Montis Witwe und seine Schwester, diesen Burschen Antonio und seine Freundin, wie hieß sie noch gleich?«

»Vesna.«

»Genau.«

»Und nicht zu vergessen, den Gärtner Mario«, grinste Prohaska, weil er plötzlich an das Chanson *Der Mörder ist immer der Gärtner* denken musste.

»Was ist dabei so komisch?«, fragte Cipoletti irritiert.

»Nichts, nichts, mir ist nur ein lustiges Lied eingefallen.«

Cipoletti klatschte in die Hände. »Na, dann mache ich mich jetzt an die Arbeit. Es gibt noch viel zu tun.«

»Allerdings.«

»Danke für Ihre Hilfe, Prohaska, ich weiß das sehr zu schätzen, aber ab sofort unternehmen Sie nichts mehr im Alleingang, nichts, gar nichts. Okay? Und sollten Sie etwas Relevantes erfahren, geben Sie mir persönlich oder Inspektor Kos sofort Bescheid. Ist das klar? Keine Alleingänge mehr!« Cipoletti nahm eine Visitenkarte aus der

Jackentasche, kritzelte seine Handynummer darauf und reichte sie Prohaska. »Sie erreichen mich da jederzeit.«

»Danke sehr.« Prohaska steckte die Karte ein. »Brauchen Sie mich noch?«

»Nein. Sie bleiben hier bis morgen, oder?«

»Ja.«

»In Ordnung. Und keine Alleingänge.«

Sie gaben sich die Hand.

»Melden Sie sich sofort, wenn etwas wäre.«

»Versprochen.« Prohaska stieg aus und beugte sich dann ins Auto.

»Darf ich Ihnen noch einen Vorschlag machen?«

»Ich bitte darum.«

»Die Beerdigung ist morgen um vierzehn Uhr. Anschließend werden sich wohl alle zum Leichenschmaus in der Konoba einfinden.«

»Das ist anzunehmen.«

»Könnten Sie auch dazu kommen?«

»Ausgeschlossen, ich habe einen Haufen Arbeit zu erledigen.«

»Dann Inspektor Kos oder wenigstens seine Kollegin Kovačević?«

Cipoletti schüttelte den Kopf. »Das wird auch nicht gehen. Warum sollte überhaupt jemand von uns dabei sein?«

»Weil sich spätestens da herausstellen wird, wer Monti umgebracht hat und wo sich sein Schatz befindet.«

»Ich dachte, Montis Mörder sei dieser Mann im Fass.«

»In gewisser Weise schon, aber …«

»Also, gut, ich schau, was ich machen kann.«

»Ist gut.«

*

Vor Montis Haus stand jetzt ein junger Uniformierter und rauchte eine Zigarette. Als Prohaska an ihm vorbeiging, grüßte er ihn. Der Polizist grüßte zurück, schaute zu Cipolettis Wagen und fragte sich wohl, wer Prohaska war und warum er sich so lange mit dem Staatsanwalt unterhalten hatte. Die Leute waren nach Hause oder in die Konoba gegangen, ebenso die Reporterin und der Kameramann.

Ein paar Minuten später klingelte Prohaska bei der alten Modrić.

»Sie waren aber lange weg«, sagte sie, als sie die Tür aufmachte.

Prohaska lächelte. »Ja, ich habe gar nicht gemerkt, dass es schon so spät ist.«

»Dann haben Sie bestimmt Hunger.«

»Wie ein Wolf.«

»Kommen Sie, ich mache Ihnen die Bohnensuppe warm.«

Prohaska verschwand kurz im Bad, um sich die Hände zu waschen.

»Ich habe gehört, dass Sie noch einen Toten gefunden haben«, sagte sie, als er zurückkam und sich an den Tisch in der Küche setzte. Auf dem Gasherd stand ein großer roter Kochtopf, dessen Inhalt für eine achtköpfige Familie gereicht hätte.

»Ja, da haben Sie ganz richtig gehört.«

»Die Polizei ist immer noch da, oder?« Sie legte einen Teller, Brot und Besteck vor ihn.

»Ja, ja, es gibt sehr viel zu tun.«

»Hoffentlich findet man bald heraus, wer es gewesen ist, damit dieser Zirkus endlich aufhört. Erst Bartolo, dann dieser junge Österreicher. Wo leben wir eigentlich!? Es ist einfach schrecklich.« Sie rührte die Suppe um und stellte den Topf auf den Tisch. »Bitte, greifen Sie doch zu.«

Prohaska füllte den Teller und begann zu essen. Woher wusste die Frau eigentlich, dass der Tote ein junger Österreicher war, fragte er sich verwundert, ließ sich aber nichts anmerken.

»Oh, das schmeckt wirklich sehr gut!«

»Danke, danke, es ist nur eine einfache Bohnensuppe. Nehmen Sie doch Brot dazu. Es ist ganz frisch. Ich backe es immer selbst.«

Prohaska ließ es sich schmecken. Die alte Frau schenkte sich einen Kaffee ein und setzte sich ihm gegenüber.

»Kommt Ihr Sohn morgen auch zur Beerdigung?«, fragte Prohaska nach einer Weile.

»Ich glaube nicht, er musste überraschend ins Ausland, ich glaube, nach Italien. Das tut er hin und wieder, geschäftlich.«

»Was macht er so beruflich.«

»Oh je, da fragen Sie mich jetzt was! Ehrlich gesagt, ich weiß es nicht genau. Irgendwas bei der Stadtverwaltung. Oder war es Hafenmeisterei? Ich habe leider keine Ahnung. Er redet nie über seine Arbeit. Angeblich darf er das nicht. Aber bitte, nehmen Sie sich noch von der Suppe, es ist genug da.«

Prohaska glaubte ihr nicht so richtig, dass sie keine Ahnung hatte, womit ihr Sohn sein Geld verdiente, aber es war ihm auch klar, dass dieses Verhalten für sie ganz normal war. Man spricht mit Fremden nicht über solche Dinge. Und sie traute ihm vermutlich auch nicht über den Weg und wollte ihren Sohn eben schützen.

»Und Ihre Schwiegertochter?«, fragte er beiläufig.

»Sie arbeitet in einem Supermarkt an der Kasse.«

»Ist sie auch aus Kras?«

»Nein, nein, ihre Familie kommt aus Lovran. Die sind schwer katholisch, päpstlicher als der Papst, wenn Sie verstehen, was ich meine.«

Prohaska lächelte. »Natürlich.«

»Jasminka hat früher bei der Kirche gearbeitet, genauer gesagt bei ihrem Bruder Krešimir. Er ist fünfzehn Jahre älter als sie und Pfarrer in der St. Georg Kirche unten in Lovran. Übrigens, er wird bei der Beerdigung von Bartolo predigen, weil unser Pfarrer krank ist.«

»Interessant, woher wissen das? Von Jasminka?«

»Nein, das hat mir Ljubica am Telefon erzählt. Wissen Sie, ich gehe kaum aus dem Haus, aber Gott sei Dank gibt es das Telefon, nicht wahr?«

»Ljubica weiß wohl über alles Bescheid, was hier so passiert?«

»Ja, ja, natürlich, sie ist eine Seele von Mensch. Ohne sie wären viele von uns aufgeschmissen. Hier gibt es nicht einmal einen Laden. Sie kauft für mich und noch ein paar andere Leute im Ort ein, wenn sie nach Pazin oder Lupoglav fährt.«

»Sie sagen, Ihre Schwiegertochter hat für ihren Bruder gearbeitet?«

»Ja, sie hat ihm jahrelang den Haushalt geführt, aber nach der Heirat mit meinem Sohn, der manchmal sehr schwierig sein kann, hat sie da aufgehört.«

»Und warum?«

»Na ja, Marko war dagegen, als es zu einen dummen Streit zwischen ihm und Krešimir, also dem Pfarrer gekommen ist. Ich weiß aber nicht genau, worum es da ging. Mir sagt ja keiner was. Und ich will es auch gar nicht mehr wissen. Mein Mann ist früh gestorben, und Marko hört schon lange nicht auf mich. Und mein Enkel Marino kommt ganz nach Marko, doch ich mische mich da nicht ein, sie sollen doch alle machen, was sie wollen und ihre Probleme selber lösen.«

Prohaska wusste nicht, was er darauf antworten sollte. Und da sie ihn drängte, nahm er noch einen Nachschlag und ließ die Fragerei sein. Der Hinweis aber, dass Jasminkas Bruder Pfarrer in Lovran war und dass es einen Streit zwischen ihm und Marko gegeben hat, erschien ihm wichtig. Die Frage war nur, wie er mehr darüber erfahren könnte. Am besten war es, den Pfarrer selbst zu fragen.

Als er mit dem Essen fertig war, bedankte er sich artig und verabschiedete sich. Doch anstatt in sein Appartement zu gehen und sich auszuruhen, beschloss er nach Lovran zu fahren.

Unterwegs fragte er sich, wie es Bello wohl ging. Hoffentlich hat der Kleine nichts angestellt oder das Weite gesucht. Aber wenn dem so gewesen wäre, hätte ihn Valentina sicher benachrichtigt.

Eine Dreiviertelstunde später erreichte er die Stadt an der Steilküste, stellte nach längerer Suche den Wagen in einer Seitenstraße ab und ging über eine lange Treppe hinunter in die Altstadt.

Der Innenraum der St. Georg-Kirche war im gotischen Stil gestaltet. Zwischen den hohen Säulen und dem Rippengewölbe waren unzählige Fresken zu sehen, aber Prohaska hatte weder Zeit noch Sinn für Kunst oder Geschichte. In den vorderen Bänken saßen etwa zwei Dutzend überwiegend alter Frauen. Die Abendandacht hatte offensichtlich noch nicht begonnen. Prohaska ging eilig an der Seite des Kirchenschiffs zur Sakristei und klopfte an die Tür.

Der Pfarrer öffnete und sah Prohaska erstaunt an. Er war ein kräftiger Mann Anfang fünfzig, hatte ein rundes, rosiges Gesicht, blassblaue Augen, eine lange Nase und dünne Lippen. Seine streichholzkurzen blonden Haare waren an den Schläfen grau.

»Guten Abend, bitte entschuldigen Sie, dass ich so hereinplatze, aber ich hätte nur ein paar Fragen, die Sache ist wirklich dringend«, sagte Prohaska und lächelte freundlich.

»Gelobt sei Jesus Christus.« Der Pfarrer blinzelte nervös.

»Ja, ich meine Amen«, erwiderte Prohaska mit leichtem Unbehagen und ließ das »in Ewigkeit« weg, da er schon seit Jahren nichts mit Kirchenvertretern zu tun gehabt hatte.

»Wenn Sie beichten möchten, stehe ich Ihnen nachher gerne zur Verfügung, aber jetzt ...«

»Oh, ich will nicht beichten. Ich habe nur ein paar Fragen, es geht um Bartolo Monti aus Kras beziehungsweise Opatija.«

»Monti?«

»Ja, genau, mein Name ist Joe Prohaska.«

»Ach, dann sind Sie dieser Polizist aus Deutschland, der ihn gefunden hat?«

Prohaska wollte hinzufügen, er sei Ex-Polizist, aber dann ließ er es bleiben.

»Es hat sich wohl schon herumgesprochen?«

»Ja, und was bitte wünschen Sie?«

»Man hat mir gesagt, dass Sie morgen die Predigt für Bartolo Monti halten werden.«

»Ja, der zuständige Pfarrer liegt im Krankenhaus. Worum geht es denn? Die Abendmesse beginnt in ein paar Minuten und ich muss mich noch umziehen.«

Prohaska ließ nicht locker.

»Ich kann Ihnen gerne helfen, ich war früher Ministrant.« Er war tatsächlich als Kind eine Zeitlang Ministrant gewesen, verband damit allerdings keine sehr angenehmen Erinnerungen, vor allem weil er sonntags und an Feiertagen früh aufstehen musste und einmal bei einer Ostermesse sogar in Ohnmacht gefallen war.

»Na gut, kommen Sie, ich hab es wirklich eilig.«

»Ich auch.«

Der Pfarrer trat einen Schritt zur Seite und ließ Prohaska in den kleinen Raum.

»Ich kann aber nur solche Fragen beantworten, die nicht meiner priesterlichen Schweigepflicht unterliegen«, sagte der Pfarrer, während Prohaska ihm half, die Gewänder überzuziehen.

»Natürlich, es geht eigentlich nur um einen Streit, den Sie mit Ihrem Schwager Marko Modrić gehabt haben sollen.«

Der Pfarrer starrte Prohaska ungläubig an.

»Und woher wissen Sie das?«

»Von Markos Mutter, ich wohne zur Zeit bei ihr.«

»Ach so, aber warum wollen Sie das wissen? Das ist eine sehr persönliche Angelegenheit.«

»Ich habe gehört, dass Marko Modrić und Bruno Federico mit illegal erworbenen Antiquitäten, sprich Diebesgut und eventuell mit noch ganz anderen Waren einen schwunghaften Handel betreiben sollen.«

Der Pfarrer strich das lange violette Gewand glatt, setzte seine Brille auf und musterte Prohaska misstrauisch.

»Ich habe ihm geraten, Bruno Federico aus dem Weg zu gehen«, sagte er leise.

»Warum?«

»Als Geistlicher steht es mir nicht zu, andere Menschen zu verurteilen, aber als Jasminkas Bruder fühlte ich mich verpflichtet, mit Marko zu reden. Doch das hat leider nichts genutzt.«

»Was wissen Sie von einer Kiste mit Schmuck, die kurz nach dem Zweiten Weltkrieg gestohlen und in demselben Haus versteckt wurde, in dem nun Bartolo Monti umgebracht wurde?«

Der Pfarrer wurde blass, auf seiner Stirn glänzten winzige Schweißperlen. Er wischte sie mit dem Handrücken fort.

»Woher wissen Sie von der Kiste?«

»Von Monti selbst.«

»Ah, und hat er Ihnen auch von der Höhle erzählt?«

»Ich war sogar drin, habe aber nur ein Holzkreuz gefunden. Die Schmucksteine, die sich früher darauf befunden hatten, waren weg.«

»Ich weiß.«

»Von Ines?«

Der Pfarrer nickte.

»Dann wissen Sie wohl auch, wo Ines und Antonio den Schatz nun versteckt haben?«, hakte Prohaska nach.

Der Pfarrer lächelte schmal. »Das wäre zum Beispiel so eine Frage, die ich nicht beantworten darf.«

»Hat ihr Schwager Marko etwas damit zu tun?«

»Keine Ahnung, ich habe seit unserem Streit keinen Kontakt mehr mit ihm.«

»Mit Ihrer Schwester aber schon?«

»Ja, natürlich«, erwiderte der Pfarrer empört.

»Frau Modrić sagte, dass Marko momentan auf einer Dienstreise im Ausland ist, vermutlich in Italien.«

»Dienstreise? Der? Unsinn. Er ist seit drei Jahren arbeitslos.«

»Ach!«

»Das war der eigentliche Grund für unseren Streit. Seine Mutter weiß nichts davon. Ich habe versucht, ihm ins Gewissen zu reden, sich endlich eine richtige Arbeit zu suchen, aber er hat sich wie immer jede Einmischung verbeten.«

»Und obwohl er arbeitslos ist, fährt er einen teuren Wagen?«

»Er bekommt eine Veteranenrente. Und womit er sein übriges Geld verdient, kann ich mir denken. Aber inzwischen will ich es gar nicht so genau wissen. Nur meine kleine Schwester tut mir leid. Um ihre Ehe steht es von Anfang an nicht zum Besten. Wäre sie nicht schwanger geworden, hätte sie ihn erst gar nicht geheiratet, aber darüber darf ich eigentlich nicht mit Ihnen reden.«

»Verstehe. Woher kennen sich Marko und Bruno Federico eigentlich?«

»Sie waren im Heimatkrieg in derselben Einheit.« Der Pfarrer sah auf die alte Pendeluhr an der Wand. »Ich muss in zwei Minuten anfangen.«

»Eine Frage noch. Wer von Montis Familie hat mit Ihnen wegen der Beerdigung gesprochen?«

»Seine Schwester Magdalena, wieso?«

»Nicht seine Witwe Stella?«

»Nein, es war Magdalena, wie ich schon sagte.«

»Und?«

Der Pfarrer griff nach der Türklinke.

»Sie teilte mir lediglich mit, dass der Verstorbene im engsten Kreis bestattet werden soll und der Sarg nicht, wie es normalerweise der Brauch ist, in der Friedhofskapelle aufgebahrt, sondern direkt zum Friedhof gefahren wird.«

»Warum denn das?«

»Angeblich weil Bartolo Monti Atheist war.«

»Also wird es morgen nur eine kurze Zeremonie werden?«

»Leider Gottes, aber jetzt muss ich wirklich raus.« Der Pfarrer öffnete die Tür und ließ Prohaska vorbei.

»Ich danke Ihnen, dass Sie sich die Zeit genommen haben«, sagte Prohaska. Er streckte ihm die Hand aus, aber der Pfarrer ergriff sie nicht, sondern faltete die Hände vor seinem Bauch, nickte und eilte zum Altar.

Prohaska sah ihm nach und bildete sich ein, die Gedanken des Geistlichen zu hören: »Geh mit Gott, aber geh«.

*

Prohaska verließ die Kirche, ohne sich umzusehen. Während er zu seinem Wagen ging, rief er Ljubica an und fragte, ob Ines inzwischen aufgetaucht sei.

»Nein, aber sie hat angerufen, dass sie sich demnächst auf den Weg macht.«

»Wie, mit einem Auto? Ich dachte, sie hat nur ein Fahrrad.«

»Das hat sie mir nicht verraten. Ich weiß nicht, wo sie ist, ich bin ja nicht ihre Mutter. Wo bist du eigentlich?«

»Unterwegs.«

»Kommst du zum Essen?«

»Ich denke schon.«

»Ich frage nur deshalb, weil ich dann selbst kochen müsste, falls Ines bis dahin nicht zurück ist.«

»Mach dir keine Gedanken. Mir reicht nur eine Kleinigkeit.«

Ljubica seufzte. »Na gut, bis später dann und fahr vorsichtig.«

»Mach ich, Ciao.«

Wieso macht sie sich bloß solche Gedanken um sein Wohlergehen, fragte sich Prohaska verwundert. Okay, sie ist eine patente Frau, sieht auch nicht übel aus, doch sie ist nicht sein Typ. Aber er vielleicht ihrer, schoss es ihm blitzartig durch den Kopf. Sie hatte sich in ihn verliebt. Deshalb benahm sie sich so seltsam, und er hatte es schlicht nicht bemerkt. Ljubica war verwitwet wie er und vermutlich einsam. Sie sehnte sich nach Liebe und Trost und wahrscheinlich nach einem neuen Partner. Okay, okay, das konnte alles zutreffend sein, aber er hatte für sie nur freundschaftliche Gefühle. Mehr war nicht drin. Sie hat ihm sehr geholfen und viele Informationen gegeben, sie vertraute ihm und erwartete jetzt so etwas wie eine Gegenleistung, in welcher Form auch immer. Er musste künftig vorsichtiger sein und mehr auf Abstand gehen. Man wusste ja nie, wie man mit Frauen dran war. Sie sagten das eine, meinten das andere und taten dann genau das Gegenteil von dem, was man eigentlich erwartet hatte.

Da war es mit Männern viel leichter. Die tickten einfach anders. Dieser Cipoletti zum Beispiel: Er war ein guter Ermittler, hatte Führungsqualitäten, war höflich, direkt und unkompliziert. Dass er außerdem eitel war, war Prohaska herzlich egal. Natürlich, er hatte ihm versprochen, keine Alleingänge zu unternehmen, aber er war nicht an die Weisungen des Staatsanwalts gebunden. Das war einer der Vorteile, kein Staatsdiener mehr zu sein.

Für die knapp sechs Kilometer auf der Küstenstraße von Lovran nach Opatija brauchte Prohaska nur ein paar Minuten. Der Regen hatte aufgehört, doch die Wolken hingen immer noch bleischwer über dem Meer. Die Lichter an der Uferpromenade spiegelten sich im unruhigen dunklen Wasser, ein paar Spaziergänger schlenderten trotz der Kälte am Lungomare entlang. Als er Montis Villa erreichte, war es kurz vor halb neun.

Prohaska läutete, und kurz darauf fragte eine Frauenstimme genervt, wer denn da sei.

»Guten Abend, ich bin's, Prohaska, kann ich kurz hereinkommen?«

»Einen Moment.«

Das Schloss surrte, Prohaska drückte das Tor auf und ging zur Eingangstür, in der Magdalena, ganz in Schwarz, stand. Sie lächelte schmal, als sie ihm die Hand schüttelte.

»Was für eine Überraschung, bitte kommen Sie herein.«

»Entschuldigen Sie, dass ich Sie so spät störe. Ich war gerade in der Nähe und hätte vorher anrufen sollen.« Prohaska fiel auf, dass er schon wieder diese Floskel benutzte.

Magdalena winkte ab. »Kein Problem, jetzt sind Sie schon da. Möchten Sie etwas trinken, ein Glas Wein oder ein Bier?«

»Nein, vielen Dank, ich hätte nur ein paar Fragen.«

»Dann fragen Sie halt.« Magdalena deutete auf die Couch. »Bitte, nehmen Sie Platz.«

Er wartete, bis sie sich gesetzt hatte, setzte sich in einen Sessel gegenüber und beugte sich ein wenig vor. »Am Vorabend seines Todes hat mir Ihr Bruder unter anderem von einer Kiste mit Schmuck und anderen Wertgegenständen erzählt, die er kurz nach dem Krieg ...«

Magdalena lächelte. »Ich kenne die Geschichte.«

»Tatsächlich? Er betonte ausdrücklich, dass er niemandem etwas davon gesagt hätte, nicht einmal Ihnen.«

Magdalena faltete die Hände auf ihrem Schoß. »Mein Bruder war ein Träumer. Er hatte immer große Pläne, wollte bedeutend sein und der Welt ein Andenken hinterlassen.«

»Aber das wollen wir doch alle in irgendeiner Weise?«

»Vermutlich, aber bei ihm war dieser Wunsch sehr ausgeprägt. Vielleicht, weil er keine Kinder hatte, denen er etwas hinterlassen konnte. Als wir nach Amerika kamen, waren wir arm wie Kirchenmäuse. An diese Zeit kann ich mich aber nicht erinnern, ich war noch sehr klein. Bartolo hat jeden Job angenommen, und als er dann nach der Schule bei seinem späteren Schwiegervater als Hilfskellner anfing, entdeckte er seine wahre Bestimmung. Er konnte sehr gut mit Menschen umgehen, und als er Bianca, die Tochter seines Chefs heiratete, wurde er Geschäftsführer und später Teilhaber, ganz nach dem Motto vom Tellerwäscher zum Millionär. Aber er hat sich leider auch mit falschen Leuten umgeben, die ihn nur ausnehmen wollten. Er spekulierte an der Börse und wollte immer mehr. Geld war ihm sehr wichtig. Ich habe auch davon profitiert, es ging uns ja gut. Aber ich war auch diejenige, die ihn auf den Boden der Tatsachen geholt hat und außerdem im Geschäft mithalf. Seine Frau Bianca, Gott hab sie selig, hatte nach mehreren Fehlgeburten und einer Totaloperation keinen Lebensmut mehr, sie bekam schwere Depressionen, war lange Zeit in Behandlung und zog sich dann völlig zurück. Nach ihrem Tod wurde Bartolo schwer krank. Er träumte davon, irgendwann für immer nach Istrien zurückzukehren. Und dann lernte er vor zweieinhalb Jahren Stella kennen. Ich habe sie sofort durchschaut, aber Bartolo ließ sich nicht davon abbringen, sie auf der Stelle zu heiraten.«

»Und die Kiste?«

»Ach, seine Schatzkiste!« Magdalena lachte auf. »Ich habe seit Jahren davon gewusst.«

»Woher denn? Sie sind doch jetzt das erste Mal in Kroatien.«

»Natürlich, aber es gab und es gibt schließlich Telefon, E-Mail oder Skype. Nur weil ich eine Frau bin, heißt es nicht, dass ich von Technik keine Ahnung habe, oder?«

»Das bezweifle ich nicht. Woher also wussten Sie von der Kiste?«

Magdalena kniff die Augen zusammen. Es war offensichtlich, dass sie ihm nicht verraten wollte, wer ihr davon erzählt hatte.

»Das spielt jetzt keine Rolle. Ich wusste es eben. Bartolo war ja nicht unbeobachtet geblieben, wenn er seine Spaziergänge in der Gegend von Kras unternahm. Die Leute haben kaum Abwechslung und sind neugierig. Solche Sachen sprechen sich schnell herum.«

»Verstehe. Ihr Bruder hat mir außerdem von den Briefen erzählt, die Ihre Mutter von dem Mann bekommen hatte, der Ihnen die Ausreise nach Amerika ermöglicht hatte.«

»Und?«

»Er war einer der beiden Männer, die die besagte Kiste in Kras versteckt hatten und danach bei einem schweren Autounfall ums Leben kam.«

»Ja.«

»Dieser Mann soll Ihr Vater gewesen sein. Bartolo sagte, sie beide hätten seinen Namen nie erfahren, weil die Briefe nur mit Initialen unterschrieben gewesen seien. Wissen Sie inzwischen, wer er war?«

»Möglicherweise, aber das geht nur mich etwas an.«

Prohaska lächelte. »Wissen Sie auch wie der andere Mann hieß, es war wohl sein Cousin?«

Magdalena schüttelte den Kopf. »Wozu soll diese ganze Fragerei eigentlich gut sein?«

»Ich versuche herauszufinden, wer Ihren Bruder umgebracht hat, um an die Sachen aus der Kiste zu kommen. Und da sie sich nicht mehr in der Höhle befinden, muss sie logischerweise jemand herausgeholt und woanders versteckt haben.«

»Ich habe keine Ahnung, wovon Sie reden. Diesen Schatz hat es doch nur in Bartolos Fantasie gegeben.«

»Da wäre ich mir nicht so sicher.« Prohaska hätte beinahe die Rohdiamanten erwähnt, die Kovačević in der Streichholzschachtel gefunden hatte. Aber er hielt sich zurück.

»Herr Prohaska, ich verstehe wirklich nicht, warum Sie sich derart engagieren. Es ist doch die Sache der Polizei, den Mörder meines Bruders zu finden. Ich bin sehr müde, die letzten Tage waren anstrengend, ich habe mich um fast alle Formalitäten wegen der Beerdigung kümmern müssen, und morgen ist die Beerdigung, es wird ein langer Tag ...«

Warum muss sie sich denn um alles selbst kümmern, fragte er sich. Stella und Antonio sind doch auch noch da.

»Eine Frage noch. Seit wann wissen Sie, dass der früherer Gärtner Stefan Raković der Cousin von Katharinas verstorbenem Mann Vinko war? Hat Ihr Bruder Bartolo das auch gewusst?«

Magdalena wurde blass. »Das sind Familiendinge, die niemanden etwas angehen, auch Sie nicht. Ich muss Ihnen darauf nicht antworten. Und nun möchte ich Sie bitten zu gehen.«

»Stimmt, mir müssen Sie es nicht sagen, aber der Polizei schon.« Prohaska stand auf und ging zur Tür. »Danke, ich finde allein hinaus, gute Nacht.«

*

Als er in Kras ankam und in die Konoba ging, da ihm der Magen schon in die Kniekehlen gerutscht war, versuchte er wie schon während der Fahrt, und immer mürrischer werdend die verworrenen Fäden der Beziehungen und Zusammenhänge zu entwirren. Es fehlten Beweise dafür, dass Katharinas Mann Vinko, der im Zweiten Weltkrieg bei den Partisanen in Istrien gekämpft hatte und später als Parteibonze von der gestohlenen Schatzkiste gewusst haben musste. Das lag auf der Hand, fand Prohaska, auch wenn Katarina es vehement abgestritten hatte. Denn warum wurde später Vinkos Cousin Stefan Hausmeister und Gärtner bei Montis? Wahrscheinlich nur deshalb, um herauszufinden, wo Monti die gestohlenen Sachen aus der Kiste versteckt hatte. Aber warum in drei Teufels Namen wurde Bartolo Monti jetzt ermordet? Und wem gehört der Elektroschocker? So ein Ding kann sich doch heutzutage jeder problemlos besorgen. Und war es vielleicht nur ein dummer Zufall, dass Bruno Federico erst vor kurzem überhaupt davon Wind bekommen hatte und er Mario, Montis Gärtner und Sohn von Stefan, der vermutlich ein

Kommunist gewesen war, in die Quere gekommen war? Hat Ines nicht behauptet, dass Bruno, der möglicherweise ihr Vater war, enge Verbindungen zu Rechtsradikalen im Ausland pflegte? Wollten sich Bruno Federico und Marko Modrić den Schatz nur aus Habgier unter den Nagel reißen, oder ihn vielmehr versilbern, um ihre politischen Ziele zu finanzieren? Haben Ines und Antonio Montis Schatz beiseite geschafft, um genau das zu verhindern? Warum sind sie nicht zur Polizei gegangen? Vielleicht weil sie etwas mit dem Mord an dem jungen Mann im Fass zu tun haben? Warum war Ines an jener Klippe angeblich nur zum Klettern gewesen, wo doch tief unten in der Schlucht das Motorrad lag? Prohaska hoffte, dass Ines und Antonio eine plausible Erklärung für all das hatten. Welche Rolle hat in diesem verzwickten Spiel eigentlich Valentina Gordić? Hat ihr Vater Miroslav auch etwas mit der Sache zu tun? Er hatte doch deutlich zu verstehen gegeben, dass er in seiner politischen Einstellung eher zum konservativen als zum linken Lager gehörte. Und was wissen die Hirten Elvir und Ismail? Auf welcher Seite steht Magdalena Monti, die Tochter eines der Diebe? Will sie den Schatz behalten, von dem sie behauptet, er sei nur ein Hirngespinst, um ihren nie gekannten Vater im Nachhinein zu rächen? Steckt sie am Ende hinter dem Mordanschlag auf Bartolo? Das erschien Prohaska dann doch zu weit hergeholt. Die Frau war wohlhabend, und es musste ihr klar sein, dass sie keinen Anspruch auf das Diebesgut hat, an dem so viel Blut klebte. Für so gierig hielt er sie nicht. Aber er konnte sich auch täuschen. Aber was ist mit Stella? Weiß sie, dass Bruno Federico hinter Montis Schatz her war? Kennen sich die beiden vielleicht von früher? Und vor allem, hat sie inzwischen vom Notar erfahren, dass Bartolo sein Testament ändern wollte? Fragen über Fragen und keine einzige befriedigende Antwort. Für Inspektor Kos und die anderen wird das noch eine sehr harte Nuss werden, überlegte Prohaska, als er die Konoba betrat.

*

Am Kamintisch saßen dieselben alten Männer, die Prohaska bereits kannte. Er grüßte sie von weitem und ging zum Tresen. Ljubica nahm eine Flasche Bier aus dem Kühlschrank und stellte zwei Glaser Wein auf ein Tablett, sagte hallo zu Prohaska, trug die Getränke zum Stammtisch und kam wieder zurück. Prohaska fiel auf, dass ihre Haare frisch gefärbt und hochgesteckt waren und sie die Augenringe übergeschminkt und Lippenstift aufgetragen hatte.

Er setzte sich auf einen Barhocker und stützte das Kinn mit einer Hand ab. Erst jetzt merkte er, wie müde er war. Aber vor allem war er durstig und hungrig.

»Du warst aber lange unterwegs«, sagte Ljubica und lächelte.

»Ich wurde noch aufgehalten.«

»Hm … Was darf's sein?«

»Erst einmal eine Grappa und dann ein Bier und irgendetwas zum Essen, egal was, Hauptsache bald. Ist Ines wieder zurück?«

»Nein, und bevor du fragst, sie hat sich auch nicht gemeldet, ich weiß nicht, wo sie steckt.« Sie schenkte die Grappa ein und stellte das kleine Tulpenglas vor ihn auf die Theke. »Ein Karlovačko oder lieber ein anderes Bier?«

»Karlovačko ist okay.«

Sie holte es, öffnete die Flasche und stellte sie samt einem Bierglas vor ihn hin.

»Du hast vorhin etwas verpasst.« Sie deutete mit dem Kinn zum Flachbildschirm, der in der Ecke an der Wand gegenüber hing. Gerade lief der Werbeblock, der Ton war glücklicherweise leise gedreht.

Prohaska trank die Grappa auf Ex, stellte das Glas ab und bot Ljubica eine Zigarette an. Sie nahm eine, Prohaska gab ihr Feuer und zündete sich auch eine an.

»Verpasst? Was denn?«

»Die Nachrichten vom TV Istra. Du bist jetzt so etwas wie eine Berühmtheit, wurdest sogar namentlich erwähnt.«

»Namentlich, echt?«

»Wenn ich es dir sage, ich habe dich sogar gesehen, aber leider nur ganz kurz.«

»Das fehlte mir gerade noch.«

Ljubica kicherte leise. »Ja, ja, aber dieser Cipoletti, ich weiß nicht, er sieht wirklich gut aus, aber er hatte total miese Laune. Wie er nur diese arme Reporterin abgefertigt hat?! So richtig von oben herab. Keine Stellungnahme, keine Informationen, kein Kommentar.«

»Was sollte er auch machen? In zwei Mordfällen gleichzeitig zu ermitteln ist ja kein Pappenstiel. Außerdem darf er nichts sagen, was zum Täterwissen gehören könnte.«

»Sagt der Kommissar. Und basta.«

»Na, ist doch wahr.« Prohaska grinste, schenkte sich das Bier ein und nahm einen großen Schluck.

»Die im Fernsehen sagten, dass weitere Kriminalbeamte und irgendwelche Spezialisten vom Innenministerium aus Zagreb herkommen.«

»Kann sein.«

»Na, von mir aus, sollen sie doch. Ich bin eh gespannt, wie lange die brauchen werden, um die Sache aufzuklären.«

Prohaskas Magen knurrte vernehmlich. »Die werden das schon hinkriegen.«

»Ja, ja. Aber was rede ich da? Du hast Hunger. Ich bin gleich wieder zurück.« Ljubica ging um die Theke und verschwand in der Küche.

Prohaska trank noch etwas Bier und starrte vor sich hin. Dass Spezialisten hinzugezogen werden sollten, bedeutete wohl, dass die nicht nur bei der Untersuchung der beiden Tötungsdelikte helfen sollen, sondern auch wegen Montis Schatz ermitteln würden. Na, dann viel Vergnügen, dachte er mürrisch.

Als er eine halbe Stunde später gesättigt war, nachdem Ljubica ihm eine kalte Platte mit hauchdünn geschnittenem Pršut, verschiedenen Käsesorten und Antipasti gebracht hatte, ging es ihm besser. Er trank noch einen Espresso und stand auf.

»Ines hat sich wohl noch nicht gemeldet?«, fragte er, während er die Rechnung bezahlte.

Ljubica schüttelte den Kopf. »Nein.«

»Blöd. Ich muss sie unbedingt etwas fragen, habe aber dummerweise ihre Nummer nicht. Könntest du sie mir geben?«

»Ich weiß nicht, ob ihr das recht wäre. Hat es nicht Zeit bis morgen?«

»Eigentlich schon, aber es wäre mir lieber, wenn ich sie jetzt fragen könnte.«

»Und was?«

Prohaska lächelte. »Etwas Persönliches.«

»Na, wenn es wirklich so dringend ist …« Ljubica nahm ihr Handy, suchte Ines' Nummer heraus und kritzelte sie auf einen Zettel.

Prohaska steckte ihn in die Jackentasche. »Danke, es ist nicht so wie du vielleicht denkst.«

»Ach, ich will es gar nicht wissen«, sagte sie kühl.

Prohaska schaute auf seine Armbanduhr. Es war kurz nach halb elf.

»Tja, dann gehe ich jetzt. Ich muss ins Bett, gute Nacht.«

Ljubica sagte nichts und räumte das Geschirr und die Gläser von der Theke ab.

Die Männer am Stammtisch, inzwischen saßen dort drei weitere, bestellten noch eine Runde. Einer von ihnen rief Prohaska und Ljubica zu, sie sollen sich doch dazu setzen.

»Vielen Dank, ein andermal vielleicht«.

»Dann gute Nacht, Herr Ex-Kommissar, und geben Sie auf sich acht. Bei uns lebt man gefährlich«, sagte einer und grinste.

»Ich werde mir die größte Mühe geben.«

»Kannst du nicht noch eine Weile bleiben? Der da drüben, der dich gerade eingeladen hat, ist unser Bürgermeister«, sagte Ljubica leise.

»Bürgermeister hin oder her, ich bin trotzdem müde.« Außerdem wollen die nur tratschen, fügte er in Gedanken hinzu. Und dazu hatte er jetzt absolut keine Lust.

»Natürlich, wie du willst. Schlaf gut.«

»Du auch.« Prohaska ließ das Restgeld liegen und ging hinaus in die Nacht.

Doch Prohaska ging nicht ins Appartement, sondern blieb nach ein paar Schritten stehen. Wo der Schmuck aus Montis Kiste wohl abgeblieben war? Er hatte schon länger einen Verdacht, und die Chance, dass er sich täuschte, lag bei fünfzig Prozent. Er würde es einfach darauf ankommen lassen und rief Ines an. Sie meldete sich sofort und schien erleichtert zu sein.

Ein paar Minuten später saß Prohaska in seinem Auto und schlich förmlich aus Kras hinaus. Die Strecke war zwar kurz, aber in der mondlosen Dunkelheit mit einer Taschenlampe auf der steilen Straße den Berg hinunter zu stolpern, wollte er dann doch nicht. Er hatte langsam genug vom Wandern, außerdem hatten sich die Schmerzen in seinem linken Bein und der Hüfte zurückgemeldet. Als er den Platz vor der kleinen Kirche erreicht hatte, ließ er die Fensterscheibe hinunter gleiten, schaltete den Motor und die Scheinwerfer aus, zündete sich eine Zigarette an und lehnte sich zurück.

Prohaska hasste Beerdigungen. Dieses Ritual des endgültigen Abschieds verursachte ihm jedes Mal heftige Magenschmerzen. Aber er brachte es auch nicht übers Herz, dem Begräbnis von Bartolo Monti einfach fernzubleiben und nach Hause zu fahren. Er musste hingehen, nicht nur aus Höflichkeit und Rücksicht auf Montis Verwandtschaft und die Einwohner von Kras, sondern weil er diesen Fall damit auch für sich abschließen wollte. Er hatte getan, was er konnte, um ein wenig Licht in diese dunkle Geschichte zu bringen, auch wenn er Montis Mörder nicht selbst überführt hatte. Das war die Aufgabe von Inspektor Kos, Mira Kovačević und ihren Kollegen, dem Staatsanwalt und den Spezialisten aus Zagreb. Es würde ihn auch nicht wundern, wenn sich darunter auch Vertreter des Geheimdienstes befänden, immerhin war Monti amerikanischer Staatsbürger und sein Schatz eine politisch brisante Angelegenheit, die durchaus ein juristisches Nachspiel nach sich ziehen könnte, da die Besitzansprüche geklärt werden müssten. Doch vorher müsste man die Wertsachen erst einmal finden.

Gegen halb zehn ging Prohaska in die Konoba um zu frühstücken, weil er die alte Frau Modrić nicht weiter behelligen wollte. Ljubica war ein wenig wortkarg, aber das war ihm ganz recht. Doch dann erzählte sie, dass Ines sich bei ihr gemeldet habe, sie sei in Opatija, werde aber rechtzeitig zur Beerdigung da sein und danach wieder ihre Arbeit aufnehmen. Stella habe auch angerufen. Sie habe eine Konditorei aus Opatija beauftragt, für den Nachmittag mehrere Torten und Kuchen in die Konoba zu liefern. Somit müsse Ljubica nur für den Kaffee und die Getränke sorgen.

»Ich muss nachher nach Lupoglav, um die Kränze und Blumengestecke abzuholen, die ich für Katarina, mich selbst und ein paar andere Leute aus Kras bestellt habe.«

»Oh, Mist, daran habe ich gar nicht gedacht«, sagte Prohaska zerknirscht.

»Ich kann dir weiße Lilien oder Rosen mitbringen, oder du fährst einfach mit, dann kannst du mir beim Ausladen helfen.«

Da er bis zwei Uhr nichts zu tun hatte, auch das Wetter war nicht gerade einladend, um spazieren zu gehen, da es wieder nach Regen aussah, fuhr er mit ihr mit.

»Ich nehme an, du fährst nach der Beerdigung zurück nach Rovinj«, sagte sie nach einer Weile, da Prohaska von sich aus kein Gespräch angefangen hatte, sondern stumm vor sich hinschaute.

»Ja, das hatte ich vor, aber ich komme wieder, irgendwann …«

»Schön«, sagte sie und sah zu ihm rüber. Ein Lächeln huschte über ihr Gesicht.

Prohaska fühlte einen kleinen Stich in der Herzgegend. Sie tat ihm plötzlich leid, aber er musste Klartext reden, damit sie sich keine falschen Hoffnungen machte.

»Ja, sobald ich wieder Zeit habe«, fügte er hinzu. »Ich möchte auf die Učka und mir noch andere Orte hier in der Gegend anschauen. Aber es könnte eine Weile dauern, bis es soweit ist, weil ich meinem Freund Ivo bei der Renovierung des Fotoladens helfen muss.«

Ljubicas Lächeln verschwand so schnell wie es gekommen war. »Ja, natürlich.«

Den Rest der Fahrt schwiegen sie vor sich hin. Prohaska überlegte, ob er Inspektor Kos anrufen sollte, um den neuesten Stand der Ermittlungen zu erfahren. Andererseits würde es der Inspektor vielleicht als allzu aufdringlich empfinden. Wenn Kos etwas von ihm wollte, würde er sich ohnehin melden, spätestens wegen der Aussage, die er noch zu Protokoll geben musste.

Als sie kurz vor Mittag wieder zurück waren, begann es zu nieseln. Ljubica parkte vor dem Friedhofseingang, und Prohaska half ihr die Kränze und Blumengebinde unter der alten Linde im Kirchhof abzustellen. Er hatte im Blumengeschäft einen Strauß weißer Lilien erstanden und hoffte, dass er damit den Konventionen genüge getan hatte.

»Danke für deine Hilfe«, sagte Ljubica, als sie fertig waren.

»Ach, das hab ich doch gerne gemacht.«

»Soll ich dich zum Appartement mitnehmen?«

»Danke, nicht nötig, ich vertrete mir noch ein wenig die Beine.«

»Wo ist eigentlich dein Hund?«

»Ich habe ihn wegen der Beerdigung bei Ines' Freundin Valentina gelassen.«

»Du kennst sie?«

»Ja, flüchtig.«

»Verstehe, flüchtig. Na dann bis später.« Sie nickte traurig, stieg schnell ein und fuhr davon.

Prohaska wollte allein sein. Er schlug den Jackenkragen hoch, steckte sich eine Zigarette an, ging über den Platz und stellte sich im Arkadengang des ehemaligen Logenhauses unter. Jetzt war das einstöckige Gebäude offiziell zwar das Pfarrhaus, aber da wohnte schon lange kein Pfarrer mehr, sondern in Lupoglav, und der benutzte die Räume nur, wenn er hier zu tun hatte.

Nachdem er fertig geraucht hatte, ging er zum Friedhof, der hinter der uralten St. Georg-Kirche lag. Der legendäre Drachentöter war in Istrien sehr beliebt, und so hatte man ihm auch diese Kirchen geweiht. Die meisten alten Gräber waren mit weißem istrischem Marmor bedeckt. Manche Grabsteine standen schief in der grauen Erde. Sie waren von Regen und Stürmen, Hitze und Sonne so angegriffen, sodass man die Namen der Toten kaum entziffern konnte. Die neueren hingegen waren aus glatt poliertem grauem oder schwarzem Granit. Auch wenn sie sonst nicht viel Geld besaßen, ließen sich die Leute die Gestaltung der Gräber für ihre Verstorbenen einiges kosten.

Schon von weitem sah er die zwei Totengräber. Sie standen unweit der Friedhofsmauer und machten eine Zigarettenpause. Ein paar Schritte links von ihnen lag das offene Grab. Dort also sollte Bartolo Montis Wohnung für die Ewigkeit sein, mit einer wunderbaren Aussicht auf die Bergrücken der Ćićarija und Učka. Als die beiden ihn sahen, hob Prohaska die Hand, winkte ihnen kurz zu und verließ den Friedhof.

Da er immer noch mehr als eine Stunde Zeit hatte, ging er ins Appartement, packte seine Sachen in den Rucksack, legte sich rücklings aufs Bett und versuchte an nichts zu denken. Was natürlich nicht klappte, denn seine Gedanken schwirrten schon die ganze Zeit um die Frage, ob es richtig gewesen war, was er in der Nacht getan hatte. Ach zum Teufel damit! Er würde es einfach darauf ankommen lassen. Wenn die Sache herauskam, würde es einen Skandal geben, und wenn nicht, wäre die Angelegenheit begraben, und das nicht nur in Montis Sinne.

Kurz nach halb zwei hörte er wie mehrere Autos in die kleine Stadt hineinfuhren und vor der Burgruine hielten. Prohaska stand auf, trank ein Glas Wasser und zog die Jacke an. Es war Zeit hinunterzugehen. Er nahm seinen Rucksack und ging ins Nachbarhaus, um die Rechnung für die Übernachtungen zu begleichen.

»Sie wollen uns also wieder verlassen?«, fragte die alte Modrić.

Sie setzten sich an den Küchentisch.

»So ist es. Nach der Beerdigung fahre ich nach Hause.« Prohaska zählte die Scheine ab und gab sie ihr.

»Ja, ja, die Beerdigung. Ich bin sehr traurig. Bartolo war ein guter Mensch.« Sie seufzte, zählte das Geld nach und steckte es in die Tasche ihrer Schürze. »Und wenn Sie wieder einmal in der Gegend sind … Aber rufen Sie vorher an.«

»Das mach ich.«

Die alte Frau füllte umständlich langsam das Quittungsformular aus und schob es ihm hin.

»Meine Telefonnummer steht da auf dem Stempel.«

Prohaska bedankte sich und stand auf. »Und grüßen Sie auch Ihren Sohn und seine Familie von mir«, sagte er freundlich.

»Ja, wenn ich sie sehe. Jasminka ist voller Sorge, weil sich Marko noch nicht gemeldet hat.«

Woraus Prohaska schloss, dass Marko Modrić entweder untergetaucht war oder bereits verhaftet wurde. Aber das würde er früher oder später von Cipoletti oder Kos erfahren.

»Auf Wiedersehen und alles Gute«, sagte er und reichte ihr die Hand.

»Aber wir sehen uns doch nachher auf dem Friedhof und beim Leichenschmaus, oder?«

Prohaska lächelte. »Mal sehen.«

*

Als er in Richtung der Konoba und dann weiter zum Friedhof ging, kamen immer mehr Leute aus ihren Häusern. Die Frauen in tiefstem

Schwarz und mit Kopftuch wie es der Brauch verlangte, die Männer in dunklen Anzügen oder zumindest dunkler Jacke oder Mantel. Sie trugen eine weiße Lilie oder Rose, ein Grablicht oder eine Kerze.

Nach und nach versammelten sie sich unter der Linde. Die Kirchentür stand offen, einige gingen hinein, um ein Gebet zu sprechen.

Prohaska stellte sich in den Arkadengang, rauchte und beobachtete die Leute, die in Grüppchen zusammenstanden und sich leise unterhielten.

Vier Männer in Feuerwehruniform standen in seiner Nähe und rauchten ebenfalls. Ihre golden glänzenden Trompeten hatten Sie unter den Arm geklemmt.

Kurz vor zwei fuhr der Leichenwagen vor, gefolgt von einer grauen Limousine. Antonio stieg aus und öffnete die hintere Tür, damit seine Mutter aussteigen konnte. Sie hatte ihre Haare und das halbe Gesicht hinter einem schwarzen Spitzenschleier versteckt und eine dunkle Sonnenbrille aufgesetzt. Vesna, das Hausmädchen, öffnete die Beifahrertür und half Magdalena beim Aussteigen. Magdalena trug einen hübschen schwarzen Hut mit Schleier und als sie Prohaska in der Menge entdeckte, nickte sie ihm zu und schaute schnell weg.

Der Pfarrer und die drei Ministranten, zwei Jungen und ein Mädchen von vielleicht zehn oder elf Jahren, die große Wachskerzen trugen, kamen gefolgt von anderen Trauernden aus der Kirche. Einer der Buben trug ein großes, mit schwarzem Tuch bedecktes Holzkreuz. Ljubica und Ines traten aus der Kirche, zwischen ihnen entdeckte Prohaska die alte Katarina.

Dann wurde der große, schwarz lackierte Sarg mit goldenen Beschlägen, geschmückt mit einem Bukett aus weißen Lilien aus dem Leichenwagen auf eine ebenfalls schwarz lackierte Holzkarre gehoben und vor den Kirchhof geschoben. Dort hoben ihn sechs Männer auf die Schultern und trugen ihn durch die schmiedeeiserne Pforte auf den Totenacker. Keinem schien die Größe des Sargs aufzufallen. Bartolo Monti war höchstens ein Meter siebzig groß gewesen, der Sarg aber sah aus, als sei er für einen Riesen gezimmert worden.

Die Trauergemeinde machte ihnen stumm Platz und reihte sich dann hinter die Familienmitglieder ein, die hinter dem Pfarrer gingen. Die Musiker hoben ihre Instrumente, Chopins Trauermarsch erklang, vermischt mit leisen Schluchzern der Frauen und dem Gemurmel der Männer. Alles folgte dem gewohnten Gang, alles verlief nach Plan, alles hatte seinen Sinn und seine Ordnung. Bis auf die eine Sache, bis auf den schwarz lackierten Sarg, in dem Bartolo Montis sterbliche Hülle ruhte.

Prohaska wartete, bis sich der Trauerzug in Bewegung gesetzt hatte und folgte ihm dann. Nachdem sich alle um das Grab versammelt hatten, begrüßte der Pfarrer die Familie, Freunde und Verwandten und lobte den Verstorbenen mit feierlicher Stimme als einen aufrechten und ehrenwerten Mann, der seine Nächsten stets geliebt habe und von ihnen wiedergeliebt wurde, der in seinem Leben, das jäh und auf grausame Weise von einem großen Sünder, welchen die weltliche wie göttliche Gerechtigkeit hoffentlich bald ereilen werde, beendet wurde. Monti habe so viel Gutes getan und trete nun als ein Gerechter vor das Angesicht des allmächtigen Schöpfers des Himmels und der Erde, um den ewigen Frieden zu erlangen und auf die Auferstehung seiner unsterblichen Seele zu warten.

Nach einer Minute der Stille, die nur vom Rauschen des Windes gestört wurde, folgten das Vaterunser und die Fürbitten.

Prohaska hörte nur mit halbem Ohr zu. Ines und Antonio standen hinter Stella und Magdalena so dicht beieinander, dass sich ihre Schultern, Arme und Hände berührten. Auf der anderen Seite stützte Vesna mit gesenktem Kopf die alte Katarina, die noch kleiner und gebrechlicher wirkte.

Gebete wurden gemurmelt und Tränen vergossen. Dann sang man ein langes, trauriges Kirchenlied. Anschließend traten vier Männer ans offene Grab und der Sarg senkte sich langsam in die Tiefe. Der Pfarrer machte ein Kreuzzeichen und segnete den Sarg mit Weihwasser. Der Ministrant zog das Tuch vom Holzkreuz herunter, reichte das Kreuz an den Pfarrer, der nach vorne ging und es am Kopfende des Grabes in die nasse Erde steckte. Dann ging er zurück, nahm eine Handvoll Erde und warf sie auf den Sarg.

»Erde zu Erde, Asche zu Asche, Staub zu Staub.«

Die letzten Worte waren gesprochen.

Es blieb nur das dumpfe Geräusch der fallenden Erdkrümel, die auf dem lackierten Holz aufschlugen. Prohaska erschauderte. Er hatte nichts gesagt, hatte nichts unternommen, um die Zeremonie zu unterbrechen. Nacheinander traten die anderen ans Grab, warfen Blumen hinein, umarmten Magdalena, reichten Stella und Antonio die Hand und entfernten sich. Als Prohaska an die Reihe kam, blickte er auf den Sarg lächelte. Keiner nahm eine Notiz davon. Er ließ die Lilien hineinfallen, nahm etwas Erde und warf sie auf die weißen Blüten.

»Gute Reise, Bartolo, und pass auf deinen Schatz auf«, murmelte er und fügte in Gedanken hinzu: »Du hast dich in Antonio getäuscht. Er ist ein guter Junge, denn nur ihm und Ines hast du zu verdanken, dass der Schatz nicht in die falschen Hände gerät. Auch wenn ich das Ganze nicht unbedingt richtig finde. Doch keine Sorge, von mir erfährt es niemand, zumindest vorläufig nicht.«

Dann ging er zu Magdalena und den anderen, kondolierte höflich und ging langsam zu seinem Wagen zurück. Es war an der Zeit, eigene Wege zu gehen.

*

Als Prohaska vor dem Haus der Familie Gordić hielt und in den Hof ging, rannte ihm Bello laut kläffend entgegen und hüpfte an ihm hoch. Prohaska ging in die Hocke und klopfte ihm auf den Rücken.

Branka kaum aus dem Haus und warf die Arme in die Luft.

»Da sind Sie ja endlich! Der arme Bello hat Sie so vermisst.«

Prohaska richtete sich auf und lächelte. »Hallo, ja, sieht ganz so aus. Tut mir leid, dass ich neulich einfach verschwunden bin, ohne mich zu verabschieden, aber ich musste noch einiges erledigen. Deshalb habe ich ihn dagelassen.«

»Ehrlich gesagt, Herr Prohaska, ich war ziemlich sauer auf Sie, als ich den Kleinen am Tischbein angebunden fand. Er hat einen Höllenlärm gemacht. So geht man nicht mit Tieren um!«

»Ich weiß, ich weiß, tut mir wirklich leid. Aber ich habe Valentina eine Nachricht dagelassen. Haben Sie die nicht gelesen?«

»Doch, aber erst, nachdem ich Bello losgebunden habe. Sehen Sie nur, wie er sich freut. Aber kommen Sie doch ins Haus.«

Er folgte ihr in die Küche.

»Ich fahre nachher nach Rovinj zurück und möchte etwas Käse für einen Freund mitnehmen.«

»Ah, ja, natürlich, Sie haben es erwähnt. Möchten Sie einen Kaffee? Ich hole dann schnell den Käse.«

»Danke, gern. Valentina ist wohl nicht da?«, fragte er, nachdem er sich gesetzt hatte.

»Nein, sie hat nicht frei bekommen, deshalb war sie auch nicht bei der Beerdigung«, sagte Branka, während sie den Kaffee zubereitete.

Prohaska nickte.

»Wir, also mein Mann und ich, kannten ja Monti nicht. Sonst wären wir natürlich hingegangen. Und hier auf dem Hof gibt es einfach viel zu tun. Ach ja, Ines war gestern mit einem jungen Mann da, diesem Antonio, und sie hat erzählt, dass es in Kras noch einen Toten gegeben hat. Furchtbar! Es kam später sogar im Fernsehen, in den Nachrichten.«

»Ja, eine schlimme Sache«, sagte Prohaska, als sie ihm die Mokkatasse reichte. Er nahm einen Schluck und schaute auf seine Armbanduhr.

»Wie viel Käse soll ich Ihnen einpacken?«

»Keine Ahnung, was ist denn so üblich?«

»Von jeder Sorte ein halbes Pfund vielleicht?«

»Ja, das passt schon.« Prohaska war es herzlich egal, wie viel sie ihm einpackte, Hauptsache er kam bald fort von hier.

Aber es dauerte noch fast zwanzig Minuten, bis Branka alles beisammen hatte und ihm zwei große Plastiktüten voller Schafskäse übergab. Außerdem hatte sie ihm noch zwei Gläser mit Honig und ein mehrere große Päckchen mit selbst gepflückten getrockneten Kräutern und Tee eingepackt.

Bello hüpfte herum, und als Prohaska die Fahrertür aufschloss, um die Sachen hineinzulegen, sprang er hinein und setzte sich auf den Beifahrersitz.

»Ach, einen Moment, ich habe seine Leine ganz vergessen«, sagte Branka und schlappte zurück ins Haus.

»Nein, nein, das ist ein Missverständnis!«, rief Prohaska ihr nach, aber sie war schon hineingegangen. »Hey, was soll das werden?«, fragte er den Hund, der ihn nicht aus den Augen ließ. »Ich kann dich nicht mitnehmen, bitte komm raus. Es geht wirklich nicht.«

Aber Bello weigerte sich herauszukommen, ließ sich auch nicht von Prohaska anfassen, sondern kläffte aus Leibeskräften und verkroch sich auf die Hinterbank.

Branka kam aufgeregt zurück und gab Prohaska die Leine.

»So, da ist sie, bitte sehr.«

»Das ist wirklich ein Missverständnis. Bello ist nicht mein Hund. Ich habe ihn nur vorübergehend aufgenommen, als er in Kras auftauchte. Er gehört doch Valentina. Deshalb habe ich ihn auch dagelassen. Aber das steht alles auf dem Zettel, den ich ihr geschrieben habe.«

Branka baute sich vor Prohaska auf.

»Aber nein, der Kleine da ist ein Streuner. Er ist uns vor zwei Wochen zugelaufen, stand plötzlich vor der Tür, und Valentina gab ihm zu Fressen. Er blieb ein paar Tage und verschwand dann wieder. Und da Sie ihn gefunden haben, gehört er jetzt Ihnen. Valentina hat keine Zeit, sich um ihn zu kümmern, außerdem wir haben einen Schäferhund.«

»Tja, wenn das so ist ...«

»Doch, doch, genauso ist es. Nehmen Sie ihn bitte mit. Und besuchen Sie uns wieder.«

»Dann auf Wiedersehen.« Prohaska schüttelte Brankas schwielige Hand, doch sie zog ihn an ihren nach Schafskäse duftenden Busen und drückte ihm links und rechts einen Kuss auf die Wange.

»Gute Fahrt und alles Gute euch beiden«, sagte sie lachend und ließ ihn los.

»Danke, und grüßen Sie Valentina und die anderen.« Prohaska setzte sich ans Steuer, wendete den Wagen, hupte und fuhr los.

Branka winkte ihm nach.

»Da hast du uns was Hübsches eingebrockt«, sagte Prohaska zu Bello, der in dem Moment zu Kläffen aufhörte, als Prohaska die Fahrertür zuzog. Jetzt kletterte er immer noch vor Aufregung zitternd auf den Beifahrersitz und sah Prohaska an, als würde er lächeln. Prohaska fing an zu lachen, streichelte Bellos Rücken und gab dann Gas.

Im Westen riss die Wolkendecke auf, und ein paar Sonnenstrahlen breiteten sich fächerförmig wie messerscharfe, hellgoldene Lanzen über den dunklen Horizont. Und anstatt auf die Schnellstraße Richtung Rovinj zu fahren, bog Prohaska links auf die schmale Straße, die kurvig und steil in die Berge führte. Nach ein paar Minuten hielt er an einem Schotterparkplatz, der neben der Straße als Ausweichstelle errichtet war, stieg aus und ging vor bis zur Kante, von wo der Berghang fast senkrecht abfiel. Bello folgte bei Fuß.

»Schau dir bloß dieses Licht an! Was für ein grandioser Sonnenuntergang! Diese Farben, diese Berge und Wolken, was für ein toller Kontrast! Wie gemalt, findest du nicht auch? Und erst diese Stille! Und diese wunderbare, klare Bergluft!«

Bello sah zu ihm auf, als hätte Prohaska den Verstand verloren, kläffte kurz und trippelte zu einem Busch, wo er das Hinterbein hob. Dann kam er zurück, blieb vor Prohaska stehen und spitzte die Ohren.

»Okay, okay, das war jetzt vielleicht ein wenig übertrieben, aber mir gefällt es hier.«

Prohaska machte ein paar Fotos, solange das feurige Spektakel am Himmel zu sehen war, denn nur ein paar Minuten später verschwand die Sonne hinter den Wolken und der Wind frischte auf. Prohaska wollte gerade zum Auto gehen, als irgendwo weit unten im Tal aus dem undurchdringlichen Wald ein markerschütterndes Geheul ertönte.

»Wölfe«, flüsterte Prohaska.

Bello knurrte, hob den Kopf in den Nacken und fing an zu jaulen.

Das Heulen der Wölfe dauerte fast eine Minute, dann brach es plötzlich ab. Bello kläffte los, als wollte er klar stellen, dass er das letzte Wort hat, und sah dann zu Prohaska hoch.

»Komm, es wird Zeit, nach Hause zu gehen.«

Es war kurz nach sechzehn Uhr, als Prohaska mit Bello die Veterinärstation unweit des Rovinjer Friedhofs wieder verließ. Bello hatte die gründliche Untersuchung, die Spritze gegen die Tollwut und das Anbringen des Chips zwar mit deutlichem Missfallen, aber tapfer über sich ergehen lassen. Prohaska war froh, als das Ganze vorbei war und man ihm den Impfpass überreicht hatte.

Danach fuhr er zum Nordhafen, stellte den Wagen am Parkplatz an der Valdibora ab und nahm die Plastiktüten mit dem Schafskäse aus dem Kofferraum, die er Maurizio Aquila ins *Tartufo bianco* bringen wollte.

Der Himmel wölbte sich tiefblau und wolkenlos über dem unruhigen Meer. Die Bora wehte kalt und heftig, Möwen segelten im Wind, die Wellen trugen silberne Schaumkronen und klatschten gegen die Hafenmauer, an der zwei große Fischerboote schaukelten. Die Altstadt leuchtete im klaren Nachmittagslicht.

Prohaska atmete ein paar Mal tief ein und aus und ging dann ohne Eile mit Bello, der fröhlich neben ihm her trippelte, in die Carrera.

Im Fotoladen herrschte ein ziemliches Durcheinander. Der hohe Tresen aus massiver Eiche, die wackeligen Glasvitrinen und Regale waren vor Wochen schon herausgenommen, der dunkle, abgenutzte Holzboden entfernt und durch hellgraue Keramikfliesen ersetzt worden. Die Wände waren frisch verputzt und weiß gestrichen, es roch nach Gips und Farbe. Die halbrunde Theke stand nicht wie die alte längs an der rechten Wand, sondern zwei Armlängen vor der Tür mitten im Raum. Sie war ebenfalls hellgrau, nur die Arbeitsplatte und die Ecken waren aus tomatenrotem glänzendem Kunststoff. Die altertümliche schwarze Registrierkasse war durch eine moderne Computerkasse ersetzt, die aber noch angeschlossen werden musste. Das Schaufenster mit den verkratzten Glasscheiben und die Eingangstür waren herausgeschlagen und durch alarmgesicherte Thermoscheiben ersetzt worden. Statt dem hellen Klingeln des Messingglöckchen über der Tür war nun beim Betreten des Ladens ein hohes elektronisches

Piepssignal zu hören. Prohaska musste sich eingestehen, dass ihm das Glöckchen und die alten Möbel besser gefallen hatten. Aber er wusste auch, dass die Renovierung überfällig war und man mit der Zeit gehen musste.

Als er hereinkam, knieten zwei Elektriker in einer Ecke und verlegten irgendwelche Kabel. Ivo stand hinter der Theke und blätterte im dicken Handbuch der neuen Kasse.

»Ach, der Herr Detektiv ist wieder da.« Ivo beugte sich vor, schüttelte Prohaska kräftig die Hand und grinste.

»Hey Ivo, na, wie läuft's?«

»Sehr gut, ich hoffe, dass wir bis Weihnachten fertig werden.«

»Dann sollte ich mich wohl bald um die Einladungen für die Eröffnungsparty kümmern.«

»Das wäre super, aber erzähl mir lieber, wie es in den Bergen war?«

»Ganz gut.«

»Wie, ist das alles?«

»Im Moment schon.« Prohaska sah zu Bello hinunter, der den Handwerkern zuschaute.

Ivo beugte sich über die Theke.

»Hey, du hast ihn behalten? Hast du seinen Besitzer nicht gefunden?«

»Nein, er ist ein Streuner, die Leute, bei denen er eine Weile war, wollten ihn nicht haben. Also habe ich ihn mitgenommen. Ich war gerade mit ihm beim Tierarzt. Jetzt ist er geimpft, gechipt und kerngesund.«

»Du hast schon immer ein weiches Herz gehabt, mein Lieber.«

Prohaska grinste. »Tja, was soll ich machen?«

»Komm, ich mache uns einen Kaffee.«

Prohaska folgte Ivo ins Hinterzimmer.

»Mensch, das sieht klasse aus! Wann hast du das alles gemacht?«, fragte Prohaska, als er den früher vollgestopften Lagerraum sah, der jetzt hell und freundlich wirkte. Auf den Metallregalen stapelten sich Schachteln und Kartons, die alte Küchenzeile war einer neuen gewichen, daneben stand ein weißes Tischchen mit zwei türkisfarbigen Hockern. Auf der Arbeitsplatte thronte eine schwarze italienische Kaffeemaschine.

»Letzte Woche, während du dich in den Bergen herumgetrieben hast.« Ivo schaltete die Kaffeemaschine ein und holte zwei Mokkatassen aus dem Schank. »Espresso oder lieber einen Verlängerten? Die Milch ist im Kühlschrank. Aber bitte, setz dich.«

Prohaska tat es. »Einen Espresso bitte.«

Als der Kaffee fertig war, stellte Ivo die Tassen auf den Tisch und öffnete das neu eingebaute Fenster, von dem man in einen kleinen Innenhof sehen konnte.

»Jetzt können wir hier rauchen, ohne auf die Gasse hinausgehen zu müssen.«

Prohaska bot ihm eine Zigarette an und zündete sich auch eine an.

»Also, was ist bei der Sache herausgekommen?«, fragte Ivo und blies den Rauch weg.

»Das war, beziehungsweise ist eine ziemlich verzwickte Geschichte. Und eigentlich kann ich nicht viel dazu sagen, die Ermittlungen laufen ja noch.«

»Du kannst oder willst nicht?«

»Na ja, von beidem etwas. Ich erzähle es dir ein andermal, okay?« Prohaska deutete mit dem Kopf zu der angelehnten Tür, hinter der die Handwerker zugange waren.

»Verstehe. Was machst du heute noch?«

»Nichts, außer ins *Tartufo bianco* zu gehen. Ich habe für Mauro Schafskäse dabei. Vielleicht ergibt sich eine Geschäftsverbindung mit dem Schäfer Gordić.« Prohaska nahm eine von den beiden Tüten und legte sie auf den Tisch. »Und das ist für euch.«

»Oh, danke, da wird sich Miranda aber freuen.«

»Keine Ursache. Kann ich dir hier irgendwie behilflich sein?«

»Nein, aber vielleicht morgen, wenn die Handwerker fertig sind.«

»Abgemacht.« Prohaska trank den Espresso aus und stellte die Tasse ab, als sein Handy zu klingeln begann. Er nahm es aus der Tasche und sah aufs Display.

»Entschuldige, es ist Rossi.«

»Kein Problem.«

Prohaska ging vor die Tür und meldete sich.

»Hallo Herr Inspektor, wie geht's?«

»Gut, wo sind Sie?«

»In der Carrera, warum?«

»Ich habe vor ein paar Minuten mit Cipoletti telefoniert.«

»Und?«

»Er lässt Sie grüßen.«

»Danke, und was hat er noch gesagt?«

»Einen Moment, ich habe mir ein paar Notizen gemacht. Also, Bruno Federico ist letzte Nacht in der Nähe von Triest festgenommen worden. Nach Angaben der italienischen Kollegen war er geständig, sowohl für den Tod von Bartolo Monti als auch von Armin Bajramski, einem sechsundzwanzigjährigen Österreicher bosnischer Abstammung, der in Wien wohnhaft war, verantwortlich zu sein. Die Tatwaffen, einen Elektroschocker und ein Springmesser hat man unter dem Sitz seines Wagens gefunden.«

»Oh!« Prohaska ließ die Kippe auf den Boden fallen und drückte sie mit dem Schuh aus.

»Cipoletti meinte, es sei mehr als ein Glücksfall gewesen, dass man Federico so schnell fassen konnte. Die Polizei in Triest hat einen anonymen Tipp bekommen, wo Federico sich aufhalten könnte.«

Prohaska hätte schwören können, dass der Tipp von Ines kam, sagte aber nichts.

»Und Marko Modrić?«

»Nach ihm wird noch gefahndet. Der Verdacht, dass er seit Jahren illegal mit Antiquitäten und Waffen handelt, vor allem im Darknet, hat sich erhärtet. Aber ich denke, dass wir ihn kriegen, spätestens dann, wenn Bruno Federico an die hiesigen Behörden überstellt ist. Der Auslieferungsantrag ist bereits auf dem Weg.«

»Falls er bis dahin nicht endgültig untertaucht. Und was ist mit den Motorradfahrern?«

»Darüber hat Cipoletti nichts gesagt, aber Inspektor Kos ist dran. Mit ihm habe ich auch telefoniert. Man hat in der Vela Draga das Motorrad gefunden, das auf Bajramski zugelassen war. Vermutlich hat es Federico von der Klippe hinuntergestürzt, nachdem er ihn getötet hat. Und diese Kiste, von der Sie mir erzählt haben ...«

»Ja?«

»Inspektor Kos hat mit Montis Schwester Magdalena gesprochen ...«

»Und sie behauptet, dass der Schatz nur in Bartolo Montis Fantasie existiert hat, stimmt's?«

»Ja, ja, woher wissen Sie das?«

»Sie hat mir denselben Mist auch erzählt.«

»Aber Montis Witwe Stella und ihr Sohn Antonio haben das ebenfalls bestätigt. Es hat also nie eine gestohlene Kiste mit Gold und Juwelen gegeben. Allerdings, sagte Inspektor Kos, werden sich die Spezialisten vom Innenministerium trotzdem um die Angelegenheit kümmern.«

»Hm, dann habe ich mich da wohl getäuscht«, sagte Prohaska gespielt zerknirscht.

»Sieht ganz so aus, Joe, aber nehmen Sie es sportlich.«

Prohaska grinste. »Natürlich, es bleibt mir ja nichts anderes übrig.«

»Genau, man muss manchmal auch eine Niederlage einstecken können. Ach ja, ich soll Ihnen von Kos ausrichten, dass Sie Ihre Aussage jederzeit hier bei uns zu Protokoll geben können, dann müssen Sie nicht extra nach Pazin fahren. Er wird sich deswegen noch bei Ihnen melden.«

»In Ordnung, danke Inspektor.«

»Keine Ursache. Und was machen Sie heute Abend?«

»Nichts Besonderes, ich muss nur ins *Tartufo bianco*.«

»Dann treffen wir uns doch am besten gleich dort. Passt es Ihnen so gegen sieben?

»Ja, sicher, aber wieso … ?«

»Ach, ich habe da eine Sache, aber darüber reden wir nachher.«

»Na gut.«

»Dann bis später, Joe.«

»Ciao, Inspektor.«

Prohaska unterbrach die Verbindung, steckte das Handy ein und seufzte. »Na, das kann ja heiter werden.«

www.wieser-verlag.com